彰化學

鄉間子弟鄉間老

吳晟新詩評論

林明德 編

晨星出版

啓動彰化學

──共同完成大夢想　　　　　　　　林明德

　　二十多年來,台灣主體意識逐漸抬頭,社區營造也蔚爲趨勢。各縣市鄉鎮紛紛編纂史志,大家來寫村史則方興未艾。而有志之士更是積極投入研究,於是金門學、宜蘭學、澎湖學、苗栗學、台中學、屏東學……相繼推出,騰傳一時。

　　大致說來,這些學術現象的形成,個人曾直接或間接參與,於其原委當有某種程度了解,也引起相當深刻的反思。

　　一九九六年,我從服務二十五年的輔大退休,獲聘於彰化師大國文系。教學、研究之餘,仍然繼續台灣民俗藝術的田調工作。一九九九年,個人接受彰化縣文化局的委託,進行爲期一年的飲食文化調查研究,帶領四位研究生進出二十六個鄉鎮市,訪問二百三十多個飲食點,最後繳交《彰化縣飲食文化》(三十五萬字)的成果。

　　當時,我曾說過:往昔,有一府二鹿三艋舺的符碼;今天,飲食文化見證半線風華。這是先民智慧結晶,也是彰化珍貴資源。

　　彰化一帶舊稱半線,是來自平埔族「半線社」之名。清雍正元年(1723),正式立縣;四年(1726)創建孔廟,先賢以「設學立教,以彰雅化」期許,並命名爲「彰化縣」。在地理上,彰化位於台灣中部,除東部邊緣少許山巒外,大部分屬於平原,濁水溪流過,土地肥沃,農業發達,有「台灣第一穀倉」之美譽。三百年來,彰化族群多元,人文薈萃,並且累積許多有形、無形的文化資產,其風華之多采多姿,與府城相比,恐怕毫不遜色。

　　二十五座古蹟群,各式各樣民居,既傳釋先民的營造智慧,也呈現了獨特的綜合藝術;戲曲彰化,多音交響,南管、北管、高甲戲、歌仔戲與布袋戲,傳唱斯土斯民的心聲與夢想;繁複的民間工

藝，精緻的傳統家俱，在在流露令人欣羨的生活美學；而人傑地靈，文風鼎盛，舊、新文學引領風騷，成果斐然；至於潛藏民間的文學，既生動又多樣，還有待進一步的挖掘與整理。這些元素是彰化的底蘊，它們共同型塑了「人文彰化」的圖像。

十二年，我親近彰化，探勘寶藏，逐漸發現其人文的豐饒多元。在因緣俱足下，透過產官學合作模式，正式推出「啟動彰化學」構想。

基本上，啟動彰化學，是項多元的整合工程，大概包括五個面相：課程設計結合理論與實際，彰化師大國文系、台文所開設的鄉土教學專題、台灣文化專題、田野調查、民間文學、彰化縣作家講座與文化列車等，是扎根也是開拓文化人口的基礎課程，此其一；為彰化學國際化作出宣示，二○○七彰化文學國際學術研討會聚集國內外學者五十多人，進行八場次二十六篇的論述，為彰化文學研究聚焦，也增加彰化學的國際能見度，此其二；彰化師大文學院立足彰化，於人文扎根、師資培育、在職進修與社會服務扮演相當重要角色，二○○七重點發展計畫以「彰化學」為主，包括：地理系〈中部地區地理環境空間分析〉、美術系〈彰化地區藝術與人文展演空間〉與國文系〈建置彰化詩學電子資料庫〉三個子題，橫向聯繫、思索交集，以整合彰化人文資源，並獲得校方的大力支持，此其三；文學院接受彰化縣文化局的委託，承辦二○○七彰化學研討會，我們將進行人力規劃，結合國內學者專家的經驗與智慧，全方位多領域的探索彰化內涵，再現人文彰化的風貌，為文化創意產業提供一個思考的空間，此其四；為了開拓彰化學，我們成立編委會，擬訂宗教、歷史、地理、生物、政治、社會、民俗、民間文學、古典文學、現代文學、傳統建築、傳統表演藝術、傳統手工藝與飲食文化……等系列，敦請學者專家撰寫，其終極目標乃在挖掘彰化人文底蘊，累積人文資源，此其五。

彰化師大扎根半線三十六年，近年來，配合政策積極轉型為綜

合大學，努力參與社區總體營造，實踐校園家園化，締造優質的人文空間，經營境教，以發揮潛移默化的效果，並且開出產官學合作的契機，推出專案，互相奧援，善盡知識分子的責任，回饋社會。在白沙山莊，師生以「立卦山福慧雙修大師彰師大，依湖畔學思並重明德化德明。」互相勉勵。

從私立輔大退休，轉進國立彰師大，我的教授生涯被視爲逆向操作，於台灣教育界屬於特例；五年後，又將再次退休。個人提出一個大夢想，期望結合眾多因緣，啓動彰化學，以深耕人文彰化。爲了有系統累積多元資源，精心設計多種系列，力邀學者專家分門別類、循序漸進推出彰化學叢書，預計每年十二冊，五年六十冊。並將這套叢書獻給彰化、台灣與國際社會。

基本上，叢書的出版是產官學合作的最佳典範，也毋寧是台灣學的嶄新里程碑。感謝彰化縣文化局、全興、頂新、帝寶等文教基金會與彰化師大張惠博校長的支持。專業出版社晨星的合作，在編輯、美編上，爲叢書塑造風格，能新人耳目；彰化人杜忠誥教授，親自題寫「彰化學」三字，名家出手爲叢書增色不少，在此一併感謝。

回想這套叢書的出版，從起心動念，因緣俱足，到逐步推出，其過程眞是不可思議。「讓我們共同完成一個大夢想吧。」我除了心存感激外，只能如是說。

· 林明德（1946～），台灣高雄縣人。國立政治大學中文博士。現任國立彰化師範大學國文學系教授兼副校長。投入民俗藝術研究三十年，致力挖掘族群人文，整合民俗藝術，強調民俗是一切藝術的土壤。著有《台澎金馬地區區聯調查研究》（1994）、《文學典範的反思》（1996）、《彰化縣飲食文化》（2002）、《阮註定是搬戲的命》（2003）、《台中飲食風華》（2006）。

【序】
解讀「吳晟」

林明德

　　吳晟（1944～），本名吳勝雄，台灣彰化縣溪州鄉圳寮村人。吳晟從初二開始學習寫詩，發表詩作，作品百首。一九六五年，他考上屏東農專，因沉迷於文學的妄想中，留校重修。屏東農專畢業後，他放棄台北的職場，返鄉陪伴母親，並與莊芳華（1950～）結婚，他倆因編輯校刊、校報而相識。從小習慣都市生活的她，爲了愛情，嫁到簡陋的農村，用心融入農村生活。夫妻任教於溪州國中，他業餘陪母親下田，過著耕、教、讀、寫的生涯。婚後十年是他心情最穩定踏實、詩創作最豐沛的時期，《吾鄉印象》成爲他的標記。他個性坦朗眞誠，自稱「愚直鄉間子弟」、「只是憨直而無變巧的農家子」。「憨直」是他的註冊商標。一九八〇年，他受邀到愛荷華國際作家工作坊訪問四個月，由於大量接觸台灣看不到的文獻資料，了解許多眞相，對「祖國」的憧憬也幻滅，讓他面臨了蛻變的痛苦。他擅於理性辨析，始終以知識分子自居，知無不言，言無不盡。對政治、選舉、農業、環保的「了解越多，思考越多，確實也越掩抑不住的憂慮。」偶爾發表一些議論，卻觸犯禁忌，惹來麻煩。在白色恐怖時代，第一次遭遇到「四個警察來家裡查問」，當時是大專一年級的暑假，也是父親車禍去世後半年，寡母的焦慮驚惶，在年輕心靈蒙上一層厚重的陰影。

　　他強調「了解是關懷的基礎、關懷是行動的起始」，三十多年來，「秉持正直的情操，爲公義、爲促進更合理的社會」，透過新詩或散文，提出嚴格的批判。

　　二〇〇〇年，吳晟夫婦正式退休，面對政黨輪替，他更用心思索台灣問題，例如：污染、土地、農業、教育、文學等面向。二〇〇五年，吳晟晉升祖父級，面對初老的年歲，他發表「晚年冥想」十首，透過圓熟的觀照，道出「鄉間子弟鄉間老」的心聲，遙契三十年前的

夢想：「安安份份握鋤荷?的行程／有一天，被迫停下來／也願躺成一大片／寬厚的土地」。二○○七年，他榮獲吳三連文學獎，可謂實至名歸。

根據二○○○年洪範版《吳晟詩選》（1963～1999）附錄〈吳晟詩作編目〉，1962～1999，共有二三四首，（按：1980漏列〈呼求〉一首），其實應是二三五首，加上2005年「晚年冥想」組詩十首，總共二四五首，這是四十多年的成績。

吳晟詩文雙重奏，為斯土斯民發聲，深獲讀者的共鳴與學界的矚目；長期以來，有關吳晟的研究，散論專著並出。一九六五年，張健《飄搖裏?序》揭開序幕，迄今評論未曾間斷，包括新詩評論百篇、單篇詩作分析六十篇。我們從中選出十三篇，以時間為經，論述為緯，建構吳晟新詩評論指向，書名《鄉間子弟鄉間老——吳晟新詩評論》。這裡稍作鳥瞰：

周浩正〈一張木訥的口〉云：「吳晟就是這樣一個腳踏著泥土的詩人。」張寶三〈試論吳晟的〈吾鄉印象〉〉申述：「他以一個知識分子而投身於鄉土之中，除了能深切體會鄉土的哀樂甜苦之外，同時也產生許多來自都市文明和鄉土現實相較之後的感慨。」顏炳華〈反映現實抓住現代感的詩人〉以為：「吳晟的詩誠然不是流行性的，也不光彩奪目，但在他如泥土般真摯厚重的作品中，我們卻可從平實中見深情，從平淡中見深刻。」

陳映真〈試論吳晟詩〉貼近詩人經驗世界，指出詩思歷程：「他的動人之處，正好是他那種憂煩不可自抑，獨自向不平、不公苦口婆心的聲音。而吳晟的缺點，也正好是在他過分自抑和自制，使他有時無法發出更為昂揚、更為解放的聲音，使他的詩的音域，受到一時的限制。」林明德〈台灣文學中的歷史經驗——以吳晟的作品為例〉，透過詩人詩文交響指出：「詩人所呈現的，是活生生的歷史經驗，而且，在往事的紀錄中，有一份參與批判，既不同於歷史想像，也迥異於歷史情境。」施懿琳〈從隱抑到激越—論吳晟詩的政治關懷〉云：

「九〇年代以後的作品批判色彩更爲濃厚，關懷的層面也更爲開？。終於可以將多年積壓的鬱懷鬆解開來，我們看到詩人以最眞實、最響亮的音聲抒吐出誠懇而熱切的心語。」陳文彬〈濁水溪畔的憂傷〉則沉重地指出：「《再見吾鄉》是吳晟爲下一輪世紀的台灣農村，所留下的一篇眞實備忘錄。」

宋田水〈一條河流一個詩人〉表示：「吳晟和其他一些關心台灣生死的本土作家，以及他們在社會狂潮下的掙扎和喊叫，乃至對本身的肯定與懷疑，何嘗不具有類似的巨人精神？」林廣〈發現，另一種詩的格局〉云：「企圖藉著吳晟的『預言』，來探索他創作的初心，以展現詩人豐繁的樣貌。」蕭蕭〈吳晟所驗證的現實主義新詩美學〉透露：「警示台灣農業破產，可能造成的悲慘，層層顯露內心中掩藏不住的焦灼，層層逼近現實裡不可忽視的警訊，『眞知』的美學特質，在焦慮中層層浮現。」呂正惠〈吳晟詩中的自我與鄉土〉剖析：「吳晟又找回了那個原來的『自我』，既謙卑、又不怕受到挑戰的自我，既不『從俗』、也不刻意『不從俗』的自我。」

至於陳建忠〈讓土地說話─論農民詩人吳晟的詩藝〉以爲：「吳晟的詩讓土說話，讓農村說話，而最終喚起我們的恐怕是比詩更多的一點是什麼：那或將是關乎良知、關乎未來、關乎敬天愛人的一種信念，引人低迴沉吟。」林明德〈鄉間子弟鄉間老─論吳晟新詩的主題意識〉直指：「在他詩作的深層結構裡，我們可以發現強烈的核心價值─倫理觀念，並由此擴充開展的家庭倫理、社會倫理與土地（自然）倫理。他對土地、作物的愛戀，可以透過李奧帕德的『土地倫理』來探索。」

本書涵蓋時間三十年、論述十三篇，個個從不同的視野來詮釋「吳晟」，而且呈現獨特的文學智慧。非常感謝大家應允彙編成書，俾便學者研究吳晟的參證。最後特別要指出的是，附錄《吳晟相關評論》由成大台文所博士生陳澄州整理，讓本書增加學術價值，也更方便入門研究。眞是多謝。

【目 錄】contents

1 一張木訥的口
——初讀吳晟的詩〈吾鄉印象〉與〈植物篇〉[1]　周浩正

一、

　　第一次讀到吳晟的詩，是在第二屆「中國現代詩獎」[2]頒獎典禮上。

　　在紛擾的詩壇上，吳晟的獲獎，可以說是詩壇的一大盛事，而且也是正式公開地承認了他作品的價值。評審會所給予他詩作的評語，雖然很貼切，可是我覺得並沒有指出他的詩的特色，單單說他「詩風樸實，自然有力，以鄉土性的語言，表現時代變化中的愁緒，眞摯感人」是不夠的，和他所給予讀者的整體印象來說，嫌含蓄了些。他的貢獻，在於揭露時代變化輾過人們心緒上的痕跡，與生活揉合在一起，顯示了非凡的成就，並提示出新的體驗，形成一種極爲深遠的影響。

二、

　　吳晟的成就之一，是他的詩伸入了鄉土豐富的語言中攝取養料，適切而忠實地反映了他周圍的人們。他不僅捉住了面貌，並且深入他們的精神、信仰以及情感的內層，眞摯誠懇地描繪出那些拙樸的臉孔及一幅幅動人的圖畫。

　　在他詩裏所浮現出的農村生活，正是中國農民典型的形貌，流灑

---

1 〈吾鄉印象〉與〈植物篇〉收於中國現代詩獎基金會出版之《眞摯與奔放》紀念特輯中。

2 中國現代詩獎，係由旅越華僑吳望堯先生捐贈而設立的，吳晟與管管合得第二屆詩獎。

著汗水，辛勤地工作，默默地承荷著推動歷史巨輪的使命。那一顆顆豐碩的稻粒，就是社會文明延續和進步的保證，在犂耙之中，躍動著赤裸而真誠的生命。

真正的文學家，永遠不會脫離他力量的源泉：民眾。吳晟的詩，所以能予人強烈的印象，形成一種方向感，主要也是他確切瞭解這一點。我們在他的詩裏，讀到的不是一個「個人」，而是一個「群體」、一種「意識」，一份具有普遍性的情感，使他掌握到了文學的命脈。

在〈吾鄉印象〉和〈植物篇〉裏面，迎面而來的，是拙樸的莊稼人及面孔，流動在他們心田的那些情愫和感受，一一在吳晟的詩裏映現出來，他們的渴慕和怨嘆，是如何強烈地敲擊著你，呼喚著你。聽吧——

> 古早古早的古早以前
> 吾鄉的人們
> 開始懂得向上仰望
> 吾鄉的天空
> 就是那一付無所謂的模樣
> 無所謂的陰著或藍著
>
> 古早古早的古早以前
> 自吾鄉左側綿延而近的山影
> 就是一大幅
> 陰悒的潑墨畫
> 緊緊貼在吾鄉人們的臉上
>
> 古早古早的古早以前
> 世世代代的祖先，就在這片
> 長不出榮華富貴
> 長不出奇蹟的土地上

揮灑鹹鹹的汗水
繁衍認命的子孫[3]

　　就像這樣平平實實的句子，道出對命運的無奈感和在現實環境裏所顯示出的堅韌的生命力。在古拙之中，自然而然地孕化出一種激動人心的力量。

　　再如另一首〈雨季〉，只有短短十三行，每一行都像一聲聲敏感的回聲，將世俗的那種平凡的生活，表現得率眞而深刻，在這氣氛的感染下，忍不住想學著詩裏的口吻，粗獷地帶上一句：「伊娘——這款人生！」

抽抽煙吧
喝喝老酒吧
伊娘——這款天氣

開講開講吧
逗逗別人家的小娘兒吧
伊娘——這款日子

發發牢騷罵罵人吧
盤算盤算工錢和物價吧
伊娘——這款人生

該來不來，不該來
偏偏下個沒完的雨
要怎麼嘩啦就怎麼嘩啦吧
伊娘——總要活下去[4]

3　引自〈吾鄉印象：序說〉，《眞摯與奔放》35頁。
4　引自〈吾鄉印象：雨季〉，同上書，39頁。

「總要活下去！」這五個字裏面，蘊含著一股強烈撼人的悲劇內涵——一種傳統而古典地深植在中國人骨髓裏的——即使命運是如此沉重，而仍在所承荷的生活壓力下，勇毅地活下去！

他平實地反映出農村生活的面貌，反映出他熟知的人群，深入到他們的精神和信仰的內層，傳述出他們的心聲。在一束稻草裏，他感喟著：

> 一束稻草的過程和終局
> 是吾鄉人人的年譜[5]

但是他對於這些，並不感到傷悲，相反的，他喜愛農村那種恬淡自適的生活，陶醉在「日出而作，日入而息，……帝力於我何有哉」的境界。在一首類乎抒懷的詩中，他如此吟誦著：

> 吟哦自己的吟哦
> 詠嘆自己的詠嘆
> 無關於閒愁逸緻，更無關乎
> 走進不走進歷史
> ……
>
> 不悲，不怨，繼續走下去
> 不掛刀，不佩劍
> 也不談經論道，說賢話聖
> 安安份份握鋤荷犁的行程[6]

三、

吳晟的詩，除了生活的反映外，也還混雜了幽默、諷刺和憂懼。

5　引自〈吾鄉印象：稻草〉，同上書，41頁。
6　引自〈植物篇：土〉，同上書，47頁。

　　農村，是傳統文化根深蒂固的大本營，頑固地抗拒外來勢力最內層的堡壘，鄉民們的懷舊念祖之情，是很難驅遣的，信佛和祭祖，已成為農村生活的一部分，也是他們精神生活所依持的所在。在〈神廟〉一詩中，他一面感慨於土地祠的荒蕪，一面仍感動著「香火依然鼎盛」的現象，雖然：

　　耶穌枯乾的雙手
　　曾捧來奶粉與洋大衣
　　畢竟不歸屬吾鄉[7]

在同一首詩裏，他也譏嘲鄉民的迷信：

　　燃一柱香，焚一疊冥紙
　　祈求神祇保祐──
　　吾鄉的人們，不能保祐自己

　　吾鄉的人們，從未懷疑
　　天公或大大小小的神祇
　　只知照顧自己[8]

　　譏嘲之內略含詼諧，因此我們無法純以迷信嘲笑，也毋需憐憫惜顧；吳晟以村民們誠摯的愚信，反照出現實世界裏人性的虛假、自私和墮敗。

　　另一首〈曬穀場〉，開了氣象台一個玩笑：

　　氣象台的報告，往往
　　屬於謠傳。而天色
　　變幻不定的天色

引自〈吾鄉印象：神廟〉，同上書，37頁。
8 同上。

一張木訥的口．013．

吾鄉沒有諸葛亮之流的人物

可以預測[9]

在收割季節，農村的曬穀場變成驚惶的競技場。幽默突梯之中，宣露了農民「靠天吃飯」的緊張與心酸。

〈牽牛花〉[10]和〈路〉[11]兩首詩，是他憂懼文明的反映。他所眷戀的農村生活：恬靜、淡泊、無爭的日子，很快地就要被從都市延伸出來的觸鬚——路，和它所帶來的機器，所形成的喧囂和虛幻的繁榮污染了。他悲愴地控訴電視機吸引去「在陽光下奔跑，在月光下嬉戲的」吾鄉的囡仔；一家家工廠吸引去「在陽光下流汗，在月光下歌唱的」吾鄉的少年仔。當身處的環境在這種挑戰下變化下去，他不禁問道：「有一天，我們將去那裏？」

握鋤荷犁的行程，厚實待耕的土壤，都是他最為嚮往的「生活內容」，他非常驕傲自己是一棵「卑微的野生植物」，他似乎不願意改變生活方式，即使在卑微、為人咒詛、鄙視的境遇裏，卻依然驕傲地過活他自己的日子，而即使有一天，不能從心所欲時——

也願躺成一大片

寬厚的土地[12]

四、

不管吳晟是否自覺到他的成就，這十六首詩，已為現代詩的發展，樹立了一座新的里程碑。他所探索的方向和表現的主題，為現代詩的未來，立下一個突出的典範。

---

9 引自〈吾鄉印象：曬穀場〉，收入《真摯與奔放》40頁。

10 該詩收入〈植物篇〉，同上書，48頁。

11 該詩收入〈吾鄉印象〉，同上書。44頁。

12 引自〈植物篇：土〉，同上書，48頁。

　　艱深苦澀的詩，已有過它的輝煌歲月；平樸清順的詩，成為今日的主流。但是，在平樸清順之中，同時必須預防著新的偏誤——由於缺乏堅實的生活內容，而導致題材的蒼白。除了揚棄技巧上過份雕琢造作之外，在一首平樸清順的詩後，同樣需要蘊含耐人咀嚼的「意義」。這層「意義」，有時正是作者人生觀點的昭現。

　　吳晟就是這樣一個腳踏著泥土的詩人。

　　他沒有刻意地去叫喊口號——「口號」只對那些貧乏的創作者才顯得出用處，因為他們必須為自己空虛的內在去填塞一個內容。

　　吳晟並不是那一類像水面浮萍似的詩人，他的這十六首詩，首首根植於沃土，他是地面一根吸取大地滋潤的「小草」。在「寧失之拙樸」[13] 裏，他告訴我們說：「畢業之後這幾年來，一面在鄉間學校教書，一面跟著母親從事耕作。……母親常說：『生存不是一件容易的事，一粒米，一碗飯，都不知要流多少汗才能獲得』。生存的蒼涼和艱困，較之一些輝煌的哲理，我體驗得更深刻。在我週遭的人們卑微的情懷，實更令我關心，更接近我的心靈，因為，我也只是非常平庸，非常非常卑微的農家子弟。」

　　抱著這樣的心情來從事創作，很自然的每個字裏都會有著他深摯的情感，這樣的詩句所滙聚成的力量，誰能抗拒呢？吳晟坦誠地說：「我的作品，大都是從實實在在的生活體驗中醞釀而來。泥土的穩實、厚重、博大，傳統的中國廣大農民，不矯飾，不故作姿態，真真誠誠對己對人的敦厚品性，始終深深引我嚮往和企慕。」[14] 是的，只緣於他生在農村、活在農村，所以我們讀到了有血有肉的作品。

　　但真正能步入農村心貌如此深刻的原因，最根本是由於他的「態度」。他沒有少數知識分子孤芳自賞的優越感，他沒有把自己劃入那種特殊階層或賦予自己一種特殊的使命，他沒有像有些讀書人到最後變成水面上的油漬，再也無法和水分子混和在一起了。

13 引自吳晟第三屆中國現代詩獎得獎獻辭，見《真摯與奔放》8頁。
14 同上，9頁。

吳晟卻能不背棄他的源處，歌唱著大地之歌，將詩與生活美妙地揉合，在他平淺的詩裏，可感觸到一道貯積著熱情奔放的潛流湧動著，看不到因知識而引來的驕狂。

他謙誠地認識自己的卑微和平庸（這是面對了歷史和文化，面對了廣大民眾的感受），因此才更深刻體悟到工作的嚴肅性。他曾說過：「真誠的創作，即在嚴肅的態度中。然則，嚴肅性並不意味『偉大性』──何必將詩（藝術）哄抬得那樣『高不可攀』呢？」[15] 這一段話，正好說明了吳晟之所以成為吳晟的非凡之處。

五、

讀著吳晟的詩，內心翻湧著難以抑止的激動。

讀者們的眼睛是雪亮的。

我們不會忘掉真摯地蘸著汗水寫詩的人；

我們不會忘掉將人類堅韌生命力如此具體地表現出來的人；

我們不會忘掉將拙樸本性，在詩中凝成一種氣質的人；

我們不會忘掉在詩裏揭露了莊稼人生存心象的人；

我們不會忘掉一個真正生活著的「人」。

耳邊，心際，不禁漾盪起吳晟的歌聲：

千萬張口，疊成一張口

──一張木訥的口

自始至終，反反覆覆的唱著

唱著那一支宿命的歌[16]

‧周浩正（1941～），筆名周寧，江蘇嘉定人。曾任職「華欣文化」。著有《編輯道》（文經社出版）。

15 同上。

16 引自〈吾鄉印象：歌如是〉，見《真摯與奔放》42頁。

2 試論吳晟的〈吾鄉印象〉

張寶三

也算前言

　　民國六十一年八月，當我還是師專一年級的學生，剛放暑假不久，升上去才是二年級，那年正好是我第一次離家，在學校宿舍裡住了兩學期，然後又回到了農村，每天和父母親到田裡去耕種，一方面回憶著學校的生活，心裡實在有著許許多多的寂寞和感觸，後來有一次上街買了一本八月號的《幼獅文藝》回來，因為寂寞，所以翻翻，看完吳晟的〈吾鄉印象〉我竟感動得掉淚。在這之前，我不懂得什麼叫現代詩，更不認識吳晟，說要寫點什麼讀後感是不可能的，我只是很認真地把〈吾鄉印象〉全部抄在筆記本裏，準備開學後帶回學校給同學傳閱，在這之後，我好像一直都沒再聽過吳晟，有時候我想起來，心裡猜測著也許只有像我這種生長在農村裡的孩子才會有這麼深刻的感覺吧！民國六十三年，我加入「後浪詩社」開始發表詩，曾經幾次嘗試著要把自己在農村的感受像吳晟這樣不費力地表達出來，可是我始終不能，也許因為我大部分的時間都還是留在學校的吧！鄉村給我的經驗和感觸幾乎都沉澱下來成為記憶，但我還是時常懷念吳晟。

　　民國六十四年，第二屆中國現代詩獎之一頒給吳晟，「聞者莫不動容，大呼意外」。當然，以吳晟的乏於活動，集結之少，得獎實實在在是許多人都料想不到的，說「大器晚成」、「無異給予大多數讀者的鑑賞力一個巴掌」未免是過重了些，但另一方面，你會為這個詩壇感到悲傷，假設吳晟不得獎，誰會去關切這樣一個默默耕耘不怨不訴的人，詩壇的某些事物的可憎可恨，莫過於這些。

也見周寧在卅八期《書評書目》中〈一張木訥的口〉,雖然他坦白地說:「第一次讀到吳晟的詩,是在第二屆『中國現代詩獎』頒獎典禮上」,讀來仍叫人心酸,有人替吳晟說幾句話總是好的,但我發覺周寧還沒完全體會吳晟詩中的精神,原因是他有時太過於樂觀。底下,我想專從〈吾鄉印象〉全部的十二篇作品來談吳晟,有些意見可能會和周寧相左,這是首先要表白的。

吳晟的〈吾鄉印象〉一輯十二首,加上前面〈序說〉總計十三首,最早發表在六十一年八月號的《幼獅文藝》(224期),其後吳晟出版第二本詩集,即以《吾鄉印象》為名[1]。去年六月吳晟交由「遠景」出版了他的第三本詩集《泥土》,〈吾鄉印象〉亦收入該書「卷二」,這一輯十三首作品,大致可視為吳晟詩作的「基型」,代表吳晟作品較早期的面貌,近期吳晟的詩作,無論在題材或語言風格上都有顯著的轉變,但其精神內涵,則仍可視為〈吾鄉印象〉的擴展或逆轉罷了,因此本文擬就〈吾鄉印象〉這十三首作品作一簡單的剖析,以做為進一步欣賞吳晟其他詩作參考。

一、

要探討吳晟的詩,首先必須對他的創作背景有概略的了解,吳晟生於彰化縣溪州鄉的一個小農村,民國六十年自屏東農專畢業之後,返回家鄉溪州國中任教,課後及假日則跟隨母親下田耕作,以至於今。吳晟一向強調「什麼樣的人寫什麼樣的詩」[2],因此吳晟在這樣的環境中表現著濃厚的鄉土氣息本是十分自然的現象,但吳晟除此之外還有一個特點,即是他以一個知識分子而投身於鄉土之中,除了能

---

1 吳晟的第一本詩集《飄搖裏》,五十五年十二月由屏東「中國書局」發行,第二本詩集《吾鄉印象》,六十五年九月由「楓城書局」出版。

2 六十八年十月二十八日,吳晟受台北「現代畫廊」之邀發表演講,題目即為〈什麼樣的人寫什麼樣的詩〉。

深切體會出鄉土的哀樂甜苦之外，同時也產生許多來自都市文明和鄉土現實相較之後的感慨，這種特殊的心態是我們在閱讀吳晟〈吾鄉印象〉時所不可忽視的，因為整輯詩幾乎可說都是這種心態的投射和反映。

在〈吾鄉印象〉的〈序說〉裡，我們已經大略可以看出這輯詩的內容梗概：

> 古早古早的古早以前
> 吾鄉的人們
> 開始懂得向上仰望
> 吾鄉的天空
> 就是那一付無所謂的模樣
> 無所謂的陰著或藍著

> 古早古早的古早以前
> 自吾鄉左側綿延而近的山影
> 就是一大幅
> 陰悒的潑墨畫
> 緊緊貼在吾鄉人們的臉上

> 古早古早的古早以前
> 世世代代的祖先，就在這片
> 長不出榮華富貴
> 長不出奇蹟的土地上
> 揮灑鹹鹹的汗水
> 繁衍認命的子孫

在〈序說〉裡，我們感受到兩種基本的成分：一是強烈的宿命感，一是濃厚的感傷語調。第一段中，自從吾鄉的人們懂得向上仰望以來，天空始終都是無所謂的陰著或藍著，不因人們希望下雨而變

陰，也不因人們希望晴朗而變藍，天空和風雨在吳晟的詩中似乎都不是用來觀賞的自然景物，而是代表著類似命運一般必須時時與之搏鬥的對象，因此在第二段裡，吳晟把山說成是一幅潑墨畫，卻「緊緊貼在吾鄉人們的臉上」造成了極大的反諷效果。

第三段描寫世世代代的祖先，在這片「長不出榮華富貴，長不出奇蹟的土地上」仍然拚命工作，揮灑他們鹹鹹的汗水，繁衍認命的子孫，吳晟描寫中國農民自古以來刻苦耐勞，任怨認命的傳統意識，可說極為貼切深刻。由於他對「吾鄉人們」的關注，有時亦不免露出深含同情的感嘆，像〈晨景〉中的前兩段和最後一段：

鳥仔無關快樂不快樂的歌聲
還未醒來
吾鄉的婦女
已環坐古井邊
勤快地浣洗陳舊或不陳舊的流言

無關輝煌不輝煌的老太陽
還未爬上山頂
吾鄉的囝仔
已在母親的一再催喚下
倖倖然離開
沒有童話，沒有玩具的睡夢
……
哪！吾鄉的晨景
傳說是一幅美麗的圖畫

在這首詩裡，不管鳥兒的歌聲快不快樂都與「吾鄉的婦女」無關，她們只知道在一大早鳥兒還未醒來的時候，就必須到古井旁去洗衣服，等洗完衣服之後還要下田去工作，他們一邊洗衣服一邊談論著

或新或舊的傳聞，在旁人看來，這樣一個洗衣服的情境該是一幅多麼美麗的圖畫；可是我們又怎能去體會她們的勤勞與辛苦呢？因此吳晟在最後一段說：「哪！吾鄉的晨景／傳說是一幅美麗的圖畫」，這「傳說」兩字隱藏著許多的同情和不滿。

二、

吳晟的宿命色彩在〈稻草〉和〈歌曰：如是〉這兩首詩中，表現得更加淋漓盡致，在〈稻草〉中，他給「吾鄉的人們」刻劃了一個不變的年譜：

終於是一束稻草的
吾鄉的老人
誰還記得
也曾綠過葉、開過花、結過果？

一束稻草的過程和終局
是吾鄉人人的年譜

他以稻草來形容鄉村的老人，當他們年輕的時候也曾爲生活奮鬥過，爲養育下一代而辛勤工作，就像他們所栽種的稻子一般必須忍受風雨的侵襲，病蟲害的威脅，它們曾經綠過葉、開過花、結過果，但是稻子和人，最後的結局都是「在乾燥的風中——一束一束稻草，瑟縮著——在被遺棄了的田野」（「稻草」第一段）、「午後，在不怎麼溫暖——也不是不溫暖的陽光中——吾鄉的老人，萎頓著——在破落的庭院」（第二段），這樣的感慨有時不免會流於過分的傷感，但同時也更能看出吳晟悲憫的胸懷。

雖然「吾鄉的人們」抱持著濃烈的宿命色彩，他們對生活的種種有時仍會有許多不同的反應，如〈沉默〉這首詩裡的自怨：

免講啦！
不語的斗笠，不語的嘴巴，不語的赤足
從何談起
如〈歌曰：如是〉裡的自嘲：

反正，是豐收，是歉收
總要留下存糧活命
不如啊歌曰：如是
趕緊回諾：如是

　　既然命運是反反覆覆唱著的一支歌，自怨自嘆也是徒然，不如
「順著歌聲的節拍呼吸」，吳晟此處表現了農人最純真的感情和最堅韌
的毅力，讀來讓人低廻不已。不過，「吾鄉的人們」有時在百無聊賴
和不能稱心如意的時候，也會發發牢騷，如〈雨季〉這首：

抽抽煙吧
喝喝老酒吧
伊娘——這款天氣

開講開講吧
逗逗別人家的小娘兒吧
伊娘——這款日子

發發牢騷罵罵人吧
盤算盤算工錢和物價吧
伊娘——這款人生

該來不來，不該來
偏偏下個沒完的雨
要怎麼嘩啦就怎麼嘩啦吧
伊娘——總要活下去

　　這首詩描寫雨季時「吾鄉人們」的心情，前面三段的句式完全相同，和雨天反覆、單調的情境很能配合，而其中質樸的語言和無奈的心情則給人深深的感動，從第一段的「這款天氣」延伸到「這款日子」到「這款人生」一直到最後「總要活下去」，許多悶憤得到紓解而餘音不盡，在這方面吳晟表現得非常成功。

　　由於宿命觀念的濃烈，吳晟在表現「吾鄉人們」的信仰時，也同樣流露著這種影響，因為他們無法掌握自己的命運，因此只好祈求神祇：

> 初一十五，或更重要的節日
> 吾鄉的人們
> 必定在廟前擺上祭品
> 燃一炷香，焚一疊冥紙
> 祈求神祇保佑
> 吾鄉的人們，不能保佑自己
> ──〈神廟〉

　　但生活在鄉村的吳晟，同時也知道「天公或大大小小的神祇／只知照顧自己」〈神廟〉，但這並無妨，祭拜神祇和喝酒發牢騷一樣，也只不過是「吾鄉人們」慰藉自己的一種方式罷了，因此在〈清明〉這首詩中，吳晟說：

> 祖先的顏面，識或不識
> 吾鄉的人們
> 祭拜時，悲傷或不悲傷
> 傳統的虔誠依然

　　這種虔誠的信仰有時看似不可解，在精神上卻有其真誠和嚴肅的意義。

三、

〈吾鄉印象〉中還有一項值得我們探討的是：吳晟對城市文明的態度。在民國六十五年十月號（274期）《幼獅文藝》，顏炳華的〈吳晟印象〉這篇訪問記裡曾有這樣的一段話：「又要上講堂，又得下田畝，吳晟的鄉居日子，是一場又一場勞苦的搏鬥，甚至最起碼的現代生活工具，亦得接受母親的排拒，我們幾個友人，都很清楚吳晟母親如何堅持拒絕電視機、洗衣機、機車等文明產物的侵入，但我們也深爲敬佩她對泥土的愛戀和對農事的認眞，便不再覺得她有任何愚昧和頑固，也不以爲她『不近情理』或故作姿態」[3]，這一段話可以幫助我們瞭解吳晟在寫作〈吾鄉印象〉時的心情，也許吳晟的母親對機械文明所抱持的排斥態度在目前的農村裡已不能算是普遍的例子，但她卻代表著大部分農民對傳統的眷念與維護，吳晟以一位知識分子身臨其間，眼看著都市文明給城市帶來的福禍，不管你願不願意，都必須接受，自然不能無所感，因此他表現出來的批判態度極爲強烈，像〈路〉這首詩的前三段：

　　自從城市的路，沿著電線桿
　　──城市派出來的刺探
　　一條一條伸進吾鄉
　　漫無顧忌的袒露豪華
　　吾鄉的路，逐漸有了光采

　　自從吾鄉的路，逐漸有了光采
　　機器匆匆的叫囂
　　逐漸陰黯了
　　吾鄉恬淡的月色與星光

---

3 此文後來稍有增續，成爲詩集《泥土》之序文。

自從吾鄉恬淡的月色與星光
逐漸陰黯
吾鄉人們閒散的步子
統統押給小小的電視機

從城市延伸而來的道路，埋設了電線桿，帶來了路燈和電視，路雖然有了光采，但恬淡的月色和星光卻逐漸陰黯了，以前人們習慣在星光和月色下散步，現在卻統統押給小小的電視機。

這種對傳統的固守卻又無法抗拒時代的必然轉變的無奈心情，和〈吾鄉印象〉中的感傷語調也有著重要的關連，吳晟在表現這方面的題材，有時難免失於過分的愁苦，而且他對於機器文明所帶給鄉村的福祉也未能作適當的描述，這不能不說是一項缺陷，但我們因此也更能感受到他對鄉土的肯定與愛護，像〈店仔頭〉中的一段：

花生，再來一包
米酒，再來一杯
電視啊！汽車啊！城裡回來的少年啊！
不必向我們展示遠方
豪華的傳聞

裡面雖然仍有部分自憐自嘆的成份，但未嘗不能看作是「吾鄉人們」在內心中最堅決誠摯的自我肯定。

四、

對於吳晟〈吾鄉印象〉的討論就止於這裡，至於其中的語言和技巧等問題，由於篇幅的關係，就略而不論。〈吾鄉印象〉之後的吳晟，風格和取材方面時有不同的轉變，我們大略也可以從〈吾鄉印象〉裡尋得它們的痕跡，這些都容待另文討論。

在《泥土》詩集卷三「向孩子說」的〈序詩〈阿爸偶而寫的詩〉〉中的一段，吳晟自己的詩可以給〈吾鄉印象〉做一個很好的註解：

孩子呀！阿爸偶而寫的詩
無意引來任何讚嘆
也不必憑藉任何掌聲
和我們每天在一起勞動的村民一樣
對深奧的大道理，非常陌生
又欠缺曲曲折折的奇思妙想
只是一些些
對生命忍抑不住的感激與掛慮

這種「對生命忍抑不住的感激與掛慮」也許就是吳晟詩中最可貴的情愫吧！

・張寶三（1956～），雲林縣人。國立台灣大學中文所博士，現任國立台灣大學中文系教授。

3　反映現實抓住現代感覺的詩人

顏炳華

一、

　　一代又一代，無數堅忍而固執的稻種，曾默默地孕育過亞洲大陸的五千年文化，腳印落處的泥土，稻種便滋繁，榮枯復榮枯。

　　有那麼一顆稻種，蘊含著《詩經》泥土的質樸、〈離騷〉的憂國、靖節的恬靜、杜工部的悲憫，以及五四以後的口語，隨著腳印，落土在這海島中部不太肥沃的泥土上。也曾經歷幾番海島氣候的風雨飄搖，終於尋著了那片不顯貴的苗床，像祖先們一樣，默默地固守著，將根困苦地伸入泥土中，終於而芽而苗而果實纍纍。

　　不是霓虹燈的血紅，不是咖啡杯的濁褐，不是彩虹飄渺的七彩，更不是都市臉孔的漠然和蒼白。而是大地的綠，樸拙的、偶而夾點牛糞味的綠，固守泥土的綠。在大部分稻種因經不起幾番風雨的飄搖而離開泥土而變種的今天，這顆在歐風美雨不斷侵襲下，仍保存純種的稻種，不可不謂值得稱讚。這顆稻種，就是因「詩風樸實、自然有力、以鄉土性的語言，表現時代變化中的愁緒，真摯感人。」而獲第二屆中國現代新詩獎的吳晟。雖無萬人傳頌的美譽與幸運，寫了十幾年詩的「年輕的老詩人」，終於在臺灣詩壇有了確定的評價。

　　吾人經常於欣賞山川景色時，禁不住感嘆它的秀麗與幽靜，特別是對於一個來自終日喧嚷的都市人，常使其興葬身於此地亦無憾事之感。事實上，山川景色並不絕對靜肅，我們真正感動的是那份安詳。正如吾人欣賞海景，除感於它的浩瀚，亦感於浪濤聲響的澎湃；欣賞瀑布，除感於它的一瀉千里，亦震於它千軍萬馬俱奔騰的聲響。欣賞山景時更需鳥聲、蟲聲、風過原野樹林聲。沒有聲音的世界，是一幅不能想像的恐怖畫面。同樣的，一個變動的時代裏，亦應有各類聲

音，始能證實這個社會確實是活生生的，而非是已遭扼殺的。因此，詩人的美名、桂冠，不應屬於那些「即興」式的，除了詠嘆私己情感之外，別無關心的詩人。而應歸於那些反映現實、抓住時代感覺的詩人——真正的詩人。

　　根據上述判斷詩人價值的原則，環顧今日臺灣詩壇，我們發現吳晟這位寫鄉土詩的詩人，是最具代表性的一位。

　　綜觀吳晟詩的表現與發展，是溫和而非暴戾，細緻而非粗惡，保守而非激進，苦味而非疏外的。一言一語都是對社會現象的反應、讚美與批判。

　　吳晟的詩能不能走進歷史，當然我們尚無法斷言，但至少已引起一般人的注意。如余光中在「中華日報」所發表的〈從天真到自覺〉一篇文章中所談到的：「……等到像吳晟這樣的詩人出現，鄉土詩才有了明確的面貌。」

　　所謂吳晟的鄉土詩，並非僅限於用鄉土語言表現情感，更重要的是他用鄉土情感來描繪鄉民的生態。吳晟的詩，處處可見源於對鄉土、對生命真摯的熱愛，不是即興的隨即忘卻的感觸，也非技巧與主義派別等格局下的表現，而是醞釀再醞釀後的深情流露。因此，我們不能將吳晟限定為鄉土詩人，而誤解他的成就。即使不用所謂的鄉土語言，我們相信，吳晟詩中所蘊藏的熾熱情感，仍能打動我們的心脈，震撼我們的心靈。

　　初二開始寫詩，並在報章雜誌發表作品，說明吳晟的早熟。在眾多學子裏，他彷彿是一株已經泛黃的稻種，懂得如何將成串的稻穗逼出體外。他的觸角像一隻蝸牛般四處伸張探索。由於內心年少情感的時而澎湃、泛濫，以及外在環境的變遷，早期的吳晟揮就了不少欠缺成熟的作品。

　　一瀉千里般的濫成，似是詩人成長的必然過程。吳晟初三時，曾因而誤信自己是寫詩天才，疏忽節制，大量製造作品，使得功課每況愈下，甚至高中聯考逼在眼前，他仍推開教科書，沉迷不悟，與繆思

終日廝守。同學們手中捧的是一本一本教科書、參考書，他手中握的卻是一冊一冊的文學書籍。

「初三那年，一個下雨天，我父親專程趕來八卦山下的學生宿舍找我，父子兩人在泥濘的路上一面走著，一面討論升學問題。父親幾乎下跪了般苦勸我能及時回頭。講到最後，一直低著頭的我，感覺父親的聲音有點異樣，抬起頭望他，才發現父親的臉面，不知何時已是滿滿的淚水。那是一張多麼愁苦的臉，一張對兒子的前途近乎絕望的臉。他的痛心，正預知了寫詩將會遭遇一連串不順遂的現實折磨，也預言了我將在艱苦的心路歷程中，受盡永無休止的折騰。」

一個晴朗的三月天，太陽已略偏西，吳晟家門前，雞鴨鵝犬團團轉的曬穀場上，詩人曾如此述說。詩人的臉，彷彿是一株突然枯萎的向日葵，不忍回顧。

這種孝與不孝難以辨明的壓力，使身為農家子弟，從小即需幫忙農事，嘗盡辛勞的吳晟，在他大部分的作品中，每每離不開過於執著過於自責的悲苦。也許他可以成為一隻飛離水田嚮往悠遊的白鷺鷥，然而他卻是一株已經將根深深扎入泥土中的稻種。

吳晟寫詩的歷程確已很長久了，初中即離鄉求學，也踏上他浩瀚而艱苦的文學旅途。十幾年的寫詩歲月不可謂不長。

「可是，更重要的，應是如何交出良知，接續數千年的民族命脈，並將這個時代真實的聲音留下來。」詩人的眼神，一下子黯淡，一下子則神光燦燦。

「競相追逐虛華，崇尚物質文明的今日，詩人不可能『出脫』幾乎是註定了，即使真擁有些許物質文明的牙慧，亦抵不過內心種種對決的愁緒。」

「詩人不是技工，不能專談技巧；更不是政治家，說什麼主義派別；詩人只是較常人易於受感動，也是生活在此時此地的社會中的一份子，怎能逃避這個社會諸般現象的衝激。」

「今日我們的詩壇，不乏矯意的田園詩人，他們寫農人荷鋤高

歌，寫炙人的太陽多麼溫煦，寫水田彷似柔柔的地毯，而不識鋤重累人，烈日灼人，穀芒刺人，不識天災與蟲害。水田更是走也走不盡的艱辛路程。」

「變化節奏急劇的現代社會裏，各種現象的激烈對立，互相矛盾、互相衝突，性向揚善隱惡的民族性，又使我們不忍注目醜惡的一面，甚至連發出聲音來的勇氣，亦因慣於沉默而喪失。年輕的詩人們，如何騰越這種危機，如何在這充滿私心，追逐私慾的時代，忍過諸種精神拷問的困境，將身軀推入眞實的現實社會，去了解，去關愛，將這一代的聲音，眞切的烙印於歷史的一頁，應是今日詩人的最大課題。」

某日，詩人曾如此說著，詩人純眞的臉譜，突然激昂起來，彷彿一盞突然光亮起來的燈。

「泥土的穩實、厚重、博大，農民的不矯飾、不故作姿態，眞眞誠誠對己對人對事的敦厚品性，始終深深引我嚮往和企慕。」

帶著這種省悟，吳晟從省立屛東農專畢業，走入社會——走回農家。許多好友常善意的建議他「投入文明」，他也曾和「文明」的「引誘」做過激烈的交戰，但歸屬於泥土的，仍歸於泥土：

從此，我將消逝
辭別寂寥的掌聲
辭別嚷嚷滿京華的冠蓋
我將悄悄消逝
——〈辭·答友人〉

帶著自我省察的自覺，吳晟靜靜回到鄉間，再度投身那片較任何文明都親切的鄉土，一再放棄爭逐榮華的機會。

返鄉任教，並於課後和假日，跟隨母親從事耕作。和鄉里的農民接觸日多，他也由「讀書人」而被視爲道道地地的「農友」。而後，吳晟的詩創作，果然有了轉變的契機，首先完稿了〈鄉居日記鈔〉詩

輯，以日記方式作著告白，完全是一片抉擇的足跡。詩輯中有瘂弦的語調，也有佛洛斯特的影子搖曳其中，種種不甚可喜的跡象，不能不令人擔憂。但是，我們隱隱的可以覺察出，他開始在揚棄一些不是自己語言和世界，掙扎脫身的痕跡頗為顯著。

「也許它自非常遙遠、非常遙遠，活著的我們一丁點兒也不認識的遠古以來，就如是流著，流盡了歲月的無情，流盡了人世無奈的滄桑和淒涼，流盡了許許多多命定的、人為的悲劇。」「文學創作，尤其寫詩，只是對生命最最無可奈何的關愛方式。」從這一路歷練和自省之後，確認了自己的本來面貌，擁抱如母親般孕育我們的泥土，如是便決定了他現在已經牢牢掌握的語言，樸拙、平實、真誠而不虛飾，寫出了一系列的〈吾鄉印象〉詩輯。呈現出來的，未必是鄉土的語言，但終於是吳晟自己的詩的語言。在《幼獅文藝》發表之後，逐漸引起有識之士的讚賞。

二、

吳晟寫詩的歷程，依次大致可分為幾個重要的階段，即初期的〈飄搖裏〉，〈不知名的海岸〉，近期的〈吾鄉印象〉和最近的〈向孩子說〉與〈愚直書簡〉。而選錄在《泥土》中的作品目次，仍是依詩的性質而分類，因此像最近才完稿的〈愚直書簡〉也與前述的〈飄搖裏〉、〈不知名的海岸〉等，同輯於〈一般的故事〉中。

不過，為了追述解析吳晟的詩，我以為按他詩完成的時間順序，必更能幫助我們了解吳晟的成長過程，詩風的演變與其精神面貌。

（一）

初期〈飄搖裏〉的迷惑與憂悒，時而激昂，時而低徊。「也有過昂揚的豪情，也有過纏綿的激情，也有過淒苦的愛戀。」這時期的作品，大都發表於早期的《幼獅文藝》、《藍星詩頁》，和現已絕刊的

《文星》、《野風》、《海鷗詩頁》等。這些詩,「抽象名詞的揉砌時嫌過度,映現情感的方式也欠缺創意,若干他人的影響仍頗顯著。」(張健序),但對一個高中生實不能過於苛求,若干詩句仍很可取。收集在《飄搖裏》這冊沒有對外發行的小詩集中的二十餘首詩,容或過於生澀,但吳晟對生命的熱愛、對生活和感情的執著,以及有心用世的年輕人的熱烈情懷,已在這些作品中明顯的表現出來,為他以後的發展,透露出端倪:

> 滿天每一道彩虹的絢爛
> 是我沸騰的血液
> ——〈噴泉〉

> 自你迤邐而去的足印之中
> 必有一虹,昂然升起
> 昂然舉起滿空晴碧
> ——〈渡〉

(二)

〈不知名的海岸〉時期的清冷、凝聚和用世意念之舒展。

民國五十四年八月,吳晟度過了一波三折的高中生涯,終於掙開了升學壓力的桎梏,考入省立屏東農專。這一顆漂泊歸來的稻種,雖然漸漸厚實地垂向農田,映現自己的投影,明日仍遙不可知,完全屬於吳晟自己的聲音還未出現。

南下的夜快車是寂寥的,吳晟懷著年少的憧憬,趕赴屏東太陽的盛筵。烈日映現他年輕銳亮的額角,炎熱欲熔的柏油路面,承印他方向錯雜的腳步,黃昏的椰影,下淡水溪的落日,隱隱撼動著觸鬚四處伸張的吳晟。

此時(五十五年前後數年)的詩壇頗為熱鬧,吳晟卻從此銷聲隱遁了一段時期,不為紛呈的光彩所惑,不為諸多亂嚷嚷的風尚所淹

沒。他並沒有停筆，在困苦中，他不斷的尋索，不斷的嚴厲逼問自己。在惶恐中，他開始有了執著，覺察到自己歸屬的，實在是泥土的族類，不是冠蓋滿京華的族類。身為詩人，還有比堅守自己的本質，實實在在的生活，更重要更清醒的課題嗎？年輕的吳晟，並不年輕，他已有了超乎本身年齡的自覺，不追隨潮流，不趨向時髦，不逞一時之能「爭強鬥勝」，沉默的、踏實的探求。

　　一年級寒假，吳晟的父親不幸因車禍而喪生。失恃之餘，在醫院裏留下母親的悲影和他滿身的泥濘──田間操作的泥濘。盤旋於腦中的是血跡，奔告噩耗的計程車煞車聲、塵土、狗吠、雞叫、弟妹的學費、家計、債務……，形成一道密網，淒苦的籠罩著吳晟。墳場就在水田間，生活、農作、祭祀、抉擇的矛盾糾結等，從此不可能再從他心中割離。

　　暑假，滿懷沉痛的吳晟，赴臺東沿海的農場實習。在太陽昇起的地方尋找方向。在太陽沉落的地方苦思默想。一生克勤克儉，熱心地方公益，多方為鄉民奔走的父親的影像，逐漸明晰、逐漸擴大。也許是父親的逝世，使吳晟開始真正關懷他的家鄉，這種懺悔心情的轉移，導致他用世意念的更加舒展。

　　甚至在他的作品〈土〉一詩中，亦如此傾露他獻身用世的悲情：

不掛刀，不佩劍
也不談經論道說賢話聖
安安份份握鋤荷犁的行程
有一天，被迫停下來
也願躺成一大片
寬厚的土地
──〈土〉

　　農專畢業前一年，吳晟必須在印刷廠打工維持生活，諸種壓力下，吳晟的詩有了凝縮的趨向。

雙手觸摸著機械，也深深探入生活的底層，愈發體驗生存的艱苦與意義。在〈工人手記〉中，吳晟如此寫著：「有陰沉的臉色壓迫而至，有咆哮灌向耳膜，有家人焦灼地索求接濟的限時信，淒冷的刺激著我淌血的心。惶惶然，戚戚然，但一切終究必須忍耐，忍耐啊！這個民族傳頌了數千年的苦難美德。」

這樣的日子，吳晟不得不跨越肉體的辛勞，在實際生活的磨練中，邁向成熟。尤其，拋開「高級知識分子」的身分，和工人一起生活，一起工作，他的悲憫情懷，促使他對一般基層的人物，有了更深的了解，對他們努力工作，不妄談夢想，安於平凡的生活，有了更深的體悟和尊敬。每當他送貨去給學校、機關，挨受到一些職員無來由的官腔和指使，他都默默承受下來，也曾經「意氣飛揚」的吳晟，在一連串生活的歷練中，顯露了難得的沉穩。

（三）

〈吾鄉印象〉的厚重、悲憫和愁緒。

「吾鄉印象」詩輯，不同於一般浮泛的「田園詩」，或閒適的農村參觀訪問記，當然不可能是童騃式的農村組曲。因為吳晟踏臨的地面，既不是艾略特的荒原，不是陶潛的歸隱田園，也不是齊瓦哥的滿眼黃花，而是厚重樸拙的泥土，孕育中國文化的泥土。從對泥土這樣源遠流長的摯愛中，深切的體驗中，吳晟的愛與詩，乃破土而出，並溯向比鄉土更為遼濶的傳統中國。這樣的歷史河源，既包含了遠古以來的掙扎和堅忍，也瀰融了文明與鄉土。

描述農村生態的第一筆，吳晟帶著些許無奈的筆調，展開〈吾鄉印象〉的序幕，但也展示了以今含古的歷史感：

古早古早的古早以前
開始懂得向上仰望
吾鄉的天空
就是那一付無所謂的模樣

無所謂的陰著或藍著
──〈序說〉

鳥仔無關快樂不快樂的歌聲
還未醒來
吾鄉的婦女
已環坐古井邊
勤快地浣洗陳舊或不陳舊的流言
──〈晨景〉

　　這樣的情景描述，最易使客居都會的遊子，在不容易仰望天空，不容易踏著泥土，日日呼吸著濃濁塵埃的文明生活中，興起緬懷鄉土的愁緒。

　　如是，吳晟筆下的野花野草野荊，不傲慢也不靦覥，自自然然的在我們的呼吸中生長。〈泥土篇〉、〈植物篇〉、〈禽畜篇〉，這一系列「吾鄉印象」的詩，自自然然的吸引著我們，撼動著我們。

　　又要上講堂，又得下田畝，吳晟的鄉居日子，是一場又一場勞苦的搏鬥，甚至最起碼的現代生活工具，亦得接受母親的排拒。我們幾個友人，都很清楚吳晟母親如何堅持拒絕電視機、洗衣機、機車等文明產物的侵入。但我們也深為敬佩她對泥土的愛戀，對農事的認真，便不再覺得她有任何愚昧和頑固，也不以為她「不近情理」或故作姿態。對鄉土的親愛逐漸淪喪的今日，她的「固執」毋寧是可貴可敬的。正如偌大的文壇上，代表「知識分子」心態的作品，比比皆是，隨處可見，吳晟「卑微」的「固執」，也毋寧是可貴可感的。這使我想起《飄》中赫思佳的父親無比愛戀的說：「泥土才是真正永遠的東西」。我們可以依吳晟母親的形象，來描繪原始的初民，看他們在自然中怎樣生活，怎樣工作，怎樣歌唱。請看吳晟在〈泥土篇〉中如何描述他母親──

母親的雙手，是一層厚似一層的
繭，密密縫織而成

沒有握過鉛筆、鋼筆或毛筆的
母親的雙手，一攤開
便展現一頁一頁最美麗的文字
那是讀不完的情思
那是解不盡的哲理
　　──〈手〉

不了解疲倦的母親，這樣講──
清爽的風，是最好的電扇
稻田，是最好看的風景
水聲和鳥聲，是最好聽的歌
　　──〈泥土〉

　　沒有華麗的詞藻，沒有「深奧」的意境，沒有「飄逸」的詩情，
也沒有變化多端、炫人奪目的意象，但是，在真實而深刻的描述中，
吳晟的詩，每一行一句，無不可感受到他的深情。在這冷漠凌佔優勢
的時代，樸實的深情，正是吳晟最可貴、最感人的特性。

　　工業經濟發達，所謂的文明，在鄉村外圍展開豪華的盛宴，引誘
著鄉村不經事的少年，一批一批離開農村，湧向都市：

入夜之後，遠方城市的萬千燈火
便一一亮起
亮起萬千媚惑的姿態
寥落著吾鄉的少年家
　　──〈入夜之後〉

然而媚惑儘管媚惑，吳晟中國農民先天執著的淳厚，未曾絲毫改

變。因為「簡樸刻苦的環境，沖淡自律的生活培育下，在在不容我有絲毫放任。」因為「生存的蒼涼和艱困，較之一些輝煌的哲理，我體驗得更深刻。在我周遭的人們卑微的情懷，實更令我關心，更接近我的心靈。因為，我也只是非常平庸，甚至非常卑微的農家子弟。」吳晟的詩，其大動脈即在於這種莊嚴的卑微之體認。

雖然機械文明的聲音，隆隆的逼近鄉村。鄉民們的臉，禁不住流進來的繁華而漸成模糊，但是安分守己、仰望天色的性格，依然支配著農民生活的命運。生於斯、長於斯，亦準備葬身於斯。走出泥土，進入繁華，復回歸於泥土的吳晟，眼見文明不斷侵入「吾鄉」，而又固守著中國傳統農民的個性，這種交戰頓挫與無奈的愁懷，加上對泥土、對鄉民的摯愛，使得吳晟最近期的詩作，有很濃重的宿命色彩：

> 店仔頭的木板凳上
> 盤膝開講，泥土般笨拙的我們
> 長長的一生，再怎麼走
> 也是店仔頭前面這幾條
> 短短的牛車路
> ——〈店仔頭〉

> 一束稻草的過程和終局
> 是吾鄉人人的年譜
> ——〈稻草〉

> 吾鄉的人們，祭拜著祖先
> 總是清清楚楚地望見
> 每一座碑面上，清清楚楚地
> 刻著自己的名姓
> ——〈清明〉

這種因都市與鄉村間的物質文明、生活姿態的差異，所造成的宿

命思想的擴張，亦曾使吳晟受傷得不得不向現實認命，而藉寫給他兒女的詩抒發悲懷，並對教育我們子女的「機巧的文明」，提出無奈的批判：

> 既然不能阻止你嚮慕
> 那些光采的場面和人物
> 孩子，不要哭
> 爲了你，阿爸決心向機巧的文明
> 認眞學習
> ──〈不要哭〉

或許，因這些過於深情，過於「在意」而流露出來的無奈感，很容易使人誤解吳晟頗有卑微的無望傾向。其實，吳晟心中的熱情並未冷滅，依然熊熊的燃燒，依然有默默的、悲憫的獻身情懷，前述的〈土〉詩即是一例。在他所有的作品中，表現得最多的，是對生命的頌揚和熱愛，對生命歷程的激昂或淒涼，永無休止的關懷和執著。在〈吾鄉印象〉這一系列的詩作品，除了安份守己的認命色彩而外，中國傳統農民刻苦、樸拙的本性，以及不管生活的擔子如何沉重，仍然「不悲不怨」默默擔負起來的堅忍，表現得更爲深刻：

> 該來不來，不該來
> 偏偏下個沒完的雨
> 要怎麼嘩啦就怎麼嘩啦吧
> 伊娘──總要活下去
> ──〈雨季〉

（四）

〈向孩子說〉的關愛與〈愚直書簡〉中的憂國。

〈向孩子說〉是吳晟傾愛其兒女的作品輯。在向孩子敘愛的同

時，吳晟也自剖了一個理想主義者，處在變遷的社會環境裏的苦惱：

> 阿爸對世界有很多不滿
> 卻不敢向世界表示抗議
> 只好對你媽媽發脾氣
> 阿爸不是勇敢的男人
>
> 阿爸對世界有很多愛
> 卻不敢向世界說出來
> 唯恐再受到刺傷
> 只好以這種方式
> 向你媽媽傾訴
> 阿爸是懦弱的男人
> ——〈不要駭怕〉

這種內縮沉默的表白使吳晟甚為苦惱，有時甚至不得不寄望於其幼小的兒女代他發言：

> 孩子呀，阿爸卻多麼希望
> 你有甚麼話要說
> 就披肝瀝膽的說出來
> 不要像阿爸畏畏縮縮
> ——〈不要說〉

藉著這樣的自嘲，吳晟把他對世間的愛和大時代中個人力量是何其微弱的挫折感，全盤烘托出來。這種無力感來自胸中過多的熱愛和時而失墜的社會改革的信心，生命也就充滿苦惱。但畢竟是要活下去的，縱然我們的社會已演變成：

> 因為你身上沾滿了泥巴
> 他們竟說，你是骯髒的

因爲你不會說 bye bye
他們竟說，你是愚笨的

因爲你的粗布衣裳和赤足
他們竟說，你是粗俗的
　　——〈阿爸確信〉

我們還得生活下去，且接受它的挑戰，正如前面提及的「不要哭」一樣，必須以昂然之姿「向機巧的文明認眞學習」。何況「冷漠和私心，並未完全佔領我們的社會」，我們依然還能自省，還得「以眞實的面貌正視眞實的世界」：

我們活下去，不用英雄式的宣言，輝煌的歌頌。
不是爲響亮的掌聲，光亮的鎂光燈。
我們活下去，不須有顯赫的身份與善辯的口才。
不必體面且高貴，不必響亮的口號或斑斕的顏彩。

〈向孩子說〉詩輯中，最令吾人感動的，莫過於〈成長〉與〈愛戀〉兩首。都市文明下，我們的孩子確實精靈多了，但也狡猾了起來。孩子們懂得了賣巧（長大後就會討好權威），懂得了虛榮（長大後就會誇張和欺騙），也懂了大人們某些陰濕的部分。吳晟教導他的孩子以樸拙的心親近自然，以坦白踏實迎向社會，其眞摯的情懷和蘊含哲理的詩句，至爲深刻。試看：

在沒有玩具的環境中
辛勤地成長的孩子
長大後，才不會將別人
也當做自己的玩具
　　——〈成長〉

不用炫人的皮鞋
墊高自己
鄉下長大的孩子
喜歡厚實的泥土
——〈愛戀〉

這裏所謂的玩具與炫人的皮鞋，當然不是單純的指孩子們喜歡的玩具與新鞋，而是泛指一般兒童的教育問題。今天我們社會經常以「早熟」一語，搪塞對兒童教育問題偏疏的責任，使自然賦予孩提的浪漫與純眞，曇花一般消失。〈向孩子說〉詩輯與其說是吳晟寫給他的兒女，毋寧說是向大人們提出的質詢與譴責。

吳晟將他無比的愛心融入這輯詩中，且擴張成對社會風潮的一種批判。在〈蕃藷地圖〉與〈愚直書簡〉中，我們亦可以讀出，吳晟這位近代中國最具眞情的詩人，是如何用心於世。

三、

今天我們的詩壇有各色各樣的詩誌，有數千的詩人，每一天，幾乎都可以看到新詩的發表。我有一個外行人的直覺，那就是大多數的詩作品，雖也都擁有它的題名，卻非常欠缺對主題明晰的處理。我們知道，不論小說、散文或新詩，其所能表現和處理的對象雖包羅萬象，無拘無束，但都必須對作品有一貫的情感表現和明晰的處理，欠缺了這些，則主題精神模糊，縱然使用了再好的語言技巧，堆砌了再炫人的辭彙，也僅能使人一愕而已，沒有什麼內涵可尋。吳晟在這方面的表現卻是相當成功的。

詩人難以分類，但如硬以一首詩的完成過程（或詩人性格）來劃分的話，詩人有兩種：一種如蜿蜒流轉的溪流，經常輕靈暗唱，碰上水中或岸邊礁石則起水花，放瞬間絢爛之美，此種詩流動、輕巧、秀

氣盈溢；另一種則有如大地下一枚苦苦掙扎的種子，經過了深厚的暗黑，始將全身的愛意化成一樹青葱。吳晟該屬後者。因之，吳晟詩的完成，絕不是即興的，而是苦熬之後的結晶。吳晟的詩風和寫詩的心境，在〈阿爸偶爾寫的詩〉中，自剖得非常清晰，這種「對生命忍抑不住的感激與掛慮」，正是吳晟寫詩的原動力。

吳晟詩中隨處可見的是濃厚的稻草味，走入他詩中世界，我們能感知的，時而是黃穗浪擺的稻香，時而是秋割後水田的寂寥，時而是清早雞鳴騷動的光景，時而是入夜後鄉村的氣息。

吳晟的詩不是鮮艷流動，不可觸摸的世界，而是色彩簡單，明暗交錯，深深淺淺，融入時空感覺的世界。綜觀他的詩集，你必能尋回那面早已失去，或早已塵封了的，古董了的鏡。任你如何拂拭也明亮不起來的，模模糊糊印著我們也映現著祖先的鏡。

詩人吳晟所歌詠的不是青春，不是未來，不是虛無幻象。他的詩經常在提醒我們去回顧，養育過我們的那片廣袤的鄉野，給過我們心中平安的那間老廟，供過我們納涼玩耍的那株老樹。他的詩蘊含有城市詩人寫不出的鄉情。我之所以深愛吳晟的作品，便在於他的詩能使我興出一種，就像年少時撫及祖父受創過的乾癟的手時，那股憫惜的意念。透過這種撫及前一代老人創口時的感觸與了解，進而使人產生必須補償的熾熱情感，正是吳晟詩中世界最大的特點之一。

吳晟的詩少有暗喻，卻無白開水感覺，也是令我誠服的一點。我常不解吳晟的詩既少意象之雕琢，又缺美的文字之堆砌，爲何能如此令我感動，後來我悟解了，詩的境界不在高，而在於它呈現的內涵是否有渾然真摯的情感。托爾斯泰說「沒有愛的力量，詩何以存在」（〈給費特的信〉，1867年），沒有愛的詩，再如何花巧打扮，也無法令人興起感動。吳晟以他生活的鄉村環境爲原點，用真正的白話語言反應這個時代環境變遷的苦惱，誠誠實實的剖析在我們眼前，正是令我感動的原點。

現今我們的詩壇，從老一輩到少壯的，有不少詩人是以寫晦澀難

解的詩來引人爭論而成名的。前一代人費盡力氣為中國現代文學拓下以白話創作的道路，為的是讓創作者能以更易親民，更無拘束的語言來表現，以為拓展全民文學而鋪路，而我們的部分現代詩人卻以語言來阻礙讀作者間的溝通，為教育普及文盲漸少的現代社會，造出一批「詩盲」來。當然，詩是一種意識情感密度極高的文字，在各種時代，各種社會裏，都屬於讀者群較少的一門文學，但是如何駕馭這種語言障礙，是詩人該努力的目標，不可以推諉為詩的宿命問題而疏忽了應盡的責任。況且在現代文明衝擊下，我們的文化已經城市化，且漸有非情化的傾向。鋼鐵的城市文明是冷漠的文明。如何在冷漠之上灑入熱情，在鋼鐵中注入血脈的搏動，是當今我們的文藝工作者應該努力的課題，因此文藝工作者必須自覺，不能只為銷量或賣名而打混戰，誤使我們的人民失去正確方向，溺身於非情文明的慾海之中。但是我們應勇於接受不斷創新的現代文明的挑戰，勇於開創前人未曾踏過的道路。對過往的，我們不能受拘束，必須勇於拋棄，但並不意味我們必須斷絕對過往的情感，吳晟的〈吾鄉印象〉詩輯所描述的，正是引導我們重新檢視那份漸漸淡薄了的鄉土愛的導線。

　　吳晟的聲音是深沉而嚴肅的，就像我們祖先傳下來的那片厚重的泥土，我們依它為生，以它為命。這一片不能失，不能捨，不可蹂躪，不可冷漠的土地，是我們的聖域。特別是在政治情勢低迷的時候，我們更加盼望像吳晟這樣的文藝創作者，勇於帶頭，為我們的人民灌下強烈的愛鄉情熱，克服一般人逃避的懦弱心理。在這樣動盪的大時代裏，我們的每一條神經都必須用於關注它，每一滴血汗都必須用於灌溉它。我們是要活過明天，並把先人交給我們的薪火傳遞給子孫的。不論我們如何套取外滙，強取橫奪，也不可能在海外購得這樣一個美麗的島。一年三作，阡阡陌陌，一望無際的田野是歷代祖先以血汗開拓下來的財產，是我們生命的根基，我們熱愛鄉土的情感必須高昂起來，為歷史作證，我們不是逃難的民族，我們不需逃難文學。所有居住在臺灣的中國人，有權過更民主、更舒適、更快活的日子，

不容對這片土地沒有愛心，而別有居心的異端者的奪取，也不能原諒少數變心、薄情、自私自利的偽中國人、偽臺灣人轉移財產，私啃臺灣血肉。

我們的青年必須深愛這一片土地，就像深愛我們的父母一樣。

（四）

韓國詩人金芝河在其詩集《黃土》的後記中說：「從泥中長出的蓮花，必須忍受無盡的彷徨和折磨，且破出深厚的泥層始能綻放。一任拋棄，仍擁抱強烈的愛意，始能感知突出高地的價值。

唯愛的喪失，對各種人、事、物的倦怠和冷漠，才是我們真正的墳場。」

吳晟，這位對生命、對社會充滿了忍抑不住的關切，對泥土執著而深情的詩人，實實在在投身在農村中，沒有一般「知識分子」虛矯的尊貴和飄逸，也不叫喊什麼口號，不宣揚什麼理論，「不談經論道說賢話聖」，只是以他「野草」生命的強韌，不斷接受生活的錘鍊，不斷接受環境的刺激，不斷接受熱烈情感的煎熬和激發，誠懇的走著「安安份份握鋤荷犁的行程」，教學耕作之餘，夜晚有限的時間，仍默默的繼續寫平實的詩。

吳晟的詩誠然不是流行性的，也不光彩奪目，但在他如泥土般真摯厚重的作品中，我們卻可從平實中見深情，從平淡中見深刻。雖然，從無詩人「姿態」，從不以詩炫人的謙沖吳晟，並不自認已為現代詩壇確定了鄉土詩的面貌、已為現代詩壇開拓了一片多麼可親可感的領域；雖然，普遍存在著虛浮現象的詩壇，並未對這位無意「輝煌」，誠摯而「卑微」的詩人，引起廣泛的注意和討論，然而，我們深信，吳晟的努力是正確的，吳晟這系列至真至性至情的作品，必將受到更多有識之士的喜愛。

・顏炳燮（1950～），高雄市人。日本廣島大學博士，現任國立中央大學教授。
　著有《吳晟印象》。

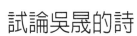

4　試論吳晟的詩　　　　　　陳映真

虛幻的現代主義

　　整個一九五○年代和一九六○年代，是西方「現代詩」絕對支配台灣詩壇的時代。在這二十個漫長的歲月中，台灣的新詩充滿了晦澀、奇詭、怪異、其至是無意義的片辭和句子。人們似懂非懂地大談「語言的張力」、「思想的跳躍」，造就了許許多多平常散文都寫不通暢的大小詩人。在思想上，這個時期的詩，以極端的個人主義和內省、唯心主義為特點。詩人不關心自己以外的人，不關心社會、不關心生活，更不關心世界。在這個時期寫出來的無數作品中，後人將無法從中看出一時代人民的普遍情感，看不見這時期人民的生活，也無從理解這時期人民的願望和困難，勝利與挫折。一九五○年代以迄一九六○年代的台灣現代詩世界，是一個沒有時間、沒有歷史、沒有生活的、極端內化的、唯心論的、靜止死寂的無人世界。

　　中國近代文學藝術中的現代主義，在一九四○年代，也曾以比較素樸和幼稚的樣式，存在於極端少數幾個中國詩人的作品中。但是，在長達二十年的長時間中，在台灣一省的文學中產生廣泛深入的支配作用，並也一時被當做進步和自由的象徵，在中國文學思想史中，不能不說雖是畸型、卻不可忽視的存在。

　　文學、藝術的現代主義之生長，需要有一定的土壤。這些土壤，是高度發展的資本主義社會；人的異化、深刻化；現代城市生活和機械文明對人的精神戕害所引起的普遍心理病變；因帝國主義世界戰爭所引起對人和世界單純的信念幻滅和失望……這些條件，在台灣現代主義文藝（包括詩、繪畫和音樂）全面興旺起來的一九五○年代和一九六○年代的前大半，是不存在於台灣社會的。根據我們的統計，

一九五二年，台灣農業生產部門，在整個台灣產業結構中，佔三五‧七％，工業生產部門，則僅佔一七‧九％。這以後的發展，是農業的比重逐年下降，而工業比重則逐年相對上升的故事。一直到一九六三年，工業的二七‧八％才初次超過了農業的二六‧八％。一九七一年，即唐文標開始了台灣現代詩批判的一年，農業和工業發展的差距增大到前者為十五‧三％，後者為三六‧五％。一九七二年，關傑明批評台灣現代詩的論文發表，當時工農業的比率是三八‧九％和十四‧九％。和這個台灣社會資本主義化進程互相配置起來看，紀弦的《現代詩》始刊於一九五三年；洛夫、瘂弦、張默的《創世紀》始刊於一九五四年。在繪畫上，「五月畫會」成立於一九五七年，而到一九六〇年達到它的巔峰。自由主義的、美國意識型態的《文星》雜誌創刊於一九五八年。這都是在台灣工業化未臻離陸的時代。

這個對照告訴了我們這樣一個事實：台灣現代主義藝術和文學，是一種虛構的文學與藝術，缺少正常的、合理的土壤。

如果任何文化的、精神的存在，應該有它的社會的理由，那麼，應當怎樣去解釋一九五〇年代以迄一九六〇年代的台灣現代主義文學的虛構的性格呢？

台灣的一九五〇年代是以韓戰、第七艦隊封鎖海峽和全球性冷戰的巔峰揭開序幕的。政治上廣泛的劃一之後，思想和文化上的蕭瑟，是必然的現象。在這種特殊的政治氣候下，無法在官式的「戰鬥文藝」中表達真實情感的人們，連同一些在政治歷史上一貫和中國民族文學運動疏遠的一些人，以及在現實上苦悶，無由宣洩的文學家，都在紀弦所提倡的法國象徵主義詩中，找到了一個既能滿足創造要求，又可以在別人難於懂得的晦澀中說出心中的塊壘，且絕不致干犯禁忌的表現形式。從而，這時期中台灣現代詩一部分真誠的作品，也因而具有進步的性質。此外，中國在三、四十年代的重要作品，從所表現的思想內容，連同它們的表現形式——現實主義的、前進的、社會的、干預生活的表現形式——成為嚴重的寫作禁忌。於是當時的台灣詩人，

必需尋找一個和過去三、四十年代中國新詩傳統完全不同的內容和形式。恰好是這個主觀和客觀的條件，興起了支配台灣詩壇達二十年的台灣現代詩。

從一九五○年到一九六五年，美國經由各種援助的名義，在台灣投入了將近美金三十五億元以上的資金。一九六五年美援終止以後，日本以貸款、投資的方式恢復對台灣經濟的支配。來自美國和日本的資本，在一九五○年代有效地改善了政府的財政，並且經由促成廣泛公營企業的發展，為台灣奠定一直到一九七四年達於巔峰的加工出口型經濟。

這種外來資本在台灣經濟生活中的重大支配地位，除了帶來外國資金、技術和商品對於台灣資本和商品市場的支配，連帶地也在文化、學術、思想、文學和藝術上，發揮了支配作用。從一九五○年代到一九六○年代，「現代」畫、「現代」音樂和「現代」詩，便在這個以美國為代表的西方文化支配背景下，開展了畸型發展。中國三、四十年代文學經驗中語言和思想的斷絕上，使西化的、形式主義的、廢頹的文學，在台灣當時語言和思想兩皆貧困這個基磐上蔓生起來。一時間，台灣現代詩幾乎席捲了台灣年輕的詩壇。晦澀的詩創作、詩翻譯和詩論，像宗教的奧義書一般，到處有人苦讀和模仿。雖然廣泛的知識分子和民眾迅速地放棄去理解現代詩的謎語，但在廣闊的文學青年間，現代詩發揮了符咒一般的蠱惑力。

「愚鈍」的詩人

台灣現代詩巔峰期的一九六○年代，剛好是吳晟的青年期。一九六三年，他寫〈樹〉和〈漠〉。一九六七年，他寫出像〈岸上〉、〈空白〉那樣唱著少年的空虛和感傷的詩。但是，他卻不曾模仿過現代派那種故意破壞一辭一句，故意打壞語構，強為晦澀的詩。當我們回顧，吳晟竟是台灣極少數幾個從開始寫詩就不曾受到鼎盛一時的時代

詩影響的詩人之一。

吳晟為什麼獨能免於受到現代派潮流的影響呢？

「我想，我並不是完全不曾受到現代主義潮流的影響。」吳晟說，「只能說，現代主義潮流對我沒有發生過很深入、持久的影響。」

吳晟接著說，他開始接觸到的新詩，是一九五七年以前，一些比較有中國三、四十年代新詩傳統的，比較「明朗、易解」的作品（例如刊登在《野風》雜誌的詩），而且「閱讀、背誦了不少」。這是一個因素。

「我生性愚鈍、粗俗。」吳晟接著說，「因此，在整個台灣詩壇幾乎都全面『現代化』以後，我也時常捧讀那些深奧難解的現代詩作品和現代詩的詩論。但覺人們所說『孤絕的世界』，和我平日在農村現實生活中所接、所思、所感，全對不上頭，覺得自己和自己的生活和他們隔得很遠，不但難以理解，也無法產生共鳴，想學，也無從學起。」這是第二個因素。

一九六五年，吳晟的父親在一次車禍中驟然去世。「父親的去世，讓我對生活的認識，發生很大的轉變。」吳晟說。因父親的猝逝而在他最敏感的年紀裏飽嚐了家道中落的悲哀，使他比別人更早地逼視了生活最艱澀的一面罷。這是第三個因素。

現代主義文學，比較上是屬於蝸集在城市的閣樓中，神經衰弱、消化不良，和生活離得比較遠的人的文學。因此，現代詩一出了都市，一觸及生動而豐富的生活和勞動，兩者之間就產生相互排拒的情況。少年的吳晟，也曾和當時的學生青年一樣，懷著十分的敬意，努力地試著解讀現代詩啞謎似的句子。但是農村生活中的語言、情感和態度，使他察覺現代詩之「高深」，而「難以親近、難以理解」。

就這樣，吳晟從台灣的現代主義潮流擺盪開來，漂入另一條淵源更長，於當時為涓涓的細流，於來日則可為浩浩江河的，中國現實主義新詩的傳統裏。

一九七二年以前：青年吳晟之形成

懷著一種「敬意」，「愚鈍」、「認份」地離開了現代主義魔咒的吳晟，只能緩慢地、獨自摸索出自己的表現形式。但，據吳晟的自述，他在少年時代「開始接觸的詩，是民國四十六年以前比較明朗易解的作品，而且閱讀、背誦了不少」。一個文學青年的起步、模仿，尤其是在形式和語言上模仿心儀的作家，是十分重要的條件。那麼，「民國四十六年以前比較明朗易解的作品」，是那些作品？吳晟不曾具體地說明。但是從資料看來，「民國四十六年以前比較明朗易解」的詩人，有楊喚（〈風景〉，1954年）；金軍（〈碑〉，1949年；〈歌北方〉，1950年）和李莎（〈帶怒的歌〉，1951年；〈琴〉，1956年）。這些一九五〇年代初期，基本上傳承中國三、四〇年代新詩的詩人，除了楊喚之外，三十年來，在現代主義全面支配台灣詩界的條件下，受到全面、徹底的忽視。但是這一條從中國三、四十年代新詩延長下來的涓流，到了一九五〇年代，就從地面上消失了，卻一直到一九六〇年代下半，藉著吳晟和其他很少數幾位詩人的作品，又靜靜地冒出了地面，並且在一九七〇年代的整個十年中，達到初步的成熟期，又在一九七〇年代開始現代主義全面在詩、繪畫和音樂範圍內退潮的時代，表現出旺盛發展的可能性。

為了進一步理解台灣現代主義系譜中的吳晟的位置，先就手邊現有的材料，製成一表如下：

年代	政治・經濟	文藝潮流和活動	吳晟的活動
一九五三	韓戰停戰協定成立。「實施耕者有其田條例」公布，美國發表解除台灣中立化。	紀弦《現代詩》創刊。	
一九五四	中美共同防禦條約成立。	《創世紀》、《藍星》創刊	
一九五五	中美協防條約生效。	林亨泰：〈長的咽喉〉	
一九五六		錦連：〈輾死〉。錦連：〈鄉愁〉。	
一九五七		「五月畫會」、「東方畫會」成立、「五月畫會」第一次展出。《文星雜誌》創刊。	
一九五八		白萩：〈蛾之死〉。	
一九五九		《筆匯》發刊。碧果：〈秋・看這個人〉。白萩：〈流浪者〉。	
一九六〇	獎勵投資條例訂定。	《現代文學》發刊。余光中：〈萬聖節〉。	
一九六一		許常惠「製樂小集」開始。《六十年代詩選》出版。	
一九六三	經合會成立。	葉維廉：〈賦格〉。	〈樹〉。〈漠〉。
一九六四		《台灣文藝》發刊，《笠》詩刊發刊。余光中：〈從靈視主義出發〉（附英譯）。	

一九六五	美援停止。加工出口區管理條例訂定。中日貸款談判。	《劇場》雜誌發刊。《前衛》雜誌發刊。《這一代》發刊。周夢蝶：〈還魂草〉。白萩〈風之薔薇〉。	
一九六六		《文學季刊》發刊。現代藝術季展開。李英豪：《批評的視覺》。	
一九六七		《七十年代詩選》出版。	〈菩提樹下〉。〈懷〉。〈雲〉。〈岸上〉。〈空白〉等〈不知名的海岸〉系列。
一九六八		《文學季刊》休刊。	〈也許〉。
一九六九		葉維廉：〈愁渡〉。《創世紀》暫時休刊。	
一九七〇	保釣愛國運動。	唐文標寫〈現代詩的沒落〉（未發表）。	
一九七一	退出聯合國。	《文學》雙月刊發刊。唐文標：〈殭斃的現代詩〉（未發表）。	〈雕像〉。
一九七二	中日斷交。尼克森訪平。「上海公報」發表。	關傑明批評港臺新詩，新詩論戰。《中外文學》發刊。	〈吾鄉印象〉系列。
一九七三			〈泥土篇〉、〈植物篇〉系列。
一九七四	第一次石油危機．臺灣經濟繁榮達於頂峰。「臺海決議案」廢除。	唐文標：〈現代詩的沒落〉、〈殭斃的現代詩〉發表。《文季》季刊發刊。	

一九六一年，現代詩的權威詩選《六十年代詩選》出版。但一九六三年時吳晟發表的〈漠〉和〈樹〉，還十分幼稚。他在〈樹〉中並且使用類如「絕緣體」、「引力」這些物理學的名詞入詩，不論如何，看得出受到現代主義的一點影響。

從一九六一年到六七年間，《劇場》雜誌、《前衛》雜誌、《文學季刊》相繼出刊。一九六六年二月廿五日到三月廿九日舉行的「現代藝術季」，是台灣現代派運動的一個高潮和總檢閱。在這個「現代藝術季」中，有「詩畫聯展」、座談會、幻燈欣賞、專題討論、詩朗誦等，在一片肯定、高舉、推廣「現代」文學與藝術頌歌中，造成了現代派自此以後再也不曾達到的盛況。一九六七年，權威絕不減於當年的《七十年代詩選》出版。

就在這個台灣現代主義文藝的高潮期，吳晟卻在一九六七年寫出〈菩提樹下〉、〈懷〉、〈雲〉、〈岸上〉和〈空白〉。〈菩提樹下〉依然沒有脫出少年浮淺的感傷和「沉思」。〈懷〉寫少年的孤單，而〈雲〉則顯得造作而不自然。但，〈岸上〉和〈空白〉，就顯得自在多了。但是，即使是這比較自在，比較有一點少年詩人自己情感的詩，雖不晦澀，卻無法從語法、語構中傳達出一個清晰的事件、思想或意念。就以〈岸上〉為例，一九六七年的吳晟這樣寫：

> 去路已失、回顧已茫的岸上
> 有人靜默如石
> 一夕搖搖欲墜的星光
> 返照他少年的蒼老
>
> 如果湖泊泛濫了
> 有河流接著；如果
> 河堤缺了，有大海收容著
> 無際的涯岸啊，如果
> 是你崩潰了呢

如果，是你崩潰了呢
無際的涯岸啊
一如他無盡的漂泊
去那兒找尋棲止？

似近還遠，似遠還近的海潮
徒然衝擊著
吶喊著；徒然掀動他
已失的去路，已茫的回顧。

讀完這首詩，人們毋寧只能「感覺」到一份少年的淒美空虛和悲哀，卻無法從中去「理解」具體的意念。一九七○年，對島內外知識、文化界發生巨大思想影響的「保釣」愛國運動發生。吳晟卻在這一年裏發表比較膚淺、抑鬱、卻著意求其華麗的〈也許〉。一九七一年，唐文標寫〈殭斃的現代詩〉（但卻「遲」至一九七三年才發表），吳晟仍然寫意義不很明晰、感情浮而不深的〈雕像〉。因此，在吳晟發表〈吾鄉印象〉系列的一九七二年以前，吳晟是在「民國四十六年以前比較明朗易解」的詩，和盛極一時的現代詩共同的影響，形成青年期的吳晟。

〈吾鄉印象〉：吳晟風格的形成

一九七二年，吳晟發表持續寫到一九七四年的〈吾鄉印象〉。從七一年以前的吳晟跳躍到七二年的〈吾鄉印象〉的吳晟，前後的變化，是十分鮮明而突兀的。相對於七一年前的無焦點、浮淺、辭語曖昧和意念的荒蕪，〈吾鄉印象〉系列有極為巨大而鮮明的進步：

第一，在〈吾鄉印象〉裏，意念是清晰的，語言是明白的。他開始流暢、明確、淺顯地告訴我們他的觀察，他的感受，他的情感，而不是像過去那樣，用學來的、造作而浮淺的片辭、句子，並以之渲染

成篇的「空靈」篇章。

第二，他明白、持續、熱情而專注地寫他身邊人民的生活和勞動；寫他故鄉的小街，吳晟開始有了清晰的表現焦點。這與對自己以外的人與社會了無關心，對於生活充滿了倦怠，只關切過份膨脹的自我內在靜止不動的心理世界的現代主義，恰恰成爲十分顯明而重要的對照。

第三，從〈吾鄉印象〉開始，吳晟建立了「系列」性的創作形式。這種小品式的連作，需要詩人保持著對人、對生活、對環境、對自然的專注、長期而熱情的關注。在這一個時期中，描寫鄉村生活和勞動的詩，肯定是零散地存在的。但連續花了兩年的時間，去觀察、描繪、表現台灣農村的生活和人以及他的勞動的詩人，卻獨有吳晟一人。而這種系列性創作形式，在以後吳晟的創作生活中，許多吳晟重要的作品，幾乎都以系列形式表現，從而成爲吳晟的獨特風格。

第四，在〈吾鄉印象〉中，所有吳晟日後的發展，例如他的語言、他的句型、他的歌一般的性質，他的謙卑、熱情、溫和的情感，都在這一時期中顯示出它最始初的胚芽，等待日後成蔭成蓋，成爲吳晟自己的風格與特質。

第五，必須不憚於重複地指出：專注、熱情、關愛、長期地以台灣農村中的人、生活、勞動、社會和環境入詩，有重要的意義。這與現代詩之都市的、個人的，沒有社會和生活焦點等特質之相對立，使吳晟和現代主義正式斷絕了過去微弱的聯繫，走上獨立向著新的現實主義發展的道路。

〈一般的故事〉：最早的敘述詩

一九七三年，暫時擱下〈吾鄉印象〉系列的吳晟，仍有很好的收穫。他的〈階〉，爲他日臻成熟的〈愛荷華家書〉，奠立了吳晟獨有的情詩風格：把最深摯的感情，用抑制的，甚至覷靦的語言，通過現實

的生活具體形象和經驗表達出來，沒有其他情詩中必有的夢幻、浪漫、不近人間現實生活的那種語言和氣氛，卻感人至深。他也寫了像〈輓歌〉、像〈意外〉那麼悅耳、動心的歌謠似的作品，有愉快、潔淨的對位和賦格似的疊句，淙淙有聲，令人心搖容動。

〈一般的故事〉也是吳晟在一九七三年發表的重要作品。它的重要性在於用五個小節共計二十九行，述說一個老士官心懷故國鄉井的心情。吳晟有這些教人難忘的句子：

……

日落後，所有歷史的哭聲
傾進你們的酒瓶裏——
將千言萬語釀成沈默釀成寂寞的酒瓶裏
猶如舉著山川河嶽，你們舉杯
飲你們濃濃的鄉愁
飲你們綿綿密密的懷想
當你們的懷想，幽幽湧起
我總望見
一幅美麗而憂傷的版圖
在你們爲烽煙
燻了又燻，烤了又烤的臉上
紋絡而出

……

山山水水之間，一奔馳
竟已耗盡了青春
一耽擱，竟已悠悠二十餘年
家園啊家園，隔著千重萬重煙硝
你們淒苦的眺望
何時才能棲止？

寫四十年國土分斷下痛徹心肺的思鄉懷國之情，吳晟特有的忠實、誠懇和深摯的關懷，瀰漫紙上，給人深刻的感動與嘆息。在沒有充份的參考資料條件下，這篇文章的作者並且疑心：〈一般的故事〉是這一類描寫外省籍下級老士官的詩中最早的一篇也未可知。其次，就吳晟而言，〈一般的故事〉在一九七○年代初，是行數最多、篇幅較長的一篇。這不只預告以後〈愚直書簡〉等系列連作中吳晟較長的詩之出現，也讓我們體會到吳晟在往後的長詩中樸實而真切地塑造在愛故鄉、愛人民的基礎上，對於中國的，出於愛的焦慮和關切。其次，〈一般的故事〉標誌著詩離開了對人與生活的冷漠與倦怠，擺脫了晦澀的思想和語言，終於又恢復了敘事的詩作可能性，為日後不斷發展的台灣現實主義的、敘事的詩風奠定了良好的開始。

一九七四到一九七七年：走向成熟

一九七四年，世界發生頭一次石油危機，也為台灣加工出口經濟持續數年的成長，寫下一時的休止符。但就整個社會而言，除了工廠中現代的工資勞動者，過去持續成長的富足、樂觀，一時還縈繞不絕，未稍減退。

這一年，在寫過一種瀰漫著某種憂悒、乏力感甚至卑屈感和某種像〈浮木〉一般無依，在失去前去指向的〈夜盡〉和〈浮木〉之後，吳晟又開始接著寫下一直持續寫到一九七六年的〈吾鄉印象〉系列連作。

如果發表在七二年的一組〈吾鄉印象〉的焦點，是詩人所生長和生活的鄉村的人、生活、勞動和環境，這一年發表的一組，表現出這些更為鮮明更臻於完整的焦點：

第一：以母親——一位典型的台灣婦女農村勞動者——為焦點的，包括了〈泥土〉、〈臉〉、〈手〉、〈腳〉和〈野餐〉這幾篇素描與速寫連作。在這一系列中，吳晟已經脫離了單純地寫自己的母親，

而經過典型化的形象，爲我們生動地留下一張張台灣婦女農村勞動者的畫像：勤勞、正直、樸直、儉約、慈愛、坦誠。吳晟懷著深刻的敬意和熱愛，生動而深刻地刻劃了自己的母親，卻從而刻劃出三、四百年來在台灣農業生產和生活中擔負著重大任務的，在台灣的中國農民婦女不朽的形象。離開了現代主義後在台灣的中國新詩，在吳晟的作品中，終於優美地顯示：詩，是可以描寫和關心、歌頌人和他動人的生活的。

第二：以人與自然的關係及其相互間的感應爲焦點。觀察和沉思人與自然（環境、動物、植物）的關係，就好像觀察和沉思人與人的關係一樣，是現代主義一般所不能的。從〈水稻〉、〈含羞草〉、〈秋收之後〉、〈木麻黃〉、〈牽牛花〉、〈檳榔樹〉和〈月橘〉，吳晟寫下了至今猶未爲人超前的，尋求人與自然間相互和解與諧和的感情和思想。而吳晟又每在對於他所熟知的野生的，絕不是稀少嬌嫩的植物生命中，看出台灣勤勞人民的謙虛、務實、勤勉、不事虛華、忍耐、堅強、正直而獨立的人間性：

我們是驕傲的
野生植物，嗯！我們是卑微的
野生植物

默默接受各樣各式的腳步
任意踐踏；默默接受
圓鍬、鐮刀、或鋤頭，任意鏟除
我們的子子孫孫，依然蔓延

羊來吧！鵝來吧！牛隻來吧
並且，張開嘴巴，請便吧
和我們最親近的野孩子，也來吧
並且，奔跑吧！打滾吧

陽光和雨水，甚至春風
啥人也不能霸佔
寬厚的土壤，不需要任何照料
咒詛吧！鄙視吧！鏟除吧
我們的子子孫孫依然茂盛

我們是卑微的
野生植物，嗯！我們是驕傲的
野生植物
——〈野草〉

　　在「卑微」的勤勞生活中，看出農民強韌的容受力和生命力，看出他們絕不可蔑視的「驕傲」，不僅是蒼白的現代派們之所不能，怕也不是徒然把「鄉土」和「本土性」掛在嘴上的人們之所能罷。

　　第三：一直到〈月橘〉，吳晟極少表示他的抗議的態度。〈月橘〉開始有了諷刺，有了抗議。吳晟後期中常見的，苦口婆心的，對於不正、不眞的規勸、呼籲和抗議，或者可以說是從〈月橘〉開始發展出來的。吳晟以他並不多見的調侃語言說道：

安安靜靜畢竟是好的
至少至少，免於吵吵鬧鬧
所以，我家主人
喧囂了又喧囂
掩沒我們所有的聲音，即使
微弱的抗議

整整齊齊畢竟是好的
至少至少，免於分歧，有礙瞻觀
所以，我家的主人
修了又修，剪了又剪

不容許我們的手臂，隨意伸舉

自從被移植爲籬
昔日悠遊的歲月那裏去了？
因爲，我們是微賤的植物
我家主人，從未在意
在黑暗的土裏，我們的根
怎樣艱苦的伸展
怎樣緊密的交結
——〈月橘〉

　　被主人「修了又修，剪了又剪」，被人蔑視和忽視的「月橘」，卻把根在「黑暗的泥土裏」「艱苦的伸展，緊密的交結」。在「卑賤」中看出勤勞者堅強人間性的吳晟，寫出「卑賤」者終不可壓服的信念，對素來不喜歡別人「吵吵鬧鬧」，不喜歡別人「分歧」和「有礙瞻觀」的「主人」，加以並不刻毒的嘲諷。

　　這種寄意干涉生活的作品，到了一九七七年一組以鄉村中常見的牲口爲描寫焦點的詩中，有了進一步的，鮮明的發展。他寫雞的易於驚恐、焦慮和不安，寫在深夜孤單、多疑而恐懼地吠叫的狗；寫被迫「吃飽了睡、睡飽了吃」，生活在侷促、骯髒的、小小空間中的豬的悲哀；寫勞苦一生卻終不免死於屠刀，被耕耘機逐出了農田，在肉市場上又不敵於進口牛肉的牛的悲劇。到了寫〈羊〉，吳晟寫出了在生活中逆來順受、忍氣吞聲的人生。他寫道：

……

乖順的一生，不敢奔馳
不敢大聲喊叫
也不敢仰起畏怯的眼神
期待甚麼——

默默的低著頭嚼嚼雜草
默默的低著頭走回破草棚
乖順的一生
你們默默沉思甚麼？

這樣的筆法，離開早前單純地寫人、寫景、寫生活、寫植物相，已有多遠距離，是容易辨認的。吳晟以他特有的謹慎、正直和真誠，以及無從抑制的對於人和生活的關心，一步步提高了他質問的聲音。

吳晟在這一個時期的作品的第四個特點，是他在語言表現和形式上趨向於成熟，是他的風格的顯明化、確立和洗鍊，為他在以後〈愚直書簡〉、〈向孩子說〉等系列，預備好條件。

〈熄燈後〉、〈日落後〉，似乎是〈階〉所延伸下來的，吳晟的「生活的情詩」。吳晟的情詩有一個很大特點，是描寫在沉重生活壓力下喘息的，兩個深深相許相愛的人疲乏而深摯的情感。這樣的情感，尤其在飽受生活和世事鞭打以後的中年，感人尤深。在〈日落後〉，他寫出這樣的句子：

日落後，自一場又一場
辛酸的搏鬥中，負傷歸來
每一道傷口，緩緩滲著
淒涼的血漬
瑣瑣碎碎的家務
也已蝕盡你的微笑

逐漸逐漸黯淡的燈光
我不能接近
隱藏在你深處的寂寞
你也不能撫慰我的愴痛
雖然，我們如此貼近

你仍是你──孤單的你
我仍是我──孤單的我

混亂的水流中，我只是一段
小小的浮木
你也是；不由自主的隨著我
隨著波浪浮沉
你能向我索求什麼？
我能向你索求什麼？

即使，循例的做愛
也是這樣淒涼
靠近我吧！靠近我吧
既然不能決定自己，又不能
相忘，讓我們以生命中的
餘溫，相互取暖

　　沉重的生活造成的傷口、人的疏隔、在生活的重壓下喘息的悲哀與孤單──卻仍然奮力相愛相持的畫面，簡直是畢卡索藍色的馬戲團後臺疲憊不堪的男女在台灣農村中的翻版。

　　〈堤上〉是吳晟幾首寫懷思亡父的詩中最好的一篇。正如〈秋末〉一樣，〈堤上〉精確的結構，自然真摯的語言，如同流傳已久的民謠一般，流暢而悅耳的組織形式，都預言了在〈愚直書簡〉等系列中臻於成熟的吳晟面貌。

　　到了一九七七年，吳晟的另一首重要的作品是〈長工阿伯〉。和〈一般的故事〉同樣是由二十九行詩句組成，卻採取了運動的、發展的敘事技巧。一個名字早被人們遺忘的、自小孤苦伶仃的果園園丁，在日據時代的末期被徵調到南洋，戰後又悄悄地回到「果樹園沉沉的暮色」裏。他寫道：

任命運隨意作弄

任欲隱不隱的傷痕，隨意鞭撻

不知道怨恨，更不懂控訴

馴服的長工阿伯

一生都是孤兒

因為自幼失怙（孤兒）而走向一生坎坷、辛酸的命運的長工阿伯，吳晟看到為歷史所撥弄的，世居於台灣的中國人的「孤兒」的悲劇。但這所謂「孤兒」意識，畢竟客觀地沒有進一步發展成其他少數一些人所主張的，相對於「中國・中國人」的「台灣・台灣人」意識，這是吳晟全部的作品所可以證實的。而這，基本上是由於吳晟天生的渾厚使然。

〈向孩子說〉系列

一九七七年，做為七〇年代初期「新詩論戰」延長的「鄉土文學論戰」發生了。正好在這一年，吳晟開始發表另一個著名的系列性連作：〈向孩子說〉。這個系列寫作的時間比較長，從一九七七年開始直到一九八三年，前後已有六年，而且理論上還可以再繼續寫下去。

一九七〇年代的末葉，對於台灣，是充滿了激盪、挫折和反省的年代。一九七七年，鄉土文學論戰。一九七八年，中美斷絕了外交關係；一九七九年，發生了「高雄事件」。從一九七七年的〈負荷〉開始，一直到一九八三年的〈沒有權利〉，吳晟的〈向孩子說〉，一共寫了二十有九首。這個由二十九首詩組成的連作有這幾個特點：

第一，是在形式上以詩人對自己的子女，進而對於自己的學生和自己民族的後代說話的形式，漫發成為一個系列。而詩人的感情也逐漸從一個人的父兄、教師，不斷發展和上升到民族的父兄和教師，諄諄叮嚀，表現出作者對於民族明日的棟樑熱切的期待和關切。

　　第二，從一九七七年到一九七九年間，吳晟對於城市消費文明強力地向農村滲透，表示了極大的關懷。隨著大眾消費時代的來臨，台灣傳統農村中儉約、謙抑、勤勞、樸實、正直、誠懇的風氣和價值，迅速地在農村中崩潰。代之而起的，是享樂、消費、對商品的貪慾，虛榮和損人利己這些消費社會所形成的意識和價值之變革。這種意識和價值的「革命」，吸引了在台灣農村中從事教育工作和實際農業勞動的吳晟深切注意。他不斷地告誡民族的後代，要勤勞、樸素；不要羨慕虛榮；要肯定傳統農村的美德；要尊敬勤勞、平凡的人民，不向權力和財富諂笑屈膝……。這一類的詩，寫得優美、自然而真誠，在消費文化日益侵蝕著家庭和學校的教育時，這些詩中最好的作品，將長久地召喚人們反省的心靈：

> 因為你們身上沾滿了泥巴
> 他們竟說，你們是骯髒的
> 因為你們不會說 bye bye
> 他們竟說，你們是愚笨的
>
> 因為你們的粗布衣裳
> 他們竟說，你們是粗俗的
>
> 因為你們不喜歡誇示自己
> 也因為你們不善於花言巧語
> 他們竟說，你們是自卑的
>
> 孩子呀！無論他們怎麼說
> 阿爸確信，你們是最乾淨的孩子
> 阿爸確信，你們深深的凝視最動人
> 阿爸確信，你們樸素的衣裳最漂亮
> 而你們要堅持
> 非關自卑或自傲的尊嚴
> ──〈阿爸確信〉

吳晟要孩子們對質樸、自然的鄉村，堅定信心。他對孩子們說：

不用深黑色的墨鏡
隱藏起眼睛
鄉下長大的孩子
喜歡迎向坦朗的陽光

不用漂亮的手帕
搗住鼻子，迅速走開
鄉下長大的孩子
喜歡堆肥熱騰騰的氣味

不用冰冷的冷氣機
隔絕熱情
鄉下長大的孩子
喜歡自自然然奔放的清風

不用眩人的皮鞋
墊高自己
鄉下長大的孩子
喜歡厚實的泥土

陽光啊，堆肥啊，清風啊，泥土啊
雖然，有些人不喜歡
鄉下長大的孩子
仍深深地愛戀著你們

不少的時候，吳晟批評了成人世界的苟且、苟活和懦弱，因此他叮嚀孩子們長大以後要活得挺拔、勇敢而正直。他說道：

阿公曾向阿爸一再叮嚀

不聽話的孩子
不討人喜歡
即使你的道理千真萬確
也不要表示
以免遭受排擠

阿公曾向阿爸一再叮嚀
太多意見的孩子
容易惹人厭煩
你要懂得
以沉默來保護自己

阿公曾向阿爸一再叮嚀
在刀槍和強權之前
說真心話，是要遭殃的
即使抗議
也要深深隱藏在心中

孩子呀！阿爸卻多麼希望
你們有什麼話要說
就披肝瀝膽地說出來
不要像阿爸畏畏縮縮

可是，孩子呀
阿爸又多麼擔憂，你們的勇氣
將招來無數可怖的傷害
降臨你們身上

在他著名的〈蕃薯地圖〉中，吳晟諄諄叮嚀孩子們，千萬不要忘記先民在台灣踩過無數艱辛的腳印；〈負荷〉、〈無止無盡〉寫吳晟

對民族後代銘心刻骨的牽掛。在一九七九年發表的〈草坪〉，寫出了對中美斷交後，不能抗拒謠傳和恐懼的落葉，紛紛脫產逃亡的人們，在孩子面前，提出批評，並且一再讚賞「別人的草坪，再怎麼美麗，還是別人的草坪」的孩子們自己的想法。到了〈勞動服務〉和〈晨讀〉，吳晟做為一民族的父兄和教師之一，更加擴大了他關心的焦點，寫出這些奔騰而至，蒼茫雄渾的詩句：

聽一聽我們的江河，有多少話要說
探一探我們的山嶽，蘊藏多少博愛
望一望我們的平原，胸懷有多遼闊
告訴你們不要忘了
這是我們未曾見過
卻是多麼親切的江河山嶽和平原
——〈晨讀〉

七九年底，高雄事件發生。它無可諱言地對民族的團結造成了一定的損害。一九八〇年，吳晟發表了這一首動人而發人深省的詩。他說道：

弟弟不贊同你的意見
你便繃緊臉喝叱他是壞人
阻止他開口
你以為不斷大聲說話
就是佔有真理嗎

弟弟不喜歡你的作風
你便氣呼呼的揮動拳頭
強迫他順從
你是企圖掩飾什麼嗎
你是擔心權威動搖嗎

在這系列連作中，尤其在討論一個嚴肅的主題時，吳晟依然是那樣真誠而純樸，以他那「忍抑不住」的憂慮，向人苦口婆心地、細細地訴說著。〈美國籍〉寫一個出身農村的秀才型青年，在美國定居置產，把一個「無止無盡」地「牽掛」著他的老母親，和「不成器」的弟妹留在台灣。吳晟寫道：

> ……
> 是的，我們都令你失望
> 甚至令你感到羞恥
> 正如艱苦地養育我們長大的
> 中國的這塊蕃薯土地
> 不能帶給你光彩和榮耀
> ……
> 聽說，你也入了美國籍
> 生活非常忙碌
> 你一定有不得已的苦衷吧
> 不知道，你可曾像母親這樣惦念你
> 惦念著逐漸衰老的母親？
> 不知道你從小吃慣的
> 又好吃又便宜的蕃薯
> 可曾在你的記憶中出現
> 不知道，你在遙遠的異國
> 為誰而忙碌？為什麼而忙碌？

在〈你也走了〉這首詩中，吳晟寫了一個在求學時代「曾以多麼沈悒的激情和我一再約定／要為被殖民過的／中國的這一塊蕃薯土地／爭回尊嚴」，並且「時時鼓舞著容易頹喪的我／時時溫暖著在鄉村耕作的我」的這樣一個朋友，在富裕的雙親周到的安排下，永久居於「異國」。詩人問他「你出去做什麼呢／為了學業？為了考察嗎？」

這就是詩人得到的答案。吳晟說:

……

我怎麼也料不到,你竟說

有辦法的人,不是紛紛走了

或是牽親引戚

拿綠卡,隨時準備走嗎

……

吳晟也寫一個到異國後第一次「歸來」時,還傾訴「對家鄉日日夜夜的思慕」的人,第二次回來時,已滔滔地敘述著「……在異國繽紛多姿的生活」了。等到他第三次回來,對於異國卻充滿了「無限的嚮往」。吳晟憂愁地問道:

你在到處是劍的島國

怎樣漠視每一支劍上

仍流著中國人民慘痛的鮮血?

怎樣遺忘曾是殖民地的家鄉

受盡踐踏和凌辱的控訴?

〈過客〉套用了著名的詩人鄭愁予的名句,巧妙地表現了「過客」的心態。〈歸來〉則寫一個曾經一起在鄉下長大的「歸國學人」,在不知不覺中,對故鄉台灣萬般不屑的情感。

〈愛荷華家書〉

一九八〇年九月,吳晟受到美國愛荷華大學國際寫作計畫(I.W.P.)的邀請,遊美約四個月。這次遊美,曾經給予溫和、內抑的吳晟一種複雜而重大的衝擊。這樣的衝擊,在較長的未來,將給予吳晟文學什麼樣的影響,在目前,即使吳晟自己,也難於預說罷。但

是，遊美四月，心情的震駭和激盪，卻平添了他對他一向深愛的妻子兒女的懷念。一九八一年，由〈信箋〉、〈洗衣的心情〉、〈從未料想過〉和〈遊船上〉所構成的〈愛荷華家書〉發表了。從〈階〉以來一直發展出來的吳晟獨到的「生活的情詩」，至此已到了更為完整的境地。這裏只要舉一首他的〈從未料想過〉，就足以體會他那樸實、眞摯、深及骨髓的愛情，怎樣透過現實、具體的生活，表現了出來。

又從夢見你的睡夢中醒來
睜著雙眼，繼續想你
床頭的小燈，竟這樣刺眼
悠悠忽忽地亮了一整夜

直到親情和鄉情
佔滿了我們的心胸
直到忙碌而恬靜的生活
平淡了功名
天涯作客的浪漫情懷
也曾在年少的時光
和你日夜編織

從未料想過
早已習慣了
在你佈置的溫柔燈光下入睡
又特別容易牽掛的中年
獨自遠離家鄉
夜夜，在客居的小房間
輾轉反側，換來消瘦

是爲了學習詩藝而來嗎

最美好的詩
就寫在孩子們和你
紅潤的笑臉上
是爲了尋找什麼夢想嗎
最可親的希望
就在我們自己的家鄉

又從夢見你的睡夢中醒來
睜著雙眼，繼續想你
不是漂泊，不是流放
只是短暫的遊歷
日子竟過得如此遲緩

吳晟的技巧和語言

吳晟絕不是一個喜愛雕琢的詩人。不，有時候，他毋寧是過份樸實無華的。他的詩，就像他的人，像他所懷著敬意去描述的台灣農民：樸實、謙和，怎麼也不肯說假話。但是在另一方面，吳晟卻在多處表現出他在語言轉接時某種巧妙怡人的技巧。

首先，我們覺得吳晟喜歡而且擅長在一首詩中用相同或相似的連接辭，不但分出了一首詩的幾個段落，也使全篇形成一個統一的結構。例如〈秋末〉，第一段是這樣開始的：

不必告訴我什麼
秋風啊，你們要怎麼蕭瑟的吹
就怎麼吹
不必告訴我
流落異國的孩子
怎麼抵禦寒冷的鄉愁

就這樣，吳晟一共用了六次由「不必告訴我……」開始的詩句，把全詩精巧地連接了起來。

在〈意外〉裏，這種由相似的連接辭連串全篇的技巧，尤爲活潑可喜：

一粒怯怯的種子，如何
而芽而苗而青青的樹
如何，小小的我驚惶的來臨
那只是一件非常偶然的
小小、小小的意外

一株青青的樹，如何
而枝而葉而不怎麼芬芳的花
以多少淒清的夜晚熬著屈辱
如何，在一本小詩刊上
有人竟讀到我小小的才華
那只是一件非常偶然的
小小、小小的意外……

就這樣，吳晟以這樣的句型組成了他的〈意外〉：

「一……，如何
而……
以……
如何，……
那只是一件非常偶然的
小小、小小的意外」

此外，類似的技法，幾乎俯拾即是。例如他的〈諦聽〉吧，吳晟寫得眞像一首悅耳的民謠：

紛亂的雨聲，哀哭的風聲中
多少的鳥，將無巢可棲
多少的花，將無果可結
那是你管不了的事
還有多少寧靜的庭院，將怎樣惶惑
還有多少平坦的道路，將怎樣泥濘
那也是你管不了的事

更有多少焦急的訊息，將無從傳遞
更有多少莫名的驚懼，將無從依恃
更有多少的冤屈，將無從申訴
那更是你管不了的事
然而，黑天黑地裏
你的不眠，在諦聽什麼？

紛亂的雨聲，哀哭的風聲中
一卷史冊各種調子的悲聲，何時終止
一幅版圖各種姿態的血腥，如何洗清
那是你管不了的事
然而，黑天暗地裏
你的無奈，在諦聽什麼

疑問連接辭（多少的……）和牧歌似的疊句（那是你管不了的事，等等）造成一種反覆詠歎的效果。此外〈秋末〉的四個組成段落，都是使用相同（類似）的句型變奏而成。〈秋日〉和〈自白〉也一樣。

這種以某種相同或相似的句型去延續成詩的技巧，自然地構成樂句之於樂曲那樣的效果。前揭的〈階〉、〈諦聽〉、〈輓歌〉、和〈輪〉、〈堤上〉、〈牽牛花〉等等，讀來自有琤淙的、小品曲樂之

美。例如〈階〉，在這首詩的首段與結尾的一段，以相同的、相似的句子寫成，以「漫長的此階太長、太寂寥／請陪我，也讓我陪你／仔仔細細的踱到盡端」始，而以「漫長的此階太長，太寂寥／請陪我，也讓我陪你／仔仔細細的踱到盡端／此階將更長，但不寂寥」結束。再如前面引用過的〈意外〉，每一段都是用一個句型的組合，每一段的最後兩行，都以同樣的疊句「那只是一件非常偶然的／小小、小小的意外」做結。再如〈輪〉和〈堤上〉，都是用兩段結構完全相似的部分結合而成，寫詩人對上一代和下一代的溫馨的情感。這種精巧的結構，到了〈吾鄉印象〉中的〈牽牛花〉，就顯得更為洗鍊了：

在陽光下奔跑，在月光下嬉戲的
吾鄉的囝仔郎，那裏去了？
他們蹲在小小的電視機前面
吾鄉的牽牛花，不安的注視著

在陽光下流汗，在月光下歌唱的
吾鄉的少年家，那裏去了？
他們湧去一家家工廠
吾鄉的牽牛花，寂寞的尋找著

在陽光下微笑，在月光下說故事的
吾鄉的老人家，那裏去了？
他們擠在荒涼的公墓
吾鄉的牽牛花，憂悒的懷念著

有一天，我們將去了那裏？
吾鄉的牽牛花，惶恐地納悶著

以韻文為重要形式的中國新詩，在脫離了中國舊詩詞以後的發展，是一個漫長的、尋求新韻律和新音感的實驗過程。然而在台灣，

一因和三十年代、四十年代新詩的傳統斷絕，二因中國古典文學教育在學校和社會中的荒廢，三因資本主義社會中必有的語言庸俗化和簡單化，使語言化約成爲報紙、電報、廣告的語言，四因二十多年來台灣現代主義對漢語的嚴重破壞，使得新詩在台灣追索新韻律的工作，必需由個別的詩人，在各別所能運用的資源中，做出極爲困難而漫長的摸索和實驗。吳晟，便是台灣極少數自覺地探索新詩在音韻上新的可能性的詩人之一。而他一點一滴摸索出來的，都將成爲繼台灣現代詩的式微之後重新尋求新發展的新詩運動中寶貴的資源。

吳晟還有一個在語言上的小小趣味，那就是他喜歡一種逆說式的表現。例如：

說不上甘願或不甘願
——〈十年〉

有日或無日可向
有陽光或無陽光可仰望
——〈葵花〉

赤足，無關乎瀟洒
赤膊，無關乎詩意
——〈土〉

詠嘆自己的詠嘆
無關乎閒秋逸致，更無關乎
走進或不進歷史
——〈土〉

無所謂的陰著或藍著
——〈序說〉

鳥仔無關快樂或不快樂的歌聲
——〈晨景〉

勤快地浣洗陳舊或不陳舊的流言
——〈晨景〉

打發無關新鮮或不新鮮的空氣
——〈晨景〉

這樣的句子，其實是小小的琢磨，在恰到好處時，有令人愉悅會心的效果，也適當地成爲吳晟語言的風格。且所好的是：吳晟並沒有把玩類似的句構而至冗濫的地步。

人間吳晟

吳晟的詩一個很大的特質，是在於他誠實、正直、專注、集中地描寫和表現了二十年來台灣農村的物質和精神面貌；描寫並表現出台灣農村的人和他們的生活與勞動；也描寫了台灣農村中的自然環境，以及人和這環境的交涉。在台灣大眾消費社會扭曲地發展行程中，以及在這行程中伴隨的各種以城市、商品、消費爲軸心的大眾意識巨大的變革期中，吳晟堅定、謙卑、誠懇地把他的畫布長期而集中地面向台灣的農村和農村中傳統的價值，並且，更爲重要的是吳晟用了他獨有樸質的、悅耳的、洗鍊的語言和形式，通過形象化的思考，美好地把他「忍抑不住」的心境表現了出來。

這種「鄉下人」的正直卻不驕狂、謙抑卻絕不是沒有堅持的自尊、苦痛卻基本上不失望、憤怒卻總以一種「忍抑不住」的苦口婆心去抗議……的性格，對於熟識吳晟的人，其實是人間吳晟與詩人吳晟驚人的一致性表現。人間吳晟決定了他對人與人、人與生活（勞動）、人與自然諸關係的觀點（意識型態）。而這些觀點，經過詩化的

過程，表現為吳晟的藝術。那麼，人間吳晟，具備了什麼樣的性格呢？我們以為，詩集〈泥土〉的三篇序詩，無疑是吳晟比較鮮明的自狀。

在城市的消費文明，以及傳統農村價值之間，他有過掙扎，在〈自白〉中，他說「不願隱藏起太陽／長期熬煉過的皮膚／卻又不能漠視／不屑的眼色」，「不能拒絕皮鞋光亮的誘惑／卻又深深愛戀／粗糙的一雙泥腳／不願和土地斷絕親緣」……。然而，吳晟終於讓渾厚的農村傳統和價值取得了勝利，而有〈向孩子說〉、〈愚直書簡〉等系列中那種自然、正直而堅定的反消費文明的力量。他說：

> 和我們生長的鄉村一樣
> 不習慣裝腔作勢
> ……
> 和我們日日親近的泥土一樣
> 不喜歡說漂亮話
> 孩子呀！阿爸偶爾寫的詩
> 無意引來任何讚歎
> 也不必憑藉任何掌聲
>
> 和我們每天在一起勞動的村民一樣
> 對深奧的大道理，非常陌生
> 又欠缺曲曲折折的奇思妙想
> 只是一些些
> 對生命忍抑不住的感激與掛慮
> ──〈阿爸偶爾寫的詩〉

吳晟的聲音，絕不是囂張、高亢的。他有「鄉下人」獨有的謙遜、卻在這一份謙遜中涵育了一份寬大、遼闊而又堅定的「矜持與固執」。

明知靈巧討人喜歡

仍然泥土般笨拙

不懂裝模作樣

不懂拍掌，不懂迎合

不懂鞠躬哈腰，握手寒暄

明知所有的議論

都是徒然

仍然忍不住悄悄發言

向一樣卑微的同伴

——〈自白〉

其實，所謂「對生命忍抑不住的感激與掛慮」，最足以說明吳晟一切較好作品的基本神髓。他對於生活、對於自然，保持著一種於城市生活為難能的、易感的心，從而經常有發自內心的「忍抑不住的感激」。而他對於現代生活中工業、技術、道德敗壞、政治和社會的不良，永遠發出一種舌敝唇焦、苦口婆心的「忍抑不住的掛慮」的聲音。而這樣的吳晟，卻又有他自在的寬闊：

一行一行笨拙的足印

沿著寬厚的田畝，也沿著祖先

滴不盡的汗漬

寫上誠誠懇懇的土地

不爭、不吵、沉默的等待

如果，開一些兒花，結一些兒果

那是獻上怎樣的感激

如果，冷冷漠漠的病蟲害

或是狂暴的風雨

蝕盡所有辛辛苦苦寫上去的足印

不悲、不怨、繼續走下去

不掛刀、不佩劍
也不談經論道說賢話聖
安安份份握助荷犁的行程
有一天，被迫停下來
也願躺成一大片
寬厚的土地
——〈土〉

　　是這樣一個人間的吳晟，在他的詩文學上展開，構成了吳晟全部詩的世界。在這個世界裏，首先是他所生長的物質的、自然的環境，即他的故鄉。他像一個風景畫家，長期、集中地描繪著他故鄉的一條小路、草木、店仔頭、田園，以及在這環境中的人和他們的工作與活動。從較早的〈輪〉、〈堤上〉，一直到〈吾鄉印象〉系列、〈愚直書簡〉系列，都以他經驗中的農村風土，做爲重要的場景。

　　吳晟以極大的熱情寫自己的母親，並且成功地把母親的形象擴大投射到整個台灣農村中堅忍、勤勞、正直的婦女農業勞動者和母性。他寫自己妻子，寫自己深深疼愛的兒女，並且在發展起來的〈向孩子說〉系列，把自己對兒女的一些「掛慮」和愛，擴充爲對於整個民族後代的關切。他也以無比的眷戀，寫他早逝的父親。

　　因此，總的看來，吳晟基本上並不是一個「激進」的，急於「改造」世界的詩人。他有濃厚的對於母親、亡父、妻子、兒女、朋友的情感，而這些情感在他的生活中佔著極關輕重的位置。而他對於鄉土、民族和國家的情感，也是具體而實在地從這些家族血緣之愛擴充而大之的結果。他是一個十分敬重和孝順父母的人。他深愛自己的子女，幼兒在夢中的不安與驚惶，都足以牽動他整個父親的掛慮。他以他獨自的方式，敬愛給予他極大的幫助，並爲了他和兒女做出巨大犧牲的妻子。從這樣的一個吳晟出發，他自然而真誠地反對奢華、虛

僞、欺詐、脫產逃亡、民族內部的不公正、不公平和欺凌、對自然生態的破壞，正如同他自然而眞誠地歌頌勤勞、正直、卑微而不失自尊、平凡而自具尊嚴、無私的愛鄉、愛民族的情感，以及淡泊、潔淨的生活。因此，他的歌頌是誠懇、自然而謙抑的，沒有高亢的音調和以爲正義已經掌握在自己手中的那種驕盛之心。也因此，他的抗議，也只是「忍抑」了又「忍抑」的「忍抑不住的掛慮」所發出來的憂愁。吳晟不是一個望之生威，以一股道德的義忿面斥君王的那種「先知」式的詩人，而是一個謙遜、忠謹、正直、誠實、爲天下蒼生心憂如焚的，隱乎鄉野的「野人」。他動人之處，正好是他那種憂煩不可自抑，獨自向不平、不公苦口婆心的聲音。而吳晟的缺點，也正好是在他過份的自抑和自制，使他有時無法發出更爲昂揚、更爲解放的聲音，使他的詩的音域，受到一時的限制。

　　從一九六○年代末一直到整個一九七○年代，吳晟勤勉地寫下許多詩篇。其中最好的作品，不論在語言、形式和意念上，都有很好的成績，並且對於年輕的詩文學青年有一定的影響。尤其重要的是，在一九七○年代初新詩論戰，深入批判了現代主義以後的台灣詩壇，提供了一些現實主義的、描寫表現在台灣農村社會中的人和生活的、深切關懷民族前途的，眞摯而誠懇、颯爽的好詩。我們認爲這是重要的。因爲從一九五○年代到一九六○年代，現代詩的語言、觀念和形式，有很大的影響力，馴至一些文學青年，不知道除了現代詩以外，還有別的語言和形式。在新詩論戰以後，現代詩基本上失去了過去的支配地位，而詩的語言、形式也失去了典型。在這樣的時候，吳晟自己孤獨地發展出來的道路，影響是大而深遠的。

更開闊的道路

　　特別是一九七九年以後，語言明晰的、現實主義的、深切干涉生活的詩，以完全相對於現代主義特質不斷地發展起來了。當我們想起

這一條道路最早的開拓者，我們就不能不想到吳晟、蔣勳、施善繼和一些別人的名字。當然，我們還能想起稍後的鄭炯明、詹澈、廖莫白，和楊渡、林華洲等這些名字。然而他們和一些我的研究所不知的人們，絕不就是一個新運動的領袖。對於對現代詩批判後新傾向的詩抱著熱情、關切期待的人，都應該認真、熱情地檢討一九七○年代以來這十幾年中，「後‧現代主義」的詩中存在的若干問題：

一、在語言上，還要再求精確、優美。詩，不論如何，是一種美文，要求用最精煉的、巧妙的辭語，去表現最準確、精要的思想和情感。我們的詩人，應該有意識、有計畫地重新在中國舊韻文傳統中吸取其中的菁華，重新認真地從中國傳統文學中學習漢語最豐富、優美的辭語，使我們的語言更加豐富起來，更加準確和精美。漢語在台灣日趨於平庸粗俗的今日，詩人們重新回到中國文學豐富的資源中汲取新的原創力，成為他創作上的重要功課。

二、批判了現代詩以後，我們的題材開闊了，我們關心的焦點也廣闊了。但是表現這些活生生的生活、社會和人，還要有一個認識的問題。詩人必需有他自己對於人、生活和自然的認識，經由這認識的組織、簡化或延漫，發而為詩，才有自由、切當的表現。目前我們有不少詩，感覺得到詩人淑世的熱情，卻由於對自己的思想還沒有進一步加以整理，就鋪寫成章，造成另一種晦澀，也造成某種太過於機械化、庸俗化的傾向，馴至千篇一律，缺少原創性的變化。有些對我們懷著惡意的人，說我們的詩是「口號和教條」，就是指著這些錯誤吧。

三、十年，不算是個短的時間。因此，我們的詩人，似乎應該停一停腳步，坐下來做一點檢討和反省。我們在語言、思考和學習上，做得夠不夠？我們是不是過份關心我們已有的一些初步的成績，是不是太過相信和在意已有的一點虛名，太過注重小幫小派的是非，而較少懷著嚴肅的心情不斷地反省和檢討。我們是不是做了過多的互相吹捧，卻沒有相互幫助和批評的品質？

　　幾十年來，這篇文章的作者，一直對台灣的詩界抱持深切的關心。但他本身卻不會也不曾寫過詩，嚴肅地說，他是詩界的門外漢。但是為了他的過份熱心，他終於不可自禁地就他熟識的幾個朋友寫的詩，寫了一些評論的文字。這些朋友，是蔣勳、施善繼。這第三篇文章，則是談他所愛重的朋友吳晟的詩。在這期間，他也讀了一些詩論和文學評論，深覺得時下文學批評文風之濁惡，已到不容忽視的地步。許多評論，不但文理不能通順，很缺少論證的嚴肅和憑據，而且有許許多多沒有推論過程和論理過程的論斷與陳述。由於受到這種文評的惡文風所驚，這篇文章的作者，開始有這疑慮：他自己的評論文章，必定也難免有這些不好的地方。他自知自己不是一個嚴謹用功的治學家，沒有受過很好的學院式嚴格的訓練。糾正評論的惡文風，應該由他自己開始。因此，他決定寫完他早在二、三年前應許過的吳晟論以後，應該至少暫時退出詩評的工作。他深切盼望對新詩更有研究、學養好、訓練好的年輕詩評論家出現，建立起兼有權威性和指導性的詩批評，把時下黨同伐異，學養粗陋、文采鄙惡的一些評論一掃而光。

　　這篇文章的作者必須在這兒向我們詩壇的先輩、同輩和更年輕一代朋友深致謝罪之意。他於台灣詩界所知不多，於詩藝術也毫無修養，卻敢恣意論評，其中的錯誤，必然甚多。在引證一些人名和事實時，必然也有很多疏漏不備之處。凡此一切，皆由於他的不學寡陋所致，絕不是他有意要抹煞、忽視甚至抑壓那一些人或那一個宗派，進而欲別立一「派」。他並且要求詩壇上的朋友們，憑著他對真正亟思進步和發展的新詩所抱的真誠與關心，原諒他的無知和造次。

　　台灣的新詩，即使是現在，有表面的喧嘩和鬧熱。但是，我們很少聽見一種深刻的反省和批判的聲音。正相反，我們卻時常聽見一些人汲汲於立宗設派，為自己建造「正統」的牌樓。凡有詩刊、有麥克風的地方，都可以看到他們熱情的面孔。但卻很少有極好、極真實的作品。人多勢眾，鑼鼓喧天，絕不等於文學的評價。愚昧、黑暗、橫

暴者之所懼，是一首又一首犀利、優美、動人、巧絕的好詩，而不是一些詩人們相聚飲宴時的喧嘩之聲。

這實在是一個危機，不容忽視。我們希望整個詩壇清醒起來，認真地進行一次對自己的反省和批評，檢視我們隊伍中既有的一些問題，為了更好、更堅定、更長遠地走上一條更開闊的道路。

在結束詩評工作時，這篇文章的作者把在現代主義廢墟中栽種新的詩風的朋友們需要進行一次反省和檢討的這個問題意識，貢獻給吳晟和其他的朋友們，做為他對於朋友們深刻的敬重和期許。

附記：本文付梓前，吳晟來信，就他若干作品的寫作年代提出訂正，特此將吳晟來信有關部分補充如後：

〈也許〉不是一九七〇年的作品，而是和〈空白〉、〈岸上〉……一樣是〈不知名的海岸〉詩輯中的一首。〈不知名的海岸〉是我最早的組詩，寫於一九六七年。

〈一般的故事〉發表於一九七三年。

我的文字，寫作和發表，往往相距好幾年。尤其是一九六五年到一九七〇年，就讀農專期間，雖然寫了不少，但都刊登在自己主編的校刊和校報上，而不對外投稿，直到一九七〇年認識了瘂弦，一九七一年返鄉任教後，經他鼓勵，才整理了一些寄去給他發表。像〈秋日〉、〈階〉、〈雕像〉、〈夜的瞳話〉、〈一般的故事〉、〈長工阿伯〉、等等。

——本文原刊載於一九八三年六月《文季》一卷二期

・陳映真（1937～），本名陳永善，苗栗縣人。淡江文理學院外文系畢業，曾獲2003年第二屆花蹤世界華文文學獎、1979年吳濁流文學獎、1979年時報文學推薦獎。

5 台灣文學中的歷史經驗
──以吳晟的作品為例

林明德

一、前言

「台灣文學中的歷史經驗」，這個命題，表面看來似乎簡單，其實內涵是頗爲複雜的。

先談台灣文學。這是近十年的學術概念，在世界潮流：承認「他人」的存在，與後殖民主義論述的激盪下，台灣的政治和文化主體意識，於焉浮現。不過，對「台灣文學」的反思，恐怕還涉及主、客觀的因素：前者，指本地學者文學主體性的覺悟；後者，指日本、歐美，與大陸學者的專著。尤其是後者的刺激與影響，迫使台灣正視，逐漸形成一種新興的學術趨勢。

換句話說，隨著文化主體意識的出現，重新思考「台灣文學」的範疇，從四百年的歷史事實、族群的人文，探索台灣文學的多元現象。

次談歷史經驗。此爲複合詞，正如「歷史現象」，向來爲人們熟知的詞彙並加以套用，馴至習焉不察，鮮有人清楚其原義。在這，我們覺得在意義的釐定上，是有其必要的。

顯然，歷史經驗概括兩個質素，即歷史與經驗。

一般說來，所謂歷史，是指以往實際發生的事件（即往事），或以往實際發生的事件的紀錄（往事的紀錄）[1]。歷史固然是人創造的，但它不是純粹的過去，而有現在的成份在內，「所有的歷史，都是現代史」[2]，以此。英國史學家柯林吾（R.C Collingwood, 1889～

1　見杜維運《史學方法論》：〈第二章歷史與史學家〉。
2　同(1)。

1943）云：「歷史是一種研究」，毋寧揭示了歷史的積極性格，它既不是往事，也不只是往事的紀錄，而是史學家研究往事的成果，也就是「研究往事的學術」。歷史進到這種境界，對於人類才能發生偉大的作用。[3]

至於經驗（Experience），英文源自拉丁文 Experientia，意指探察、試驗，也就是說：在時間與空間條件中的主觀或意識的探尋情況，含有迎面而來的事物所引起的印象之意。[4]

就經驗產生的過程而言，它是無數的經驗材料不斷的重複、發展、變化所激起的交互連鎖反應；這其間，可能只有某次或某一時期的經驗，對經驗主體特具意義，此「意義」對經驗主體可能是一種「知識」，或是一種「教訓」，從而對經驗主體產生深遠的影響。[5]

歷史經驗，是多元內聚的複合詞，其意義指向是整合之後的再現，因此，相當複雜。

透過以上的分析，可以知道，台灣文學中的歷史學經驗，是易懂而難解的命題，值得玩味。

基本上，台灣文學的範疇，多采多姿，舊新兼有，雅俗並存，涵蓋詩文小說與戲劇；當中所呈示的歷史經驗，千彙萬端，或政治或社會或教育或文化，……不一而足。

---

3 同(1)。

4 見《西洋哲學辭典》，項退結編譯。

5 見高友工〈文學研究的美學問題——美感經驗的定義與結構〉。唐君毅《哲學概論》云：「就經驗論而言，經驗之意義可指：1.人對於通常所謂由具體事物之認識所成，特殊的觀念感情之知。2.吾人所經歷的一切已往之事。3.吾人與環境之交互感應所成之事變。4.吾人對具體事物之純粹之覺識歷程，與其所覺知之內容。5.吾人對具體事物之觀察。6.吾人對一切事物之猜想假設而得事實之驗證者。無論依何義，經驗皆為涉及特殊具體事物者。無可否認的，一切知識，可由經驗而生，或由經驗推斷而知，但經驗論者卻認為經驗為知識的唯一來源，而在認識論上站不住腳。」（頁358）

　　長久以來，尤其是日治時代到現代，台灣文學家透過作品所釋出的歷史經驗，蔚爲壯觀，也建構了台灣文學的特質，值得正視與探索。

　　這裡，我們以吳晟作品爲例，無非想印證並詮釋此嚴肅的命題。

二、吳晟作品的歷史經驗

(一) 小傳

　　吳晟（1941～），本名吳勝雄，彰化縣溪州鄉圳寮村人。父親曾在溪州鄉農會任職，是位髮稀額禿，「容易爲鄉人牽掛和奔走」[6]的人；母親是典型的農婦，對子女的管教過於急切顯得嘮叨，往往以大罵來表示關切，她深信千方百計，不如種地，「做田人比較有底」，堅持「用一生的汗水，辛辛勤勤／灌溉泥土中的夢」[7]。

　　吳晟在屏東農專畢業[8]後，返鄉定居，與莊芳華結婚，雙雙任教於溪州國中，業餘陪母親下田，耕讀生涯二十多年。他個性坦朗眞誠，自稱「愚直鄉間子弟」、「只是戇直而無變巧的農家子」；然而，「戇直」卻是他的註冊商標。

　　他情緒易於激動，卻善於理性思考，雖然有「暈眩宿疾」，仍然以知識分子自居，憑道理說話，善盡言責。

　　吳晟深具憂患意識，憂於未形，恐於未燃，偶爾好發些議論，卻觸犯禁忌。在白色恐怖時代，第一次遭遇到「四個警察來家裏查問」（帶著國家安全局的機密公函）[9]，時在大專一年級的暑假，也是父親

6　見《飄搖裏・十年》。

7　見《吾鄉印象・泥土》。

8　農專三年畢業，吳晟常因熱夜讀者寫稿而缺課，狂熱耽讀人文書籍之餘，連普通的課程也無力顧及，因而服完兵役，再返校重修學分；重修期間靜不下心來研讀，又留校重修一年，所以實際讀了五年。（《無悔・期待》）

9　見《無悔・報馬》。

剛車禍去世半年，母親的焦慮驚惶，加深了他的恐懼感，於年輕心靈蒙上一層厚重的陰影，「彷如夢魘般緊緊跟隨著」[10]。

　　但是，他寧鳴而死，不默而生，「秉持正直的情操，爲公義、爲促進更合理的社會」的批判精神，三十年的詩文，就是最好的見證。

（二）創作理念

　　吳晟的創作動機，相當直率坦白，他曾說：

　　我寫的詩，莫不是植根於踏實的生活土壤中，歷經長時期的體會醞釀，才緩慢發芽、成形，而以鮮活熱烈的血液記錄下來。——《無悔‧轉變》

　　熱烈的追求本身便是接近真理。我確實從不懷疑，確實是全心全意，不顧一切的追求。這就是我創作的原動力啊！（同上）

　　文學創作的天地固無限寬廣，但既然忝爲文學工作者，想說的真話不敢說，該講的實話不肯講，一味掩掩藏藏，畏畏縮縮，而空言藝術性，還有甚麼資格奢談其他呢？（同上）

　　我不願高論文學的使命感，但是本乎至誠而創作，應是毫無疑問的基本態度，縱然不敢言所當言，至少也該有所不爲，也該有守住沉默的起碼節操吧！——《無悔‧獎賞》

　　我的創作動力主要來源乃是來自生活的感動，大多依賴自我充電、自我鞭策，而無關乎有沒有掌聲。……最該關心的是如何力求作品本身的完美。——《無悔‧沉默》

　　無論爲主說話，總該抒發親身體驗和見解，才有意義。——《無悔‧警惕》

10 同(9)。

寫作的原動力一向是依靠自我要求，自我充電，少有被「催稿」的經驗。──《無悔‧混淆》

可見吳晟的創作動機不外是：1.落實生活，2.生活感動，3.抒發親身體驗，4.至誠而創作、說真話講實話，5.熱烈的全心全意的追求，自我充電，6.力求作品本身的完美。

顯然，這與《詩‧大序》所說的「詩者，志之所之也，在心爲志，發言爲詩，情動於中而形於言。」的言志創作，如出一轍，也因此遙契了抒情傳統。

其實，吳晟的創作動機之外，還加上文學堅持與反省，從而構成了厚實的創作理念。他曾說：

我們確信，唯有正直不屈、坦誠無私的聲音，才能激發社會的熱情，才能挽救但圖私利、普遍對公眾道義過度冷漠的因循風尚。……只是深信不疑，由於我們的堅持，至少多發散一份光亮，即可減少一份黑暗；多增添一份溫暖，即可減少一份寒冷。──《無悔‧轉變》

長久以來我堅持如是的信念，並一再警惕自己：絕不假藉任何理由寫下一言一句虛假的文字。這本是一個讀書人最起碼的要求和骨氣。──《無悔‧沉默》

我不否認，早在七○年代初期，詩壇上正盛行「現代主義」潮流下，我的〈吾鄉印象〉系列詩作，已表現了濃厚而明確的鄉土意識，那是根源於實實在在的生活體驗、自然萌發而來；我的鄉土意識，也隱含著頗爲執著的批判精神。──《無悔‧主張》

身爲愚直鄉間子弟、身爲國民中學教師、身爲文學愛好者，我一直信奉坦朗真誠乃是最起碼的風格，堅持該是則是，該非則非，任何言行不可浮誇矯飾、也不必吞吐掩藏、假惺作態。──《無悔‧混淆》

這些堅持是面對現實生活，實際體驗，再與學識相印證，所淬勵

出來的智慧。換句話說，是吳晟正直坦誠、鄉土意識、悲憫情懷，與批判精神融匯之後，所形成的剛正氣勢。

在上述的堅持，他同時進行反省：

無力感似乎已是現今知識分子普遍流行的心態，甚至引此爲託詞而消極墮落，也是常有的現象。……是否因爲我們沉默得太多而又行動的太少呢？是否因爲我們未曾付出足夠的心力和膽識，去突破諸般不合理的禁忌呢？——《無悔·禁忌》

選擇守住寂寞的鄉間，寂寞的文學創作，只盼替文化扎根盡些心力，提升些許低落的台灣文化品質，多少喚醒台灣子弟的鄉土意識，進而滋生愛護鄉土的濃厚情懷。只可嘆我的消沉和感情，常超乎創作熱情，內心實惶愧難安。——《無悔·街頭》

事實上，批評乃是推動改革不可或缺的原動力。——《無悔·討人情》

我始終堅持「言論自由，思想無罪」，實是做人最起碼的尊嚴。——《無悔·主張》

長期留意社會風尚、省思人文發展、觀察政治體制、體會生命意義，累積了無數難以排遣的憂慮疑惑，催促我抒發出來。——《無悔·混淆》

這之外，不能忽略的是來自妻子莊芳華長期鼓勵：「你對我充滿了希望期待，期待我從年少所懷抱的社會關懷，能真正化爲行動，至少也該傾注在文學作品中表現出來，發揮一些影響力。」——《無悔·期待》

(三) 詩文鳥瞰

從創作歷程上看，吳晟十六歲（1960年）開始寫詩，直到四十

歲（1984），二十五年共出版了《飄搖裏》（1966）、《吾鄉印象》（1976）、《泥土》（1979）、《飄搖裏》（1985）、《吾鄉印象》（1985）、《向孩子說》（1985）等六種詩集[11]，以及《農婦》（1982）、《店仔頭》（1985）、《無悔》（1992）等三種散文集[12]。

這之外，還有七首新詩，陸續出現：

1.〈呼求〉（1980）

2.〈抱歉〉（1983）

3.〈眼淚──一九八〇愛荷華〉（1988）

4.〈抗爭〉（1990）

5.〈追究〉（1992）

6.〈你不必再操煩〉（1994）

7.〈退出──寫給林俊義教授〉（1994）

前後十四年，有愛荷華經驗的反思、政治的抗爭、農業的反諷，以及政治參與。這些除了說明寫詩是他的最愛，也是心路經歷的跡痕，尤其是最後一首，是他從幕後走上台前為林俊義教授競選台中市長的經驗回顧，證明了他既是觀念中的人也是行動中的人，充分確實的「知識分子」。這可能是了解詩人鑰匙詩之一。

可見他四十歲以前以詩文兼寫，但以詩歌為主；四十歲以後以散

---

11 按：《飄搖裏》，一九六六年，由屏東中國書局出版，分二輯，詩作三十首；一九八五年，改由洪範書店出版，分七輯，詩作五十四首。《吾鄉印象》，一九七六年，由新竹楓城出版社出版，分八輯，詩作六十首，部分收自一九六六年的《飄搖裏》；一九八五年，改由洪範書店出版，分五輯，詩作四十八首。《泥土》，一九七九年，由遠景出版公司出版，分三卷，詩作九十五首，大半收自一九七六年的《吾鄉印象》。一九八五，由洪範書店出版的三種詩集，大概是從《泥土》重新分類加上新篇出版，《飄搖裏》（增加〈愛荷華家書〉、〈浮木〉兩輯）、《吾鄉印象》兩種，已見上述，第三種是《向孩子說》，有詩作三十六者。

12 按：《農婦》，一九八二年，由洪範書店出版，散文四十一篇。《店仔頭》，一九八五年，由洪範書店出版，散文二十六篇。《無悔》，一九九二年，由開拓出版有限公司出版，散文二十八篇。

文為主，偶爾寫新詩。

　　吳晟的作品，有新詩一四五首，散文九五篇。就創作歷程來說，大概可以分為三個時期，即：

　　1.一九六三～一九七○年：前社會經驗時期，十九歲到廿六歲之間，從學生歲月到軍旅生涯。

　　2.一九七二～一九九○年：社會經驗時期，二十八歲到四十六歲，從人子人師人父，到教師農民的身體力行，於詩藝、人生、社會、教育、文化有更深刻的思考。

　　3.一九九○～一九九四：批判參與時期，四十六歲到現在，從觀念到行動，將理想加以實驗，由幕後走到台上，展示了吳晟的真本色。

（四）吳晟詩文的歷史經驗

　　吳晟的創作歲月，從一九六○年到現在，將近三十五年，其作品所呈現的經驗幾乎與台灣四十年來的政治社會密不可分[13]。大致上說來，可以分為：1.政治，2.教育、文化，3.農業，4.社會，5.環保（污染）等面相。茲分析於下：

---

13 為了對照吳晟作品的歷史經驗，特別錄下台灣戰後重要大事紀：

一九四七：二二八事件。

一九四九：實施「三七五」減租；警備總司令部發佈全台戒嚴令。

一九五二：中國青年反共救國團正式成立。

一九五三：紀弦成立現代詩社；公佈耕者有其田條例台灣省施行細則。

一九五四：藍星詩社成立；幼獅文藝創刊；創世紀詩社成立。

一九五六：立法院議決「司法行政部調查局組織條例」。

一九五八：台灣警備總司令部正式成立；金門八二三砲戰。

一九五九：中南部八七水災。

一九六○：《自由中國》社長雷震組黨被捕，判十年有期徒刑，褫奪公權七年；國民所得四二○元。

一九六二：台視開播。

一九六四：笠詩社成立；台灣文藝創刊；台大教授彭明敏以判亂罪被捕。

一九六六：中國大陸文化大革命開始；吳晟《飄搖裏》出版。

一九六七：陳映真以為共產黨宣傳的罪名坐牢，七年後釋放；實施九年國民教育。

1.政治

　　吳晟所處的年代,政治上有許多禁忌,或稱為「白色恐怖」,那是「數十年來並持續挾反共為名、獨裁專制為實,情治人員密佈各地區各階層,執行思想言論控制,因所謂思想問題遭受迫害、拘捕、監禁、

一九七一:「保釣」運動。

一九七二:美國總統尼克森訪大陸,發表〈上海公報〉;蔣中正連任第五任總統;中日斷交。

一九七四:陳若曦離開大陸的第一篇小說〈尹縣長〉,於香港《明報》月刊發表,轟動海內外。

一九七五:蔣中正逝世;蔣經國任中國國民黨主席;行政院決定補助二十億加速農村建設;增額立委選舉。

一九七六:《夏潮》創刊;毛澤東逝世;蔣經國院長指示省糧食局,無限制收購稻穀使農民安心耕作;吳晟《吾鄉印象》出版。

一九七七:鄉土文學論戰開始;中壢事件。

一九七八:蔣經國當選第六任總統;中美斷交。

一九七八:開辦出國觀光護照;高雄美麗島事件;吳晟《泥土》出版,陳映真遭拘留,扣押第二天釋放。

一九八〇:吳晟赴愛荷華大學國際工作坊四個月;增額國代及立委選舉。

一九八一:李敖《千秋評論》叢書刊行;肥料價值調整,漲幅為百分之三十六點六八。

一九八二:《文化資產保存法》完成立法;楊逵赴愛荷華大學國際作家工作坊;索忍尼辛訪台並發表〈給自由中國〉;三民主義統一中國大同盟成立于台北。

一九八三:陳映真、七等生赴愛荷華大學國際作家工作坊;增額立委選舉。

一九八四:賴和平反,重新入祀忠烈祠;蔣經國連任第七任總統、李登輝任副總統。

一九八五:江南(劉宜良)事件引發重大震撼;民進黨成立。
　　　　　楊青矗、向陽赴愛荷華大學國際作家工作坊;李喬《藍彩霞的春天》遭查禁。

一九八七:解除長達三十八年之久的戒嚴令。

一九八八:開放大陸探親;蔣經國逝世、李登輝繼任。

一九九〇:學生運動。

一九九二:立法院全面改選;校園民主蔚為風氣。

家破人亡的知識分子，不計其數，全島經常籠罩肅殺恐怖的陰影。」[14]

　　然而，他從年少就喜歡與朋輩放言高論，批評時政，縱談社會改革，而且形諸詩文，因此遭受情治單位的注意，在他們的標準裡，「凡是批評政府便是思想有問題；凡是不同主張便是偏激分子；凡是要求改革，便是擾亂安定、破壞團結。」[15]顯然，吳晟就是他們所要找的對象。《無悔・報馬》所述的，就是他的白色恐怖之經驗與見證：

　　當時（一個二十出頭的專一學生）的驚惶錯愕，乃至逐漸加深的恐懼，持續了很長的時日。在純真煥發、正該任意舒展無限奔放的年輕心靈，蒙上一層厚重的陰影，彷如夢魘般緊緊跟隨著我，造成實在無從估計的壓抑和挫傷。

　　處在這樣「一個雜亂的時代」，他有許多怨怒心聲，不吐不快，卻祇能「畏畏縮縮」，藉隱喻的方式來表達，例如〈意外〉：「一粒粒怯怯的種籽，如何／而芽而苗而青青的樹／以不情不願的哭聲抗議／如何，小小的我驚惶的來臨／那只是一件非常偶然的／小小、小小的意外」（1973），作者雖明寫種籽成樹的歷程，實在隱喻他「深深潛藏的矜持與固執」，以及「明知所有的議論／都是徒然，仍然忍不住悄悄發言／向一樣卑微的同伴」（〈自白〉，1976）。

　　至於一九八〇年寫的〈不要忘記〉：「孩子呀！不要忘記／你們是至親兄弟／應該可以誠意的討論／應有包容的胸襟／為甚麼不伸出溫暖的手掌」，藉著隱喻，曲寫對美麗島事件「忍抑不住」的激動與關注。

　　「在龐大的白色恐怖陰影長期壓抑下」，不識字的農婦「懷有深深的憂慮」與顧忌，迥異於一向坦蕩蕩的個性[16]；而好友曾健民出國之

---

14 見《無悔・討人情》。

15 見《無悔・封建》。

16 見《農婦・感心》。

前之後，重複叮嚀，要他：「謹言慎行」。[17] 可是，吳晟並沒有屈服，「滿懷的傷痛和憂慮／像鼓漲的風帆驅使我／再也倦於假借含蓄掩飾卑怯／更不忍再以冷淡保護自己」[18]，於是他直指白色恐怖的後遺症：

> 試想在重重壓制的僵化土壤中，如何期望樹苗有蓬勃的生機呢？如何期望開出鮮活的花朵呢？同樣的道理，在百般禁忌的餘悸下，一般寫作者創造的想像翅翼早就硬生生自行收斂起來，不敢，甚至完全忘了任意翱翔，創造活力逐漸萎縮，以致思想性普遍貧弱不堪。──〈禁忌〉

> 在重重封閉、禁忌的大環境下長大的台灣子弟，如何掙脫僵化貧困的思想箝制呢？──〈沉默〉

他身歷其境，了解究竟，卻堅持的作了一個小小的夢：「甚麼時候啊！我們社會上的父母，才能無所顧慮，理得而且心安的教導子女：坦蕩蕩的說話，坦蕩蕩的寫文章」[19]。

他年少以來對社會改革教育強烈的願望，大一時就被視為「言論偏激」、「思想問題」，遭到調查局、國家安全局等情治單位的查詢恫嚇；返鄉教育，勤奮耕作，熱心教書，憑良心說該說的話，未曾懈怠。但是，由於對農婦母親的考慮，加上個人暈眩的宿疾（情緒過於激動或說話過於大聲激昂，常會引發天旋地轉、頭疼欲裂，甚至全身發冷麻痺的現象），因此，他每每扮演觀念人，「選擇守住寂寞的鄉間、寂寞的文學創作，只盼替文化扎根盡些心力，提升些許低弱的台灣文化品質，多少喚醒台灣子弟的鄉土意識，進而滋生愛護鄉土的濃厚情懷。」[20] 或盡些言責，發表一些議論。他三十五年來的詩文就是最好的證明。

---

17 見《吾鄉印象‧叮嚀》（1982）。
18 同上。
19 同(10)。
20 見《無悔‧街頭》。

吳晟確信「秉持著正直的情操，爲公義、爲促進更合理的社會而耗費苦心的進求過程中，已足可尋找到嚴肅深刻的生命意義。」這種因鄉土意識所激發的批判精神，在早期的詩文（1966～1985），經常以隱喻方式表現；但《無悔》（1985～1992）系列則開門見山，不「躲躲閃閃、隱隱藏藏，大繞圈子」，去「揭穿權責的虛假面具，觸及當權者的隱痛」[21]，既淋漓盡致又大快人意。

然而，一九九二年的立法委員選舉與一九九三年的縣市長選舉，可能是吳晟生命歷程的一大關鍵。前者是爲走上街頭政治的教師廖永來助選，擘劃文宣；後者是爲環保教授林俊義競選台中市長，上台助講。尤其是後者，他表現得更爲積極，從幕後（長期的幕後、觀念人）走到台上，直率呼籲，結合觀念與行動於一身，成爲眞正的「知識分子」，突破禁忌，表現戇直、坦蕩蕩的吳晟本色。他寫給林俊義教授〈退出〉，就是此一歷程的心靈紀錄：

> 你曾面對我的消沉
> 懇切鼓舞我：千萬勿灰心絕望
> 做伙來打拼
> 你也曾多次提起
> 種植你宿舍庭院的數棵馬拉巴栗樹
> （我鄉間田莊培育的幼苗）
> 日日欣欣向榮，彷如民眾的覺醒
>
> 終於你還是宣佈退出政局
> 從紛雜的大街小巷走回校園
> 從激昂的政見會場走回講堂
> 從費盡心思的市政藍圖走回著述
> 我不知道你的挫傷有多深

---

21 見《無悔・無悔》。

2.教育與文化

教育與文化，二元倚伏，有互動的關係，因此談教育問題必然涉及文化問題，這裡大概以教育問題為觀察對象，以概見其他。

一般說來，教育是一生的工作，約可分為三層次，即：家庭、學校與社會。之間的關係相當密切，卻常常受制於大環境。

吳晟夫婦返鄉教書，二十多年，既熱心教學又冷靜觀察，加上細心思考，長期以來，對台灣的教育與文化的了解，自是深刻的。

他發現，學校的教育方式，是習慣接受謊言，長期的愚化自己：

這種從小就教導下一代習慣接受謊言，接受說與做各自分開而論的教育方式，其實已延續了三、四十年。就像某些神話般空洞虛幻的口號，也已空喊了三、四十年。——《無悔·謊言》

還有，在意識型態掛帥之下，教育思想侷限於「一元化的僵固思想模式中」[22]，多數教育人員往往成為執政黨馴化了的傳聲筒；因此，他擔憂如此環境長大的台灣子弟，「如何掙脫僵化貧困的思想箝制呢？」[23]

尤其是，大量灌輸「忠黨愛國」思想，完全忽略人本精神的教養；表面上看來，國民教育是普及了，卻製造了知識匱乏、思想貧困、功利主義的新生代；其現象是：

都市發展型態快速擴張膨脹，人人急於追逐富裕，和土地的感情逐漸疏離，形形色色遊樂場所到處林立，充滿了粗俗浮誇的暴發戶習氣。[24]

結果是人民純樸厚實、誠懇勤勉的品性被腐蝕了，漸漸成為「無根的虛華民族」。這毋寧是文化脫序之後的「亂象」了。

---

22 見《無悔·警惕》。
23 見《無悔·沉默》。
24 見《無悔·寂寞》。

其次是教育脫離現實。青年學子雖然生於斯長於斯，但對於生存環境、人文史地，都是相當陌生，遑論淳厚的關懷。這就是學校教育的偉大成果，吳晟指出：

> 台灣數十年來的學校教育，最大的特色可說是脫離現實，嚴重脫離台灣本土的現實。而嚴重脫離現實的教育基礎，是建立在睜眼說瞎話的謊言之上。[25]

並例證〈南海血書〉的荒謬、「反攻大陸」的吶喊、「三民主義統一中國」的夢幻。

由於這些謊言虛幻的教條，主導了數十年的教育方針，宰制了青年學子的心靈，「不曾實實在在教導下一代如何善待生命、愛護環境；人與人之間該當如何相互尊重、相互信賴；人與自然之間如何珍惜資源，以及如何發揮自身能力、有效參與社會、安排更有意義的生活方式。」[26]

他批判這些病態，相對的，「雖身為外省籍子女，卻這麼深愛台灣，一心一意要為台灣做點有用的事」的編劇家汪其楣，則給予相當的肯定，她的《人間孤兒》，是心內真正有台灣、真正牽掛台灣，對台灣體質既了解又深情的戲劇。

因為擔任國中教師，吳晟對國中生——青少年問題，有非常深刻的了解，從他的十首詩篇[27]，可以窺見社會變遷、文化衝擊、價值觀、人生觀的差異，許多青少年的問題，應運而生；填鴨教育、翹課離家、飆車闖禍、虛偽矯飾，層出不窮，他的良心深感愧疚，希望藉著「憨直的真情」，誠懇的態度，喚醒他們認真檢討自己，重塑人格尊嚴，認清自己該走的道路。例如：

---

25 見《無悔‧落實》。
26 同上。
27 即《向孩子說》：〈勞動服務〉、〈詢問〉、〈期許〉、〈若是〉、〈草坪〉、〈不要忘記〉、〈說話課〉、〈十一月十二日〉、〈設想〉、〈然而〉等。

孩子呀！不必欣羨
在我們生活的環境裏
讓我們一起認真來開闢
開闢出一大片一大片
青翠而乾淨的草坪
散發清爽的氣息[28]

藉著「草坪」的美麗意象，引出「希望」的憧憬。再如：

孩子呀！不要哭
阿爸無力驅走龐大的黑暗
只有陪在你身邊
細心守護你[29]

其關注與愧疚，昭然若揭。

這之外，民主素養的教育相當貧乏，確是不爭的事實。實施民主政治，雖然喊了幾十年，卻虛有其表，學校教育，不僅無法萌發民主幼苗，也阻擾了民主潮流的發展，導致「我們青年學子的心靈，竟然還是如此禁錮閉塞。」[30]他慷慨激昂的控訴：「四十多年來，一面密佈蜘蛛網般的情治系統，執行白色恐怖攻策；一面嚴密箝制傳播媒體和教育體系，全面散播腐敗的封建思想，根深蒂固愚化台灣子弟，何嘗提供民主風範，何嘗教導民主素養。」

至於社會教育，則在「公共區域」或媒體（Media）上，這些原是社會公益，是有啓發民智，提升生活素質（Quality of life）的崇高意義，但長久以來，這些大眾傳播媒體；報章雜誌，電台電視，並沒有善盡責任、探索真相，「專門散播執政者謊言、助長執政者威嚇聲

---

28 見《向孩子說‧草坪》。
29 見《向孩子說‧不要哭》。
30 見《無悔‧封建》。

勢、不做客觀公正報導。」[31]的確值得反省。

　　3.農業

　　吳晟生於農家，父親曾任農會，母親是農婦，自己學農；畢業後，與莊芳華返鄉任教國中，行有餘力下田耕種當個業餘農夫。可見，農業與他的生命密不可分；他緊握農業的脈搏、同情農人的命運、觀察台灣農業的現況，成為二十多年來歷史見證人，農村代言者。

　　在他的詩文裡，我們讀到也看到一頁頁台灣農業的滄桑史。

　　首先，是農業政策。台灣向來以農立國，但農業政策一直不清、搖擺不定，《店仔頭，敢的拿去吃》曾指出：

　　　三十多年來，我們的農村固然繁榮了不少，機械化農耕技巧也改進很多，帶來不少便利。但是，因為一直欠缺長遠的生產規劃及產銷制度，任農民盲目發展，以致時常發生產銷不均衡的現象，大大浪費了大好的人力和工地。更不該的是，我們自己的多項農產品，既然產量過剩，不但不能善加運用，不能設法打開外銷市場，還拼命扶美國人的卵泡，採購美國的農產品，不惜犧牲本地農民的利益。

　　在農產品價值極不穩定，又毫無保障下，大家逐漸投機取巧，社會普遍存在「敢的拿去吃」的心理。

　　商場如此，官場如此，補習業如此，農業界又豈能例外？這就是社會風氣，台灣社會轉型的亂象。

　　其次是飼料。

　　吳晟曾費心經營漁牧場，以發揮所學，沒想到碰上畜牧業不景氣，飼料猛漲、豬價猛跌，因虧損太多，祇好結束。後來，二姐和二姐夫接下經營，也重蹈覆轍，他二姐莫名奇妙：

　　　肉價並沒有較便宜，為甚麼豬價會跌得這樣厲害？價錢到底是誰在喊的？[32]

31 見《無悔・譴責》。
32 見《農婦・憂慮》。

接著，是產銷問題。

產銷是農業政策的一環，由於政策體質弱，產銷一直無法正常運作。例如：

收購稻穀的作業，是糧食局委託農會代辦，各項規定頗為嚴格，但以這麼好的穀子，繳交當然沒有問題。只是每公頃操作面積，只收購一千公斤左右，約為收成量的六分之一罷了！——《農婦·繳穀》

我們種田人向人家買東西，價錢由人出，一分都不能少；我們的農產品要出售，價錢也是隨人出，一分都不能多。這些現象，真是奇怪。——《農婦·壞收成望下季》

蔬菜價值時起時落，而且跌落時，通常跌到不需要任何成本似的，這已是幾十年來常見的現象。——《農婦·自新的機會》

可見產銷對農村經濟、農人生活的影響有多大！其實，他們的心願素樸，要求不多，透過吳晟弟弟小學同學龍國的慘烈心聲，最清楚不過了：

我下定決心回來種田，並不想求富貴，只希望安定下來，但是總要讓我能夠過日子呀！（同上）

但是，連續三次血本無回的打擊，背負不少債的他，能撐得下去嗎？

這些問題，只要市場調查、妥善規劃，便能使農民得到合理的報酬，可是有關農業機構的人員，高高在上，不知是何居心？

最後，是農人所得。

台灣農業問題重重，長期以來，積弊已深，魚賤傷漁、雞（豬）賤傷農、稻（菜、果）賤傷農，時有所聞，像：「前幾天載了一車（蘿蔔）出去賣，幾乎還不夠付車資。」《農婦·耕耘與收穫》絕非聳人聽聞的。

正如〈店仔頭‧不如別人一隻腳毛〉所透露的：

就像困守了數十年窮苦的家鄉，這幾年來，生活情況確實有些改善，電視、報紙等傳播工具，及某些文章，也常刻意渲染，然則他們並不了解，或有意忽略，這是大多數鄉親，或依賴國小、國中一畢業，即去工廠做工的子女，每月寄回家貼補，或遠去城市做工，或想盡辦法兼營其他副業，盡量利用透早透暝去田裏，農忙時期更是拼得無暝無日，才換來些許少改善，鮮少純粹由農業所得而獲致。

真相的確如此。

一九九四年，當吳晟沉重瘀心的寫下〈你不必再操煩〉的時候：

母親，你終於可以和你的田地
閒閒過日；不必再操煩稻作
有無缺水、有無欠肥、有無疾病蟲害
不必再趕時趕陣犁田、插秧、除草……

你不必再操煩
稻穗有無結實圓滿、有無颱風來襲
收割期會不會遇上滂沱雨水
或是穀價如何起起落落

母親，你從年少依托田地
整整一甲子而有餘
度過戰亂、度過匱乏、也經歷了
工商文明快速變遷的再三衝擊

一方稻田裏，日日重疊的厚實足印
一季接一季，從不缺席
你確實已年老
但仍有足夠力氣自給自足

母親，你實在難以理解
你一粒一粒都這樣惜寶的米糧
只要仰賴國際強權的傾銷
並要求自己的田地休耕，任其荒廢

你實在無從想像
田地的價值，並非為了耕作
而是用來炒作
辛勤一世人的老農，竟然是
台灣經濟發展的拖累

猶如承受過肥料換穀、田賦繳穀
半夜捉人催繳水租種種驚嚇壓榨
母親，你唯有自我調適
領取些微恩惠補助
和你的田地閒閒過日吧

你不必再操煩稻作，也無從擔憂
總有一天，進口糧食斷絕
而台灣島嶼已找不到農民
甚至，找不到可供耕作的田地

也正是農業亮起紅燈，農業文化瀕臨危機，道德經濟渙散的預告與總結。

4.社會

一九六〇年代初期，台灣農村受到現代工商文明的衝擊，逐漸凋敝，馴至瓦解。這期間，端賴世代相傳的信念：「壞收成望下季」以及無可置疑的理由：「做田人比較有底」，而留下一群任勞任怨的農民。

不過，社會風氣是擋不住的，甚至引起質變的現象，吳晟許多詩

文作了忠實的紀錄。

在「渲染著畸型的繁榮」的社會，他直揭：「我最大的憂慮，是在繁榮的美名下，生存環境橫遭肆意破壞；我最大的痛心，是在功利思想氾濫下，人倫道德普遍敗壞。只因貧窮可以用我們的刻苦勤勉去克服，政治上的挫傷，也可以用我們的寬容去療養；大地的毀損、人性的沉淪，卻是難以復原、難以彌補的嚴重傷害。」(《無悔·街頭》)

原來繁榮，富裕的代價是，將美麗島肆意糟蹋成為百病叢生的現境。於是，社會普遍浮現虛華、墮落、無恥與矯飾。例如：

這些少年女孩太無定性、太無責任，年歲輕不懂事，敢黑白來，卻沒有忍耐心，不知生子容易，養子不簡單，教子更困難，不知會生就要會顧。——《店仔頭·會生就要會顧》

孩子長大了，做媽媽的教得了嗎？社會把他教壞了，我又怎麼樣？——《店仔頭·啥人教壞囝仔大小》

那些查某囝仔，敢在那麼多人面前脫衫脫褲，搖來搖去，真正大膽，想不到這款錢也有人賺，不驚現世。

……好樣難學，壞樣容易學，大家有樣看樣，風氣就會越變越壞，難怪現在的年輕人，又貪圖享樂，又怕吃苦。

……以前流落風塵的女孩子，多數是因家庭遭遇變故，受到生活所迫，背後幾乎都有悲慘的身世，而今卻大都是經不起虛華社會的引誘，不甘日日辛勞做工，過清苦的日子。(以上見《店仔頭·這款錢也有人賺》)

農村文化之墮落腐敗，社會之亂象，於此可見。至於農業官僚的粉飾心態，與作秀行為，更是可議，在《店仔頭》的〈好看面無路用〉、〈騙肖〉、〈不是自己好就好〉、〈臭水溝上的盆景〉等篇，可謂真實的報導。不過，吳晟終於忍抑不住的詰問：「粉飾並不等於美化，社區建設並非為了供人來參觀，而是為了真正改善我們的生活環境，

有權決定吾鄉各項發展的鄉親，難道也深受虛浮社會風尚所影響嗎?」

　　5.環保（污染）的關懷

　　吳晟愛惜土地，「覺得腳與泥土直接接觸的感覺，又踏實又親切」[33]，視土地如神聖，因而引發他的環保觀念與維護自然的決心。

　　一九八一年，他寫下〈制止他們〉一詩，開宗明義的說：

我們全心全意的愛你
有如愛自己的母親

　　他憂慮「美麗之島」的骨骼（山林）、血脈（河川）、肌膚（大地），遭到不肖子孫和過客的破壞，而變成「廢墟」。於是，他用「嚴肅的聲音」、「不容曲解、不容敷衍的聲音」，制止他們。

　　在他的詩文裡，有關污染問題著墨較多的，當與農業有密切關係的農藥了。

　　本來，農藥的適量使用，可能有其需要，但受了農藥商大力廣告的影響，農藥盛行了，農民過度依賴，輕率使用，以至氾濫成災。

　　農藥氾濫的後遺症是：一些野生魚類，像魚、蝦、青蛙，越來越少，溪水不清，稻米不香，野菜沒味。想想，這是怎樣的農村?

　　農藥氾濫，接著是廢水橫流，公害衍生，大家只顧眼前私利，罔顧「社會災害的道德污染」，這就值得深思了：大人的努力，無非為了下一代更好的生存環境，但目前不斷破壞生態，將會有怎樣的後果呢?實在值得憂慮。

　　不過，這些可能是一般污染，更嚴重的是心靈污染，例：「我們也多麼憂慮／在龐大的功利的網中／大家拼命爭逐／將拋下多少霉爛的穢物／污染了我們乾淨的土地／腐化了我們淳厚的家鄉」（《吾鄉印象・歸來》）、「向那些徒有體面的外表／心靈早已發霉的大人／大聲宣告／自己的家鄉，自己不愛護／誰來愛護」（《向孩子說・勞動服

---

33 見《農婦・了尾仔》。

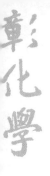

務》）這更值得憂慮了。因此，他積極呼籲：

> 不容許口中講著大道理
> 手中亂拋果皮紙屑的大人
> 隨意污染和作踐
> 破壞了我們青翠的草坪
> 弄髒了我們乾淨的草坪　——《向孩子說・草坪》

維護乾淨環境的重要性，比留給子孫億萬財產更迫切；……以繁榮為美名，就可以任意破壞環境，付出可能毀棄台灣的慘重代價嗎？——《無悔・廣場》

的確，是該思考「繁榮的目的是什麼」的時候了。

三、結論

吳晟創作生涯三十多年來，密切台灣的脈搏，由於熱愛鄉土深具鄉土意識，富有強烈的批判精神。在生命的感動中，往往以憨直的性格、冷靜的思考、良心的議論，略盡知識分子的責任。不過，長久以來，大概扮演較為消極的觀念人。

從白色恐怖年代（1949），到解嚴（1987），到自由民主的現代，他實際經歷曲折的歲月，也經驗艱辛的台灣；他誠於中，形於外，寫下許多慷慨激昂充滿無力感又無悔的心聲與憧憬，新詩一四五首、散文九五篇，就是最好的說明。

在當代台灣文學中，不乏頭角崢嶸者，但意識鮮明，擁抱鄉土、寂寞堅持信念三十多年的，恐怕不多見。所以，他可能較具特色的台灣文學家之一。

吳晟詩人所呈示的，是活生生的歷史經驗，而且，在往事的紀錄中，有一份參與與批判，既不同於「歷史想像」（historical imagination），也迥異於「歷史情境」（historical situation）[34]。換句話說，在台灣近三、四十年的歷史上，他沒有缺席，是歷史經驗的參與與見證者之一。

更難能可貴的是，他由消極到積極，從幕後走到台上，結合觀念與行動於一身，成為道地的知識分子，也活出實在的吳晟本色。《無悔‧無悔》云：

秉持著正直的情操，為公義、為促進更合理的社會而耗費苦心的追求過程中，已足可尋找到嚴肅深刻的生命意義吧！

正是他生命的真諦與終極關懷。

──本文原刊載於一九九五年元月‧文學台灣十三期

---

[34] 所謂「歷史想像」，是將自己放入歷史之中，進入歷史的情況，進入歷史的時間，進入歷史的空間，然後由此想像當時可能發生的一切；「歷史情懷」，往往須靠歷史想像以了解，「設身於古之時勢，為己之所躬逢」，而後，古之時勢，展現於目前。（以上見杜維運《史學方法論》：〈第十二章歷史想像與歷史真理〉。）

6 從隱抑到激越
——論吳晟詩的政治關懷

施懿琳

一、前言

　　吳晟本名吳勝雄，一九四四年出生於彰化縣溪州鄉圳寮村，父親原本任職於溪州鄉農會，一九六六年因車禍過世。吳晟的母親是一位終身與泥土為伴的農婦，在丈夫意外亡故後，辛苦耕作撫養吳晟兄弟姐妹長大成人。一九七一年，吳晟自屏東農專畜牧科畢業後，即返故鄉擔任溪州國中生物科教師，教學之餘常隨母親下田耕作，日常生活以農耕、讀書、教學、創作為主。一九八〇年吳晟以詩人身分應邀赴美，訪問愛荷華大學國際作家工作坊，文學視野越發遼闊，也使他對自己的國家認同有著更明確的認識。一九九〇年代以後，他開始積極地投入替某些在野候選人（如廖永來、林俊義、翁金珠、王世勛、姚嘉文）助選的工作，親身經歷選戰種種繁複的問題，使他對社會的觀察更深入，對政治的批判性也更加強烈。

　　吳晟文學創作起步甚早，一九六〇年十六歲時即以初二學生之齡，開始寫詩至今，陸續出版了詩集《飄搖裏》（1966，屏東：中國出版社）、《吾鄉印象》（1976，新竹：楓城出版社）、《泥土》（1979，台北：遠景出版社）、《飄搖裏》（1985，台北：洪範出版社）、《吾鄉印象》（1985，台北：洪範出版社）、《向孩子說》（1985，台北：洪範出版社）、《吳晟詩選》（1986，北京：友誼出版社）、《吾鄉印象》（1993，北京：人民文學出版社）、《吳晟詩集》（1994，台北：開拓出版社）等。散文集則有：《農婦》（1982，台北：洪範出版社）、《店仔頭》（1985，台北：洪範出版社）、《無悔》（1992，台北：開拓出版社）、《不如相忘》（1994，台北：開拓出版社）等四冊，可以稱得上是台灣農民文學最具代表性的作家[1]。

　　本質上吳晟是一個農民，更精確地說，他是生活在二十世紀四○到九○年代台灣中部溪州小鎮，一位接受過現代知識洗禮，教書兼寫詩的農民。這樣的角色扮演，使他的詩雖然呈現多元的題材，但是，基本上還是有一個核心概念貫串在作品中，此即對土地濃厚的眷愛之情。筆者曾於一九九六年四月於中正大學舉辦的「台灣的文學與環境」研討會上，發表過一篇論文〈稻作文化蘊育下的農民詩人——試析吳晟新詩的性格特質與批判精神〉[2]，即扣住這樣的特質，就一九九四年以前吳晟的創作歷程加以勾勒，並進行說明。此次，筆者延伸探討的時間，將前文所未探究的吳晟一九九五年至一九九九年的詩作納入討論，並試圖透過農民特質的掌握，進一步為吳晟從一九六三年至一九九九年所有的詩作，做一俯瞰性的觀照，而後標舉出吳晟詩除了農民性格之外，其實還具有強烈的政治關懷，而這個角度則目前尚少專文探討。因此，本文擬在核心思想掌握之後，進一步探討這種根植於性格深處，醇厚、樸拙的農民特質，如何衍生出對政治社會的關懷？從吳晟過去的生命史中，是否可看出潛存在性格深處的政治因子？或是有哪些外緣因素，更加強他對政治層面問題感到關心？而他究竟站在甚麼樣的立場，針對當前的哪些政治現象，透過甚麼樣的題材來寫作？本文將透過對吳晟詩、文的解讀，以及相關資料的參考和與作家實際的訪談，對這些問題做比較清晰的梳理。

二、吳晟詩的「釘根」母題與創作理念

（一）一九六○年代詩所呈現的創作基型

1　參考筆者與楊翠合撰《彰化縣文學發展史》（下），彰化：彰化縣立文化中心出版，1997 年 5 月，371 頁。

2　此文收在江寶釵等主編：《台灣的文學與環境》，嘉義：麗文化出版，1996 年 6 月，65 ～ 110 頁。

筆者於〈稻作文化蘊育下的農民詩人〉一文中曾就稻作的方式、性質及稻農的生活型態、價值取向,將「稻作文化」歸納爲六個特質[3]。其中,在吳晟身上明顯可見的,主要可表現在:熱愛土地、質樸踏實的特質上。而這種以農民性格爲主的生命情調,即使在浪漫的青年時期,在現代主義思潮激盪的六〇年代,猶然存在於吳晟身上。

一般談到吳晟早期的詩作,大多認爲他當時受到現代派的影響,不免寫些抽象、陰鬱,和現實較不相干的作品[4]。其實,若能細加體會,雖是青澀的摸索期,吳晟收在作品集中的第一首,即二十歲時發表的作品〈樹〉(1963),其實已突顯了他農家子弟的性格特質,以及往後作品裡以植物形象「釘根」於大地的書寫母題[5]:

> 而我是一株冷冷的絕緣體
> 植根於此
> ——於浩浩空曠
>
> 嘩嘩繁華過後
> 總有春的碎屑,灑滿我四周
> 而我是一株冷冷的絕緣體
> 不驅向那引力

---

3 此六特質分別爲:一、眷戀土地;二、沉默厚重;三、勤奮踏實;四、人情濃厚;五、樂天安命;六、節儉素樸。詳細內容請參考同註2,68～70頁。

4 參考宋田水《「吾鄉印象」的鄉土美學》,台北:前衛出版社,1995年2月,21頁。

5 吳潛誠〈台灣在地詩人的本土意識及其政治涵義〉一文中說到:「本地詩人的鄉土認同充分顯示在樹木扎根泥土的意象中。《混聲合唱》整部詩集從頭到尾,樹木(乃至其他植物花草),釘根的意象出現不知凡幾,幾乎可以看成台灣文學的主要母題。」,收在《當代台灣政治文學論》,台北:時報出版社,1994年7月,408頁。筆者認爲,若要論釘根於大地的深度與耐力,作爲農民作家的吳晟,實可居眾家之冠。

亦成蔭。以新葉
滴下清涼
亦成柱。以愉悅的蓊葱
擎起一片綠天

而我是一株冷冷的絕緣體
植根於此
縱有營營底笑聲
風一般投來

這首詩一方面表現出青年吳晟不願隨同流俗的倨傲，不盲從喧嘩的孤高，因此他是不趨向引力的「冷冷的絕緣體」，因此他不在乎「營營底笑聲／風一般投來」；一方面這首詩也表現出吳晟植根於大地的生命取向。唯有深深地扎根於此，才可能長成蓊鬱的枝葉，才可能以永恆之姿，伸展向湛湛藍天。樹木的長青，反襯出了喧嘩繁華後，歡樂的短暫與虛浮，而這些並非吳晟所想要追求的東西。農家子弟安於樸拙，不慣繁華的性格，同樣表現在吳晟六○年代所寫的其它詩作中：

所有的燈光都亮起了繁華
亮起群鍵的跳躍
你投入，是一枚沉寂
一枚恁般不和諧的孤零
——〈漠〉（1963）

不似閃爍之星、嬌美之貝殼
你的存在，習於被忘卻
但滿蓄柔和的你的沉默，堅韌而連綿
——〈岩石〉（1964）

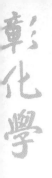

　　生命的存在，總是孤獨而被忽略的，總是沉默而堅韌的，像抓緊大地的樹木，厚實地往下紮根，往上伸展，終於在歲月的累積下，默默長成生機盎然的繁茂枝葉。六〇年代起步時所寫的詩作，雖不免受到當時文藝思潮的影響，但，從本質上看來，這階段的某些作品其實已為吳晟未來詩的書寫取向，奠定了創作的基調。因此，我們若以「釘根」母題作為基點，將他可能產生的象徵意涵呈現出來，或許可嘗試將吳晟往後作品中所突顯的正、反兩面的價值觀呈列如下：

<table>
<tr><td></td><td>（正）</td><td>（反）</td></tr>
<tr><td>樹──</td><td>扎根大地、穩重、堅定、
踏實、單純、沉靜、自然</td><td>無根、虛浮、善變、喧嘩
機巧、輕率、偽飾、造作</td></tr>
</table>

　　這些抽象的價值觀，一旦落實到作品中，將會獲得更具體的發揮，此留待後文再談。以下先就這樣的思維方式，分析吳晟對詩創作的看法。

（二）創作理念

　　因為強調單純、踏實，因此，吳晟寫詩時，不從消解閒愁，表達逸致的角度出發，也不從是否可在歷史留名考量。他主張寫詩要能貼近土地的脈息，感知祖先辛苦累積的汗滴，「寫上誠誠懇懇的土地／不爭、不吵，沉默的等待」。如果開了花，將獻上無限的感激；如果遭蟲害天災，仍不悲、不怨，繼續堅持下去。總之，他認為土地以及作物，才是值得深心掛念的對象。而虛誇的掛刀、佩劍、談玄論道，都是遙不可及的存在。作為一位大地詩人，他堅持以筆代鋤，在詩田上安分地勞作，即使有一天，「被迫停下來／也願躺成一大片／寬厚的土地」（〈土〉，1972）。由於要求勤懇、實在地寫詩，因此吳晟堅持寫自己熟悉且關心的東西。他建議友人走出戶外直接接觸廣袤的大地，撫觸清涼的河水，領略春風的輕拂，如此，詩便在其中了（〈我不和你談論〉，1982）。不裝腔做勢，不做英雄式的歌頌，吳晟認為

真性情的詩人，必須取法泥土質樸醇厚的性格，不做深奧的構思，不營造美麗的文句，不乞求讚嘆和掌聲，詩人之所以寫作「只是一些些對生命忍抑不住的感激與掛慮」（〈阿爸偶爾寫的詩〉，1978）。

「只是一些些對生命忍抑不住的感激與掛慮」，是了解吳晟創作態度極重要的關鍵點。他之所以寫詩，是基於對台灣社會忍不住的關心，看到種種令人感動或牽掛的事，剛直性格的他往往有著「如鯁在喉」的感受，不得不透過文字，將之抒吐出來。那是靈魂躍動、心海奔騰之際，最直接、最真實的映現，透過某些意象，將之具體地表現出來，較之散文的鋪敘，較之小說的營構，更足以強烈而中肯地表現詩人對世事的感受[6]。

對於為何寫詩？如何寫詩？過去吳晟主要透過每部詩集開卷的序詩，來表達他的理念。經過長時間的思考及觀察後，九〇年代中期，吳晟積極地透過〈寫詩的最大悲哀〉系列（1997），直接而深刻地探討了這個問題。在四首組詩中的第一首，吳晟以「反面著筆」、「隨說隨掃」的方式，指出寫詩的最大悲哀，不在困苦思索，不在瘁瘃追求，不在字斟句酌的琢磨；不在長年寂寞完成了詩作，無任何回響；不在些少聲名引來同輩冷冷的嘲諷；不在直接逼視人生的缺憾又無補於現實；也不在必須隱忍人世的傷痛，壓縮再壓縮；不在「即使心頭淌血，也要耐心尋找／沉澱下來的血漬」……，吳晟冷靜地拿著解剖刀，一層再深入一層地剌往自己內心深處。其實他說的每一項，都是詩人所擔心、牽掛的煩憂，尤其到了後面所說的，必須隱忍傷痛，將

---

6 1999年1月23日訪問吳晟，筆者問到對時代有深刻感受時，何以在當下會選擇「詩」而非「散文」的形式來表達？吳晟認為，詩的寫作最能表現他對某些問題的強烈感受，某些問題的思考，剛開始時比較模糊，對整個事情的來龍去脈不是能掌握得很清楚，但是，卻會有鮮明的意象浮現出來。因此，對他而言，詩意象的表達較為明顯、強烈。往往要經過長時間的思考、沉澱，對這問題有更全面而深刻的認知後，才會用散文的方式呈現出來。這是為什麼對類似問題表達意見時，他往往是先以詩，而後才用散文的形式來書寫。

之壓縮在詩句中；必須忍著心頭淌著的血，耐心尋找沉澱下來的血漬。這已經將詩人的痛苦推到極致了，而詩人居然說，這都不是最大的悲哀！那麼，寫詩的最大悲哀究竟是甚麼？詩人答云：「寫詩的最大悲哀／也許是除了寫詩／不知道還有甚麼方式／可以對抗生命的龐大悲哀」。為了寫詩，所有的痛苦、無奈、掙扎都可以忍受。在詩的最後，吳晟跳出單純論詩的模式，從整個存在的角度來省思，詩在他生命中究竟扮演了甚麼角色？具有甚麼樣的重要性？面對當前的環境，存在著無數令人悽傷不平之事，做為一個知識分子，他如何使得上力氣？就質性樸拙剛直的吳晟而言，除了寫詩，別無他法！這首詩的結尾之所以令人感到強烈的悲愴，主要是因為，我們似乎眼睜睜地看著詩人一步一步後退，直退到生命的懸崖，然後他告訴你，除非緊緊抓住這把兩面皆是利刃的劍，否則他將墜崖身亡……，這比滔滔洪水中用以維繫生命的脆弱稻稈，更令人感到驚懼、怖慄、不安，以及漫天蓋地難以言喻的憂傷。這種心情在這組詩的第二首末尾，同樣如是寫道：

> 而我仍繼續寫詩
> 或許是大地的愴痛、人世的劫難
> 一再絞痛我的肺腑
> 即使眼淚，也無法平息
> 即使大聲控訴，也無法阻擋
> 只有求取詩句的安慰
> ──〈寫詩的最大悲哀〉（1997）

如果能了解吳晟是用甚麼樣的心情寫詩，以及詩在他心中所扮演的是甚麼樣的角色，對於他作品中越來越趨向激動、強烈，乃至直指批判對象的創作取向，或許會有比較相應的了解。

也就緣於此，吳晟不甚認同學院裡某些過度講求形式、文字層面之美的主張。他有一首〈意象〉（1996年11月）即是針對與學界論詩

者的對談而發，充份顯現出他平實、真誠，根植於大地，反對隱晦、艱澀、虛誇的創作觀：

> 研討會上，你向我的詩作
> 索取詭句奇辭
> 我只能告訴你
> 一向坦蕩平實的大地
> 不崇尚糾葛不清的暗喻
> 不時興浮華繽紛的誇飾
>
> 這毫無偽裝的表白
> 你顯然無甚興味
> 斷言我的詩作欠缺重重象徵
> 不合乎學院式解析的要求

接著吳晟用反諷的手法，批評那些拘泥於技巧營造、要求詩意隱晦、朦朧，實則抽象、空洞者：

> 或許我該鑽研寫詩訣竅
> 拆解語意、切斷聯想、模糊主題
> 營造千迴百轉的纏繞
> 鋪陳虛擬的想像空間
> 探溯孤絕的心魔、狂亂的意識流
> 便可滿足你穿鑿附會的才能

由於對社會深切的關懷，吳晟對那些閉鎖在文字迷宮、佔住講台高處，掌握發言權；卻又冷眼揶揄人世，不願挺身而出，做為民眾盾牌抵擋刀劍的象牙塔中人，表達了強烈的不滿。詩的最後，他還是回到自己一貫所主張的：

> 無論媒體風潮如何喧囂擺架勢

在濁水溪畔廣大溪埔地
我的足跡，仍仔細刻寫田土上
水稻、蕃薯、花生或玉米
奮力蔓衍根鬚，伸展枝葉
那就是我最直接最鮮活的詩作意象

雖然從開始寫作至今已隔三十多年，雖然寫作的題材和視角有了相當多的變化。但是，我們仍然可以清楚地看到，從一九六○年代初〈樹〉一詩所彰顯的創作基調——釘根母題，一直到七○年代乃至九○年代，作品之間在精神底層仍存在著一定的呼應關係。

三、政治性格的養成及強化

農民的單純寧定與政治的繁複詭譎，看似迥然相異。那麼，具有農民特質的吳晟，如何又同時具有政治性格呢？這可從幾個角度來觀察：

首先是遺傳自父親好周人急的俠義性格。在追憶亡父的文章中，吳晟總是一再談到父親熱心助人的慷慨作風，一九六六年的車禍，就是為了要替親友排解糾紛，下班後未直接回家，才發生意外的[7]。繼承了父親急人之人急的性格，吳晟從少年時期即具有同情弱者的正義感。對人世間不平事，他總忍不住要挺身而出，為弱勢者爭取權益。就讀國校五年級時，正值國民黨的陳錫卿與黨外的石錫勳競選彰化縣長，陳氏擁有黨的支持，動員了全縣的小學生為他助選，當時編有一首歌，為宣揚陳錫卿而唱。年幼的吳晟心中有一種莫名的不平，他覺得這是強凌弱、大吃小的行為，很為石氏感到委屈。因此，基於義氣及孩子的天真，他竄改了陳氏的競選歌；在石錫卿的宣傳車來到時，

---

7 參考吳晟〈餘蔭〉、〈退隱〉、〈遺物〉等文，收在《不如相忘》，台北：開拓，1994年11月，159、183、189頁。

又偕同夥伴燃放鞭砲為其助威，宣傳車中的石派人馬大為感動，緊抱雙拳，高聲謝道：「感謝囝仔兄！」[8] 從這件事已大略可見吳氏雖質性醇厚，沉默內斂，但是在他內心深處其實有一隱隱伏動的熱情，待得機緣來到，便要噴薄而出。而整個社會不公不義的現象，最容易表現在政治層面，這是他之所以會基於濟弱扶傾的性格特質，屢屢關懷政治問題的緣故。

其次，北去南往的求學歷程，使他開啓了多扇生命的視窗。較之一般人，吳晟的求學歷程堪稱坎坷多變。一九五七年他以第一名的優秀成績，自國小畢業後，保送北斗中學初中部就讀。一個學期之後，轉入彰化中學初中部，因耽溺文藝閱讀及創作，他的成績不甚理想。遂在未拿到畢業證書，又不甘心留級的情況下，以同等學力考上八卦山上一所新設立的高中。就讀一學期後，在大哥鼓勵下，北上參加北市高中轉學考試，不中，補習半年，於一九六一年考入樹林高中，這是吳晟的北部活動期。這段期間，他常到牯嶺街、重慶南路以及詩人周夢蝶的書攤看書、買書。由此機緣，使來自濁水溪畔農村的青年與當時的時代思潮銜接了起來。一九六五年九月，高中畢業後，考入屏東農專畜牧科，直到一九七二年畢業，這是他的南部活動時期。這階段由於遇到幾位志同道合的友伴，常在一起編校刊、談文藝，使他更堅定了以文藝創作為主的人生方向。農專畢業後，本欲北上擔任編輯工作，因母親不捨而留下，遂在溪州國中擔任生物科教師至今。

這樣北去南來的求學過程固然坎坷，但是，對耽愛文藝、關懷社會的吳晟而言，其實是一種福氣。他從初二開始讀文學作品，課餘常至圖書館看書、借期刊，又常自己買書，尤其是詩刊、詩集。從這時起，吳晟也開始在《自由青年》、《創作》、《野風》、《文苑》、《文星》、《幼獅文藝》、《藍星詩頁》、《海鷗詩頁》等刊物發表詩作[9]。值得一提的是：吳晟不僅是文藝青年，也不只是閱讀純文藝的作

---

8 據筆者 1999 年 1 月 23 日訪問吳晟所做的紀錄。
9 參考吳晟〈詩集因緣 飄搖裏〉，《自由時報》，1997 年 10 月 2 日。

品，當時許多開啓知識分子視野的雜誌如《自由中國》、《文星》也都是他細加閱讀的對象。這些具批判性及自由主義色彩的精神糧食，使吳晟在青年時代即能擺脫一般教育體制內學生的思維方式，也使他的歷史認知不致產生太多的盲點。尤其他本身因爲投入文藝活動之故，更貼切地感受到戒嚴時代思想禁制的無奈。專一暑假時（一九六六），吳晟即曾因爲「平日言語有偏激情事」而遭檢調當局到家查問，並翻看他所閱讀的書籍和手稿。專二時因負責校刊而結識幾位外校同樣對文藝感到興趣的校刊編輯，常在學校附近的冰果店聚談，竟遭教官訓斥，謂有人密報他們在校外發展非法組織。從此，每隔一、二年便有直接或間接的類似調查。似乎，隨時都有一雙潛藏的眼睛，冷冷地盯梢著吳晟的一言一行，一直到他一九七二年到國中任教，一九八〇年赴愛荷華訪問，都擺脫不掉這個陰影。隨著年紀的增長，吳晟內心的恐懼漸減，轉而變爲對執政當局種種作爲更深切的控訴和批判。從這個角度，或許可以更加了解吳晟詩裡政治性格濃厚的原因。

上述兩點，主要從吳晟個人因素來分析。至於，若將之放在大時代的背景下來看，吳晟開始進行以台灣鄉土寫作爲題材的七〇年代，正是台灣政治大變動的時期。國民政府一方面面對著從世界舞台一步步後退的殘酷命運：釣魚台事件（1970）、退出聯合國（1971）、台日斷交（1972）、台美斷交（1978）……，一方面則更加嚴厲地延續四〇年代中期一直到六〇年代的政治整肅，對反對勢力進行更多的干預與禁制。尤其一九七九年十二月發生的美麗島事件以及其後的林宅血案、陳文成事件，都使得吳晟對國民黨所施行的白色恐怖更加感到憤怒與悲悃。就整個文壇而言，這些政局上的遽變，曾使得許多原本沉溺於現代主義文藝思潮的文學創作者豁然覺醒，比如林双不、宋澤萊、洪醒夫、李昂，莫不皆然；甚至老作家如葉石濤也重返文壇，再度投入以文學爲歷史作見證的行列[10]。對政治一向關懷的吳晟其實早

10 參考彭瑞金《台灣新文學運動四十年》，台北：自立晚報，1991年3月，175、206頁。

在七〇年代中期陸續發表〈吾鄉印象〉系列作品時，便已透過對農村事物的描寫，表達了他的政治批判性格。美麗島事件之後，整個政局的遽變，對原本即具有政治性格的吳晟衝擊更大。在焦灼的心情煎熬下，吳晟的詩作由早期隱抑含蓄的批判色彩漸轉激烈。他嘗試透過〈向孩子說〉、〈愚直書簡〉等系列，以淺白而直接的文字，直指執政當局的諸多弊端，並針對社會的許多問題提出嚴厲的控訴，這是促使他在七〇年代中晚期，詩作大幅偏向政治批判，對社會改革提出強烈期待的外在促因。

一九八〇年吳晟應安格爾、聶華苓夫婦之邀，前往愛荷華國際作家工作坊訪問。美國之行，使得他在國族認同上產生了極大的轉折。吳晟並不諱言自己原本對「祖國」大陸充滿了憧憬與嚮往，文評家彭瑞金曾謂：「吳晟以泥土的芬芳為農民農村謳歌，是個泥土派的鄉土詩人和散文家……不過他的田溝如何接通黃河、長江？泥土中的夢如何通過長城？教人突兀不解！」[11]的確，八〇年代之前的吳晟確實對長江、黃河所流貫的秋海棠有著無限景仰。到愛荷華後，才開始有機會看到許多有關文革時代，各種層面的真實報導，殘酷的真相使他墜入了迷惑的深淵。他無法理解，到底是怎樣的政治體制、社會條件、文化傳統，竟將人性中的「惡」發揮到這樣的程度？[12]對中國的極度失望，使吳晟因心冷、心死而開始與之產生割裂。儘管台灣政治未盡如人意，畢竟這是他自本自根生長的所在。如果還帶有一點期望，那就應該盡己所能，將理想與希望落實在我鄉我土之上。理想的推展與落實有許多途徑，投身政治是一種；以筆代刀，藉著批評時政來促使政治社會革新，又是一種。自少年時即具社會改革熱忱的吳晟，自知質樸的個性未必適合直接投身政治運動，幾經思慮掙扎，他終於決定還是留在鄉間繼續創作，以文化扎根的方式為提升台灣文化

11 參考彭瑞金同前註，190頁。

12 參考吳晟〈衝擊〉，收在《無悔》，台北：開拓出版社，1992年10月，200頁。

體質而努力[13]。

一九八七年之後，隨著戒嚴令的解除，報禁、黨禁的取消，動員勘亂時期的終結，台灣本土勢力明顯地抬頭，言論尺度更加地開放，更多的社會菁英乃至文化界的人士投身政壇。一九九二的立委選舉及一九九三年的縣市長選舉，又促使吳晟調整了自己的角色扮演。一九九二年他擔任參選立委的好友廖永來的文宣工作，一九九三年更為了支持致力推行環保觀念而投入選戰的東海大學教授林俊義上台助講。往後的選舉活動，吳晟都積極地參與，為理想相近的本土人士助講。由於投入選戰工作，吳晟對政治環境了解更深、參與度更高，也因此之故，從一九九四年他開始再度提筆陸續發表詩作時，對整個台灣社會現象觀察得更為細微，對官方的種種舉措也批評得更為激切，遂在作品中表現了較之先前更直接而強烈的政治關懷。

四、從隱抑趨於激越的政治關懷

從上文的敘述可知，吳晟質樸的農民性格是如何逐漸與對現實社會的關懷銜接上關係的。我們進一步來看，這樣的政治關懷如何階段性，由隱而顯地出現在他的詩作中。

一九七四年至一九七五年，吳晟發表了〈植物篇〉系列，以植物意象表達了他對人生的多方觀察。陳映真認為一九七五年十月發表〈月橘〉一詩後，吳晟才開始對政治現象進行批評和諷刺[14]。其實，如果仔細玩味吳晟的詩可以發覺，在此之前，他的詩其實已碰觸到政治禁忌的問題。一九七四年十二月發表在《藍星》詩刊新一號的〈含羞草〉，已然形象地透過含羞草的特質來呈現白色恐怖下受害者動輒

---

13 參考吳晟〈街頭〉，收在《無悔》，台北：開拓出版社，1992年10月，200頁。
14 參考陳映真〈論吳晟的詩〉，收在《孤兒的歷史·歷史的孤兒》，台北：遠景出版社，1984年9月，192頁。

得咎、草木皆兵的惶惑不安：

> 是的，我們很彆扭
> 不敢迎向
> 任何一種撫觸
> 一聽到誰的聲響迫近
> 便緊緊摺起自己
> 以密密小小的刺
> 護衛自己

　　在詩的最後，吳晟明白地點出，作爲默默繁衍，無法大聲申訴的植物：「不是羞／而是怯」。不從浪漫或具趣味的角度來書寫含羞草，而是藉著此物的特色來呈現久遭踐踏、壓制的民眾在威權體制下隱忍委屈，遂致敏感而多疑懼的心靈創傷。而這種感受並非憑空臆造，對吳晟而言，確是切身的經驗。早在學生時代因敢於發言，又與同道友人常聚會之故，多次遭到教官、警員的搜查、刁難、警告時，他便有深刻的體會了。儘管畏怯多疑，儘管總是默默地忍受強者踐踏，台灣民眾的生命力畢竟是壯旺而堅韌的，吳晟在一九七五年二月發表的〈野草〉一詩，便將這種強韌的特質，透過對緊緊抓住大地，生機蓬勃的野草之描寫呈現出來：

> 默默接受各樣各式的腳步
> 任意踐踏；默默接受
> 圓鍬、鐮刀或鋤頭，任意鏟除
> 我們的子子孫孫，依然蔓延
> ……
> 陽光和雨水，甚至春風
> 啥人也不能霸佔
> 寬厚的土壤，不需要任何照料

詛咒吧！鄙視吧！鏟除吧！

我們的子子孫孫，依然茂盛……

當然，發表於同年十月的〈月橘〉是一首更強烈指控執政者打壓民眾，禁止他們發出任何屬於自己聲音的詩：

安安靜靜畢竟是好的

至少至少，免於吵吵鬧鬧

所以，我家的主人

喧囂了又喧囂

淹沒了我們所有聲音，即使

微弱的抗議

整整齊齊畢竟是好的

至少至少，免於紛歧、有礙瞻觀

所以，我家主人

修了又修，剪了又剪

不容許我們的手臂，隨意伸舉

這一系列作品究竟是在甚麼樣的時代背景下產生的呢？我們來看幾則發生在一九七○年代初期，打壓言論自由與本土意識的具體事件：一九七一年二月謝聰敏、魏廷朝、李敖，分別因涉嫌判亂，被判刑十五、十二、十年；同年三月三日，逮捕、驅逐參與台灣獨立運動的外國人士。一九七二年十二月廿七日，三家電視台減少台語節目播放時間（每天不得超過一小時，且必需分兩時段播出）。一九七三年二月十七日，在「民族主義座談會」發言的陳鼓應、王曉波被逮捕；同年十月八日，前高雄縣長余登發因瀆職案被捕[15]……具有批判意識

---

15 參考薛化元等編《台灣歷史年表》，台北：業強出版社，1994年12月。
  下村作次郎編〈台灣文學略年表〉，收在《從文學讀台灣》，台北：前衛，
  1977年2月。

的人士被拘禁，台灣人的母語被消音，適逢吳晟在詩壇邁開腳步的七〇年代初，台灣民眾所受到思想、言論的禁制不可謂不大。雖然身居溪州鄉間，吳晟並不因此而輕忽對政治現象的觀察，然而，在那樣的時代裡，他不得不以隱微、含蓄之筆，寫出他關注並加以省思後的心情。

　　一九七〇年代中期以後，由於外交的困境，加上在野勢力的逐漸崛起，緊壓的政治力量開始鬆動，言論尺度也比過去開放，因此，逐漸有屬於本土的聲音產生。此時，執政者一方面希望延續先前的思想禁制，一方面卻又不得不順應時代所趨，表現出對本土一定程度的關切。我們可以看到在官／民角力之下，民間蓬勃的生命力逐漸在抬頭，迫使當局不得不對台灣相關事物表達某種程度的關切。一九七七年的鄉土文學論戰，將這種官／民的對立與衝突，燎引至文學界。表面上是文學論戰，實則涉及政治層面意識型態的繁複問題。此次論戰，雖因彭歌、余光中一派以「工農兵文學」的帽子扣向鄉土派，而使戰火一時消歇。但是，許多文藝創作者、文化工作者卻因此獲得省思的機會而逐漸轉醒。他們開始思考：如何使文學與生活緊密結合，也開始關懷自己的土地與人民。原本即緊貼著台灣土地脈息而書寫的吳晟，必然比其它作家更敏銳地感受到這種因論戰而產生的震撼。他身在農村，親眼看到工業文明的入侵造成農村生產的凋敝，農民心血所繫的土田之流失，他更透過這些現象的背後，看到資本主義的傾銷，看到官方如何忽略民眾的權益福利，甚至如何消抹民眾微弱的抗議之聲。因此，在詩作中他為民眾發出不平之鳴的力道更強，頻率也更高了。

　　一九七七年吳晟同時推出兩個詩作系列，一為〈禽畜篇〉，一為〈向孩子說〉。前者推出的時間稍早（1977年2月），後者延續的時間頗長（1977～1983），兩者都可聽到吳晟沉雄的抗議聲中，逐漸提高的音量。

　　〈禽畜篇〉藉著對禽畜命運的描寫，形象地刻鏤了台灣人的命運

悲劇。〈雞〉與〈狗〉二詩寫雞犬的驚慌、恐懼、不安，實延續了〈含羞草〉的主旨，寫台灣人在政治陰影下的惶惶終日：「不知道甚麼時候／將有什麼災禍，突然降臨／不知道甚麼時候／你們必須哀痛的告別」，因為對不可知的未來感到怖慄不安，因此雞群們「一有腳步靠近／你們便驚惶的逃開」。而犬狗們，則在令人驚悚的子夜，狂亂地吠叫，「一聲比一聲焦急而悽厲」，具體地描寫了對政治氣候敏銳者的心情。至於，在此時代氛圍下，某些感覺遲鈍、醉生夢死的人是如何度日呢？

> 安心的生，知足的活吧！
> 吃飽了睡，睡飽了吃
> 所有的天候，和你們無干
> 這樣舒適的一生
> 不是很好嗎？
> ——〈豬〉

當然還有一些明知有壓力存在，卻乖順服從者：「乖馴的一生，不敢奔馳／不敢大聲喊叫／也不敢仰起畏怯的眼神／期待什麼」〈羊〉。然而，不管是乖順、認命、醉生夢死，還是疑懼不安，他們最後的結局都是一樣的。在此系列中，最悲愴而悽傷的是作為開篇之作，為死去亡魂而寫的〈獸魂碑〉。詩一開頭，作者首先以低沉的聲音訴說道：「吾鄉街仔的前端，有一屠宰場，屠宰場入口處／設一獸魂碑」，第二段，旋即以逐漸高亢的聲調悲吟道：

> 碑曰：魂兮！去吧！
> 不要轉來，不要轉來啊！
> 快快各自去尋找
> 安身託命的所在
> 不要轉來，不要轉來啊！

　　既墜地爲禽畜，即註定要受屠殺，所以不用悲傷，也不用不甘心，更不用渴盼被平等地對待，吳晟以「反諷」的手法，寫出了對禽畜的矜憐：

不必哀號，不必控訴，也不必
訝異──他們一面屠殺
一面祭拜，一面恐懼你們的冤魂
回來討命：豬狗禽畜啊
魂兮！去吧！

　　此詩表面上寫的是祭弔喪失生存權的禽畜，實則寫的是被執政者視若草芥的民命。吳晟以他的農民背景，取材自稔熟的農村景象，藉此血淋淋地勾勒出一幅充滿悲怨、憂傷的近代台灣民眾受難圖。詩中雖未指明指控的對象，但有心人仍可深深體會箇中深義，無怪乎後來此詩曾被拿來作爲二二八紀念大會時的文宣品[16]。

　　在〈向孩子說〉系統裏（1977年至1983年），吳晟轉移了敘述者的角色。他不再單純地只站在農民的立場發言，轉而以老師或父親的角色，向自己的學生或孩子般般叮囑。與〈吾鄉印象〉相似之處在於，讀者必須透過作品的表層，去掌握吳晟眞正想要表達的，對政治、社會現象的批評。因爲訴說的對象是孩童，所以，吳晟在此系列裏使用了平淺的語言，反覆的句型，發表許多激憤指責僞飾者的詩。一九七七年十二月刊出的〈例如〉，便藉著訓斥孩子不要說謊，強調欺誑僞飾的徒然無益：

例如，看見某些人
以斑斕的顏彩
拼命粉刷早已腐朽的牆壁
常忍不住想告訴他們
那是沒有用的，那是沒有用的

......

例如，聽見某些人

高喊著漂亮的口號，哄抬自己

常忍不住想揭穿

不要欺騙吧，不要欺騙自己吧

　　剛直坦率的吳晟藉著向孩子強調純真的重要性，來表達他對粉飾虛誇的厭惡。經由詩的反覆叮嚀，希望孩子「不用深黑的墨鏡／隱藏起眼睛」、「不用炫人的皮鞋／墊高自己」（〈愛戀〉，1977年12月）；更希望他們不要「不甘於沉默／又傳聲筒般一再散播／違背事實的謊言」（〈說話課〉，1983年3月），而應該以無偽的面貌，坦蕩的胸襟去正視真實的世界，而這也正是執政者所最欠缺的。

　　吳晟自云：「我的詩作大多根源於現實生活，和台灣社會動脈息息相關，有不少篇甚至和史事相連結。」[17]比如一九七八年底台灣與美國斷交時，眼見各行政機關發表一連串抗議示威活動，紛紛指責美國背信忘義，吳晟以〈若是〉（1979年5月）一詩，抒發他對此事的看法：

若是橫在路中的石頭

絆倒了你

或是小遊伴惡作劇的手

推倒了你

孩子呀！不要眼淚汪汪地望著阿爸

你要學習自己站起來

不要依賴任何人的扶持

　　他勉勵孩子遇到挫折千萬不要懊惱哭鬧，而應認真地檢討自己，

---

16 參考吳晟〈詩緣第三章:拾起一張垃圾〉，《聯合報》，1993年2月26日。

17 參考吳晟，同前註。

才可能走向光明的未來；這其實也是吳晟在風雨飄搖的時局下，對自己國家與國民的期待，唯有自立自強，才可能將國家的未來導向光明與希望。

　　一九七九年底美麗島事件發生後，執政者大肆搜捕參加民主運動的人士，全台籠罩在緊張、肅殺的氣氛中。為此，吳晟寫了〈不要忘記〉（1980 年 3 月）一詩，以兄弟爭吵為喻，訓誡大哥要有包容的胸襟，以誠意化解彼此的衝突，藉此暗示國民政府勿要戕害親如手足的台灣人民。他又以〈惡夢〉（1981）一詩來呈現政治低氣壓下，人們無法言宣的痛苦和委屈。以〈紛爭〉（1982）一詩指責執政者「用盡冷酷的言詞／四處控訴你的兄弟」，並自以為「誇大兄弟的罪過／就能顯示自己的清白」，吳晟沉痛地質問：「世間哪有那麼多那麼深的仇怨」，尤其是自己兄弟間。這些詩都相當明顯地針對國民政府的殘酷整肅反對勢力而發，時代色彩相當濃厚。

　　一九七八年至一九八三年，吳晟透過另外一組詩〈愚直書簡〉，來勸告並批評那些在台灣局勢動盪不安時，紛紛棄離故鄉的人。他以「蕃薯地圖」指稱台灣，這是阿祖、阿公到阿爸，千鋤萬鋤方才鋤起的深厚泥土，記錄了台灣的所有苦難和榮耀，他將永遠深深地扎根於此，任何因素也不能讓他捨離（〈你也走了〉，1978 年 9 月）。反過來，對那些急於改入美國籍，學習 ABC，遠赴異邦者，吳晟在一九七八年九月同時發表了〈美國籍〉、〈你也走了〉、〈我忘了問起你〉、〈過客〉、〈歸來〉等詩，對此做了沉痛的批評。尤其是借用鄭愁予〈錯誤〉一詩的名句，反覆吟誦的〈過客〉詩，更抒發了他對島上一批又一批懷有過客心態者的質疑：「什麼時候，到了什麼地方／你們才是歸人，不再是過客」，詩末一語中的，直指部分台灣人的「浪子意識」。因為不認同這塊土地，因此輕賤它、戕害它，在文學上渲染失根的漂泊感，在生活中則恣意地破壞台灣的草木大地，污染台灣的河川海岸，從來不知道要珍惜斯土斯民所擁有的可貴資源。吳晟於一九八一年十月發表的〈制止他們〉，便是一首挾持千軍萬馬之

勢，憤怒指陳破壞台灣生態者的長詩：

......

我們不再爲你坎坷的昔日而悲嘆

但你或將面臨的災難

我們不能不焦慮

那麼多不肖子孫和過客

只顧攫取私利

不惜瘦了你 病了你

我們怎能不痛心

山林是台灣的骨骼，河川大地是台灣的血脈肌膚，然而，卻有人以巨斧濫伐山林，恣意排放毒氣、污染河川，損毀大地，遂使整個島嶼承受了永難痊癒的創傷，使後代子孫無安身立命之處。因此，詩人在作品中，兩度激切地呼籲：

制止他們啊，制止他們

用我們嚴肅的聲音

用我們不容曲解、不容敷衍的聲音

制止他們繼續摧殘你

據蕭新煌研究指出，一九七〇至一九八〇年代，台灣社會注意生態保育的觀念有：訴諸以「理」的學界、訴諸以「情」的藝文界、訴諸以「法」的立法委員。其中眞正以主動而開放的態度，重視、關懷環境的，還是以藝文界爲主[18]。吳晟雖非刻意書寫環保詩或生態詩，但是，他實在不忍坐視國家任由資本主義開發本地有限的資源、破壞生態環境，基於對土地深厚的情感以及對台灣未來的擔憂，他很自然地以最熟悉的文類，表達生態環境遭受破壞、污染時沉痛的心情。

---

18 參考蕭新煌，《我們只有一個台灣》，台北：圓神出版社，1987年，81
～103頁。

一九八四年以後，由於對社會的關心過於急切，而產生了嚴重的失落感，吳晟有將近十年不寫詩，轉而以比較直接而淺顯的散文，將過去許多壓縮在詩裡的濃釅情緒痛快地抒洩出來，也將某些事情的原委做了更清楚的說明。一九九二至一九九四年是他詩作生涯重新出發的暖身時期，陸續零星的有詩作發表，至於眞正蓄足力量再度出發，應該要從一九九六年算起。據吳晟的構想，他下一部推出的詩集將題爲《再見吾鄉》。其中有五個單元[19]：第一輯〈寫詩的最大悲哀〉，反省寫詩的諸多問題，並對當前學界、文學界某些虛誇的現象做了省思；第二輯〈經常有人向我宣揚〉，則以激烈的態度批評當今執政者的弊端，是一組政治色彩最爲濃厚的系列詩；第三輯〈再見吾鄉〉，一方面延續他原先對農村現象的記錄，一方面批評執政者農業政策的不當；第四輯〈憂傷西海岸〉以憤怒憂傷的心情，憑弔台灣沿海地區以及海洋被破壞後的殘破景象；最後一輯〈我們也有自己的鄉愁〉，則將感情所繫，重新釘植於大地，或許不忍看見島嶼太多的創痕，或許不願整部詩集承載了太多的憂傷，他希望在詩的最後，嘗試走出悲愁，建構一個理想中的桃花源，藉著對田園之美的讚頌，消解長年以來難以言宣的愁懷。

這五個單元中，基本上仍以描寫農村爲主的〈再見吾鄉〉爲主軸，呈現了九〇年代中期以後，台灣農村的變遷以及農民所面對的不可知的命運。與一九七二年起始的〈吾鄉印象〉系列，同樣站在農民的立場，立足大地、關懷生態環境。不同的地方在於，這個階段吳晟對農村的歌頌減少了，轉而對國際強權傾銷下，輕忽農民權益的政府提出了批評。發表於一九九四年七月的〈你不必再操煩〉看似以詳和、平緩的口吻安慰長年辛勞的母親，不必再爲農事擔憂，但是，果眞如此嗎？其實他眞正痛心的是由於官方對土地的不重視，以及對國

---

19 據筆者1999年與吳晟的多次對談，以及吳晟所提供的資料：目前，前三單元的作品大多已刊登在報紙上，第五單元也有局部作品在近期將陸續刊登，第四單元則已初步完成，尚未正式發表。

際經濟強國的讓步，遂要求農民休耕，而只讓他們領取極微薄的補助金以度餘生。更令人擔憂的是，耕地轉爲建地，將有更多的利益可圖，在〈土地公〉一詩中，吳晟語重心長地指出：在官商勾結之下，原本綠油油的稻田，將遭到大批土石的吞噬「生生不息的作物命脈／便永遠沉埋歷史底層」，連守護大地的土地公都流離失所了，何況農村子弟更是漂泊無依。而將農田視爲第二生命的老農，只好在無力以薄田維持生計的困境下，賣田維生：

> 終於蓋下最後一個印鑑
> 交出土地所有權狀
> 鮮紅的印痕，有如心頭泌出的血漬
> 化作老淚潸潸
> 滑過黧黑的臉龐！
> ——〈賣田〉（1996年12月）

老農賣田，有如挖心剜肉般的痛，儘管萬分不捨，爲了活命還是必須斬斷一生牽繫的農地，而無力挽救作物逐漸滅絕的危機。表面上，吳晟感傷的是農村的凋弊，農業結構的瓦解，事實上最根本的還是指向政治層面的問題。若非執政者農業政策失當，農民何致於流離飄零、無所依托？由此帶出的問題是，官僚對農民的漠視，對環境缺乏長期關照，遂使原本肥沃溫潤的黑土壤變質了，使得原本水源充裕的河流荒渴了。發表於一九九六年十二月的〈水啊水啊〉，以一幅令人驚怵的畫面，作爲整首詩的結束，預言了台灣當局若任憑山林濫砍、河川污染，將會呈現的景象：

> 島國子民每一張口
> 緊貼乾涸的水龍頭
> 連接空洞的水管、泥沙淤積的水庫
> 齊聲向天空急促呼喊

水啊水啊給我們水啊

這是水荒，至於山洪帶來的水災，可能更令人驚悚：

……

明早照樣漫步青翠的高爾夫球場

心安理得優雅地揮桿

而我乍然望見

一粒粒轉動的小白球

仿如坍塌土石壓碎的頭顱中

蹦出的眼球

——〈山洪〉（1996 年 12 月）

　　官方的貪婪、草菅人命，實莫甚於此！這並非吳晟的危言聳聽，證之近年來發生的林肯大郡事件，一幅慘絕的人間地獄圖不正是歷歷如繪地逼臨眼前？

　　五個單元中的〈經常有人向我宣揚〉系列，是吳晟所有作品中，最憤烈、最直接對執政者在台統治四十年的總檢視與總批判。過去隱微低抑的聲音，因著政治禁忌的逐漸解除，以及吳晟本身對台灣歷史與政治了解的逐漸加深而高昂起來。他審視四○年代以降台灣歷史的傷痕：

一九四七．二二八

機槍聲餘音震盪

聲聲化作強勢的政令

深入島嶼各鄉鎮

綿延成萬人齊頌的感恩曲

凡不配合曲調打拍子

總有隨時威赫的罪名

毫不留情地羅織

——〈機槍聲〉（1998 年 11 月）

從隱抑到激越——論吳晟詩的政治關懷．129．

自此以往，多少無從控訴的冤屈，無從追究的悲慟，皆在執政者刻意淡化、消音之後，為歷史長河所淹覆。而在強權威迫、恫嚇之下，

> 鄉親們順從點著頭
> 逐漸遺忘明辨義理的能力
> 習於依附帶來的小利益（同前）

而有骨氣，敢於批評者，則一一被押入黑牢，仰頭不見天日。在那個令人絕望的時代，真相被扭曲，人性的尊嚴被蹂躪殆盡。然而，時移事往，隨著本土意識的抬頭，改革聲浪的波濤洶湧，執政者搖身一變：「又以維護者的姿態大方出現……變換開明的形象大發議論」（〈我清楚聽見〉，1998 年 11 月）。相同的嘴臉，在不同階段可以做如此迥然相異的轉換，這種虛矯的謊言令吳晟感到極度不滿。他在〈經常有人向我宣揚〉（1996 年 11 月）一詩中，便以極激動的心情，直接揭露了強權者善於欺瞞、缺乏真誠的面目：

> 那不斷編導人世災難的強權
> 也有權利宣揚寬恕嗎
> 那從不挺身對抗不義
> 從不挺身阻擋不幸
> 反而和沾滿血腥的雙手緊緊相握
> 也有權利宣揚寬恕嗎

這種荒謬、不合常理的要求，就如同：

> 要求淤積暗傷寬恕棍棒
> 要求無辜魂魄寬恕刀槍
> 要求斷肢殘骸寬恕砲彈
> 要求荒煙遍野寬恕烽火
> 要求家破人亡寬恕陷害（同前）

假如所有殘酷不人道的傷害，都可以用事後的宣揚寬恕來要求不予計較，那麼，整個社會將會紊亂失序到甚麼樣的程度？受創傷、被迫害的無辜者，又如何彌補他們失去的生命？心靈所受到的戕害？吳晟所批判的不僅僅是強權的壓迫，他更進一步就這種虛矯政權所衍生出來的說謊文化加以抨擊，尤其是將所有隱藏的弊端都揚露出來的選舉活動。〈退出——寫給林俊義教授〉（1994年1月）、〈終於說不出話〉（1998年11月），皆極明顯地呈顯了選舉的惡質文化：

> 你的堅持和疼惜
> 透過一場又一場直率的呼籲
> 仍無力對抗酒席送禮買票樁腳
> 無力打破炒作集團散播的建設迷信
> 無力化解安定繁榮的麻醉劑
> ——〈退出〉

在唯利是圖的當今社會，在民眾普遍對所謂正義、理想冷眼以對的時代，有良知、有堅持，疼惜台灣的理想主義者往往不敵「獨裁統治化妝的邪靈」，不敵「仗勢一黨壟斷的封建媒體／化作喧囂混淆的選舉語言」（同前）。當正義之士在選戰中，飽受創傷、抹黑與污蔑時，另一股邪惡的勢力卻借著「炫麗的海報／隨處占領零亂的市容／微笑、揮手、承諾美好的明日」（〈終於說不出話〉）深諳統治者虛誇特質的吳晟黯然地寫道：

> 任何承諾可以輕易否認
> 信誓也可以隨時反覆
> 總有理由作任何詮釋
> 置身在集體耍弄語言的遊戲裡
> 我只感覺無言以對的悲涼……（同前）

據吳晟自述，此書計畫以《再見吾鄉》為名，原本希望由此書寫

出故鄉新生的希望。然而，當一首首詩完成後，卻與他原先的構想有了落差。我們發覺，吳晟基本上對當前的農村、對執政者是很難有積極樂觀的期待的，這種情形相當明顯地表現在第四輯的〈憂傷西海岸〉系列中。〈夢魘〉一詩，寫工業文明對西海岸的污染，對水產及植物的嚴重侵害。〈沿海一公里〉則強烈地控訴執政當局對濱海數萬株木麻黃的砍伐，遂使海鳥因無處落腳而悲鳴盤旋，使大片海岸因失去屏障而飽受風砂。〈憂傷之旅〉透過具體景象的描繪，寫出了瀕臨死亡的西海岸之嚎泣：

> 而我觸目所及
> 鐵鋁罐、保特瓶、普利龍、塑膠袋、廢棄品……
> 還有僵直腫脹的動物屍身
> 在海面散亂漂浮
> 在沿岸隨處擱置
> 混著油污吐著白沫的浪潮
> 發出一聲聲沉痛的喘息

這系列裡最能與吳晟一貫的釘根性格相呼應的，是對鹹澀荒漠的海岸線守護者——馬鞍藤的描寫。在怪手開挖之後，海岸線急速被割裂，到處一片骯髒、零亂：

> 在陽光繼續照耀的清晨
> 與惡臭毒水垃圾堆 爭取生存權
> 馬鞍藤紫色的小花
> 面向油污的海面綻放
> 朵朵都像吹響著誓言的喇叭
> ——〈馬鞍藤〉

紫色的喇叭手將吹起甚麼樣的誓言呢？「堅持為醜陋的海岸／抹筆淡綠 加點紫暈／悲傷中留一些希望的顏彩」。儘管對政府當局縱容

工業大肆開挖、破壞環境深感不滿，但，吳晟畢竟希望能在夜暗中擎起一把火炬，照亮漆黑的大地，在「悲傷中留一點希望的顏彩」，這顏彩嘗試在整部詩集的最後一個單元〈我們也有自己的鄉愁〉渲染開來。發表於一九九七年八月的〈油菜花田〉，做為這系列的開篇，似為我們燃亮了暗沉的視景，燦爛的光影似為台灣這個島嶼帶來了美好的希望：

> 初冬的陽光，暖暖撫照
> 盛放的油菜花田
> 慵懶地躺臥
> 躺成黃絨絨的寬敞花氈
> 補償田野長年的勞累
>
> 一隻一隻蛾蝶，翩翩穿梭
> 這一大片燦爛金黃
> 和童年嬉戲的夢境
> 交織飛舞
>
> 我禁不住停緩腳步
> 依傍著青澀香氣輕輕躺下
> 靜靜尋索 無須寄望收成的閒適
> 有否妥切詩句來描繪……

這首詩以緩慢柔和的節奏，輕輕地吁吐出一個美麗絕倫的夢境：暖陽、花氈、黃蝶、清香、彩霞、星光……這是當今之世可能重現的景象？抑或是只存藏於詩人理想深處的幻景？恐怕必須通過時間的考驗，才能獲得確切的答案吧！

五、結論

在〈寫詩的最大悲哀〉系列裡，吳晟有一首題為〈詩名〉的未刊詩，如是寫道：

你看出歲月的滄桑
明顯刻劃在我臉上
是否也望見我內心
對人世反而更熱切
……
如果只是重複老調
我寧願從此沉默不語
請你隨時檢驗我的創作能源
是否鮮活如新人新作

對於一位五十多歲的寫詩者而言，能夠持續擁有早期創作的熱忱，堅持寫作理想，確實是一件不容易的事。三十多年的寫作生涯中，吳晟不斷對自己有著高度的期望與嚴格的要求。如何一方面能擁有自己一貫的思想主旨，又能在寫作的視角上推陳出新，對創作者而言實在是一個極大的考驗。

本質上，吳晟是一位性情質樸的農民，也是一位「疾惡懷剛腸」的詩人。他的作品乃立足於自己從小所貼近的土地與台灣島嶼，因此，稻作成為他筆下最關懷的對象，而與這個環境相關的植物、禽畜乃至於山河大地，也都是他集中焦點寫作的對象。作為一位農民詩人，吳晟一路寫來皆不脫農村及其相關的題材，但是，我們仍然可以透過細緻的觀察，尋索出詩人思想脈絡發展的歷程。如前文所述，一九六〇年代開始發表詩作的吳晟，雖難免受現代主義色彩影響，但是，著根於大地的「釘根母題」已可見其作品的主要導向。七〇年代以〈吾鄉印象〉系列，在台灣詩壇邁開獨具特色的腳步，吳晟在書寫農村景象及生活的背後，其實已隱隱有批判執政當局的色彩在。由於政治氣候的影響，早期他對統治者的批判是隱微的、克制的。七〇年

代中期以後隨著時局的變遷，吳晟的批判色彩轉為濃烈：〈向孩子說〉、〈愚直書簡〉系列即屬之。他藉著為人父、為人師之口吻，間接地指責了官方在施政上的種種弊端。雖然對政治問題的批評已相當切中要點，但是，吳晟仍舊認為那種強自隱抑，未能直接批判的作品是軟弱的詩，缺乏一介知識分子應有披肝瀝膽，直抒滿懷痛惡的道德勇氣[20]。解嚴以後，隨著政治諸多禁忌的解除，整個社會的言論尺度越趨開放，休筆十年再度出發的吳晟可說已解除了早年加諸身上的手銬腳鐐，剛烈耿直、疾惡如仇的性格在詩作中展現無遺，九〇年代以後的作品批判色彩更為濃厚，關懷的層面也更為開闊。終於可以將多年來積壓的鬱懷鬆解開來，我們於是看到詩人以最真實、最響亮的音聲抒吐出誠懇而熱切的心語。而每一聲、每一聲都滿溢著對台灣無限的關懷與深摯的愛。

・施懿琳　彰化縣鹿港人，國立台灣師範大學國文所博士，現任國立成功大學中國文學系教授。著有《彰化縣文學發展史》等。

---

20 參考吳晟〈詩緣第五章軟弱的詩〉，《聯合報》，1996 年 11 月 16 日。

7 濁水溪畔的憂傷 陳文彬

　　一九八七年解嚴前夕，位居島內中部的古城小鎮裡，進行著一場環保運動的抗爭。從島內各地聚集而來的知識青年與純樸漁村的鄉親父老們，在街頭、在廟埕、在小鎮的每個角落，正用著特有濃烈的海口腔調，交換討論著關於二氧化鈦與古城發展的關係。反杜邦運動在那個時代風起雲湧的捲來了一堆大學校園裡的青年，白天他們坐上蚵車與漁民下海採蚵仔、晚上他們就擎著板凳到廟口演說了起來。有人拿著吉他在幻燈片解說的夜裡，哼唱著李雙澤的〈美麗島〉，有人則在激昂的演說結束前緩緩的朗誦著從報上剪下來的詩句：

> 我們全心全意的愛你
> 有如愛自己的母親
> 並非你的土地特別芬芳
> 只因你的懷抱這樣溫暖
> 並非你的物產特別豐饒
> 只因你用艱苦的乳汁
> 養育了我們
> ──〈制止他們〉（1981）

　　在那個夜裡，一個矇懂的高中生深深被那微弱燈光下大學生朗誦出來的詩句吸引感動。多年以後，當他也同當年的知識青年走上街頭時，他也一樣與那些學生們在草綠的書包裡放了一本詩集，隨時準備在激烈的抗爭衝突中大聲朗誦出當年的那些詩句，那就是詩人吳晟的《吾鄉印象》。

　　在台灣現代詩的創作者中，吳晟是唯一一位投身農村參與勞動生

產的作家。當然在當代描寫台灣農村的詩人中，除了住在彰化溪州的吳晟，還有目前住在台東的詹澈。但由於吳晟居住在傳統農村的因素，其主要生產工具與再生產的基礎為濁水溪畔的田地，其參與勞動生產的作物更為台灣經濟發展史中最具代表性的稻米，故其稻作文學在研究台灣農村的眾多作品與社會發展史中，便佔有非常重要的地位。

吳晟的創作生涯很早就開始，他早在一九六〇年代唸中學時期就在校刊雜誌上塗塗寫寫。高中畢業離開彰化後就讀屏東農專時，更積極且大量的在當時的文藝雜誌上（藍星、文星、幼獅文藝等）發表作品。年輕時期的吳晟並沒有同當時的年輕人一樣，被流行的現代主義所吸引。他自覺：「理論的東西對我並沒有太大的影響，反而是生活的體驗……」。（吳晟訪談，1999,2）縱使當時純樸的吳晟並未陷入風靡的現代主義浪潮中，但他還是免不了的與熱衷創作的年輕人一樣，曾經北上尋訪詩壇前輩周夢蝶的書報攤。在年少對文學的憧憬夢想中，不可免俗的也曾嚮往過風花雪月的日子。

然而台北的生活氣味對成長自農村的青年詩人並沒有產生太大的思想變化，反倒是此刻在溪州農村辛勤耕種的母親與來自家庭的經濟壓力，讓吳晟走回了農村。吳晟被詩壇注意的作品在其一九七二年婚後所發表的〈吾鄉印象〉系列。當時在國民政府敗退來台的政治氣氛下，嚴厲的思想檢查限制了許多文學發展的可能性。國民政府在嚐到了三〇年代中國寫實主義對其批判的苦頭後，遂在六、七〇年代的台灣刻意壓抑寫實主義的思潮，並鼓勵淺薄的現代主義寫作形式。於是許多現代派詩人開始用艱澀隱晦的詞藻，書寫鄉愁、心靈的作品。吳晟農村寫實的作品在一群描寫鄉愁的現代派詩人作品當中，竟也成了另一種在距離上既貼近，情感上卻又遙遠的鄉愁。

由於國民黨政權在教育政策上的操作，致使多數生活在台灣島上的青年也隨著軍中作家的創作，對遙遠的中國山河泛起了一股「鄉愁熱」。多年後吳晟回想起七〇年代無端瀰漫的鄉愁氣氛，創作了一首

〈我們也有自己的鄉愁〉批判當時瀰漫在文化圈裡的無根現象：

> 泥巴中打滾長大的我們
> 年少青春也曾如醉如痴刻意模仿
> 夢囈般嚮往遙遠國度的山川
> 彷彿飄泊靈魂的憂傷
> 就是驕傲身分的裝飾
> ──〈我們也有自己的鄉愁〉（1999）

一九四九年國民政府「播遷」來台，在當時的國際戰亂局勢下，美國選擇了台灣農業作為援助國民政府的切入點。於是台灣農村從五○年代到六○年代底，便進入了密集生產的階段。由於生產資料的大量投入，讓當時農村對勞動力的需求增大。吳晟於六○年代末期從屏東農專畢業，當時吳晟已深受諸多詩壇前輩的注意，頻於當時的文藝雜誌及報章上發表作品。畢業後的吳晟曾經前往台北報社副刊謀職，後在前往述職的途中又因緣際會的回到溪州鄉下擔任教職。吳晟短暫離鄉又歸鄉的時間點，在台灣經濟發展上剛好正準備由農村經濟進入基礎工業化的時代。在「農業扶植工業」的口號之後，第一次的進口替代工業即將開始。吳晟回到溪州，剛好遇到國家積極發展進口替代基礎工業政策，計畫性的將農村勞動人口拉出農村送入工廠。在這樣的時代背景下，吳晟的〈吾鄉印象〉便翔實的記錄了當時的農村面貌。

我們從七○年代的〈吾鄉印象〉中發現，除了蓊綠的稻作書寫外，隱約也嗅到台灣農業即將從高峰上衰退的淡微氣息。仔細翻讀〈吾鄉印象〉，彷彿一幅幅寧靜的農村油畫般，無論是廟埕、店仔頭、或是湍急的圳堤邊，字裡行間皆充滿了農村沉靜的美感。然而，在步調與筆調皆緩慢幽靜的農村生活裡，我們看到的卻皆是上了年紀的農民與靜止的田園。在〈吾鄉印象〉隱藏的時代書寫中，吳晟從對天氣無奈的詩句（陰天、雨季、雷震等）到對當時生活的苦悶吶喊（愚直

書簡）總結在其發表於七六年的作品〈苦笑〉中：

> 來吾鄉考察，意態瀟灑的人士
> 背手閒步，不經心的嘆賞
> 好安詳自足啊，這些金黃的稻穗
> 一粒一粒汗珠結成的稻穗
> 搖著頭，默默的苦笑
> ──〈苦笑〉（1976）

　　戰後台灣農業發展曾經從一九五二年到一九六八年的持續年平均5.5%的成長率高度成長，這樣的成長率在當時世界其他發展中國家來說都是非常驚人的數據。然而，以一九六九年為界農業生產狀況突變，農村結構開始走向多樣化、農村經濟也開始多元化了起來。只依靠純粹的農業生產是不足以在當時的農村裡維持基本生活，於是台灣農業開始全面從停滯走向衰退，農戶和農業也頓失了昔日的光彩。國民政府在當時以農業為基礎，建立起支援軍事財政與工業化的體制，計畫性的壓榨著台灣農村最後的剩餘價值。在這個體制下，農民的生產所得被政府藉著肥料換穀、田地徵賦等政策，計畫性的被剝奪而步入貧窮的困境。結果，透過生產資料與市場的控制，讓高度生產量的農戶反而陷於貧困。而得利於農村的貧困，台灣的工業化開始有了進展。吳晟在勞動力匱乏，人口大量外流的農村裡討生活，面對高產值低所得的破敗農村經濟，望著到農村考察讚嘆金黃稻穗的閒人雅士，心中自是百感交集。此時當然他也只能「搖著頭，默默的苦笑」了。

　　另外在〈吾鄉印象〉中我們看到另一項重要的訊息，即是吳晟對當時政局的不滿與抗議。對一個深居農村，兼負耕作的鄉下教師而言，議論時政、批評政府是不為保守的農村接受的。在與〈吾鄉印象〉同時發表的七二年裡，作品〈歌曰：如是〉就非常尖銳的直接點出當時瀰漫在知識界的那股犬儒與妥協的政治氛圍：

自始至終，吾鄉的人們
將整條脊椎骨
交給那一支歌的旋律
自始至終，歌曰：如是
人人必回諾：如是

人人都清清楚楚，反正
大荒年與大災變與大荒年
之間，空隙何其短暫
不如啊，順著歌聲的節拍呼吸
——〈歌曰：如是〉（1972）

　　戰後蔣經國曾在上海實施的土地與經濟改革，在遭受重大挫敗後不久即在台灣由陳誠實施的土改獲得成效。國民黨改革了別人的土地，透過耕者有其田等政策也獲得了台灣多數農民的支持。這股力量為當時倉促來台的國民政府在不穩定的政治與經濟氣氛上，注入一股有力的強心劑。所以在當時農村的保守氣氛中，加諸白色恐怖的陰影仍深藏鄉親心底，議論時政、批評政府變成了大逆不道的叛國行徑。由於當時吳晟在鄉間的言論與創作，讓憲調人員也進入寧靜的鄉間三合院裡大肆搜索一番，為純樸的圳寮小村帶來一陣緊張的氣氛。

　　七○年代末，島內在文壇與政壇上各自發生了重大的事件。一九七七年的鄉土文學論戰，雖起因於小說的文學創作討論，但吳晟的詩作也在同時開始在大學校園裡流傳。王拓、陳映真、尉天驄等人提倡的寫實主義文學引來了國民黨內保守文工勢力的反撲。七七年八月二十日余光中在聯合報副刊發表的〈狼來了〉，其實是針對唐文標在七二年的現代詩論戰種下的遠因。在唐文標七二年發表的〈僵斃的中國現代詩〉中，曾對台灣當時流行隱晦、雕琢又自稱為現代派的詩人們提出嚴格的批判。吳晟的〈吾鄉印象〉發表於同時，當時他與唐文標雖不相識，卻用作品與當時人在香港的唐文標相呼應。多年後吳晟雖

一再自謙讀不懂艱深的文學理論，然其以現實生活淬鍊出的詩句，誠實反應社會現狀顯然遠比任何論述要來得有說服力。

我們不難在《吾鄉印象》的〈愚直書簡〉與〈禽畜篇〉，以及同時發表的〈向孩子說〉詩集的作品中發現，吳晟從早期二二八事件到五〇年代的白色恐怖、一九七九年發生的美麗島事件，一直都默默的用詩句，痛心記錄著當時的氣氛並譴責執政者的高壓統治。作品〈獸魂碑〉虛借屠宰場的意象，實寫在國民黨高壓統治下犧牲的英靈生命，今日讀來特別有意義。

……

不必哀嚎，不必控訴，也不必
訝異——他們一面屠殺
一面祭拜，一面恐懼你們的冤魂
回來討命，豬狗禽畜啊
魂兮！去吧」
——〈獸魂碑〉（1977）

物質生活的生產方式制約著整個社會生活、政治生活與精神生活，吳晟的詩作從他實際的物質生活中出發，所以不是他的意識決定生活，而是他的社會生活決定了他的意識。儘管近來部分評論家曾以艱深的文學理論評論吳晟詩作「形式缺乏美感」，我則認為若評論者不把握住作者意識型態在當時社會整體中所起的作用，空談形式是無法讓讀者貼切認識出文學創作與社會發展間的微妙關係來的。也就是說，透過作者在文學作品中描述不同階級間的明確關係，來認識作者在社會生產方式中的地位，清楚的看到作者選擇什麼樣的形式？站在什麼樣的地方來創作？

因為生產位置的不同，致使吳晟作品在學界與詩壇中的解讀也有著極端不同的評價。我對這種強調形式美感的論述一點也不意外，因為這是論者與作者在階級上的差異所造成的。所以與其說吳晟詩作在

時代中的政治性，倒不如說是時代的階級性來得貼切些。吳晟在美麗島事件發生後作品逐漸減少，除了對當時政局的失望外，透過與中國大陸詩人的交往而認識四九年解放後的中國現狀後，創作受到相當大的衝擊，詩風也逐漸轉變中。八○年後許多收入在《向孩子說》與《飄搖裏》的作品可看出當時他對國家未來發展的憂心來。

一九八○年吳晟應愛荷華作家工作室邀約，赴美短暫訪問。在美國訪問期間與中國大陸詩人艾青相互交換兩岸封鎖已久的訊息，在國外期間他認識了彼時中華人民共和國的破敗與霸權，從美國歸來後吳晟對「祖國」的印象完全破滅。多年後他坦承：「統獨的意識型態爭辯，對我的創作限制很大」（吳晟，1999,2）由於價值觀的驟然改變，加諸農村經濟的加速破產，吳晟的作品慢慢減少，人也沉默了許多。

經歷了八○年代的民主化運動與台灣在工業生產上的最高峰，此時吳晟一方面必須面對衰敗的農村所帶來的龐大經濟負擔，同時還需與母親及妻子在農村中耕種著那豐腴生產卻又不斷被市場剝奪價值的稻作。一方面他積極關心當時在島內各處正風起雲湧的環保、勞工、原住民的社會運動。其間積極創作散文，以短篇的散文創作紓解對台灣社會焦慮的心情。一九九六年，在完成了兩本散文集《無悔》與《不如相忘》的創作後，他經營已久並用以在詩壇上重新再出發的詩組〈再見吾鄉〉系列也開始陸續的發表。

誠如吳晟的好友曾健民在其散文集《無悔》中的序所言：「在反共獨裁保護下的台灣資本體制，由於沒有民主內涵的獨裁經濟發展，隨著反共體制的崩解，將取而代之以貪婪的姿態收奪台灣的資源及扭曲台灣的心態。」吳晟的作品充分體現了台灣在經濟發展上的困境，〈再見吾鄉〉成為台灣歷史發展下一階段的警示錄。走過五○年代的土地改革、六○年代的農村復興、七○年代的進口替代與第一次的加工出口導向政策，台灣的農村經濟與農村勞動人口在國家政策性的拉出農村擠入城市後，逐漸在七○年代後露出破敗的疲態來。八○年代

的工業化城市議題，勞工、原住民與環保等隨著台灣社會的解嚴一一浮上檯面來。同時，歷史的消費也逼使我們必須在九○年代的世紀末去面對龐大帳單的困境來。

在資本主義全球化的發展趨勢下，台灣的基礎工業紛紛外移尋找更低廉的勞動力。高耗能產業西遷「祖國」去使用更廣袤、更可肆無忌憚污染的土地時，台灣的傳統產業開始要為昔日預貸的資本買單。然而國家買單的方式依然是先拉破敗的農村經濟來墊背，吳晟在〈再見吾鄉〉系列作品中即翔實的描述了國家政策是如何屈服在全球霸權下，摧毀農村居民對土地價值觀的改變並爭先的釋出台灣農業最後的資本，以為國家償還龐大負債的情況。關於農村土地的開發、水資源的使用、環境的污染與垃圾處理等問題，吳晟都用其敦厚的筆觸忠實的記錄下「今日農村」的窘境。其於九六年的作品〈水啊水啊〉及〈幫浦〉中都有清楚的描繪出農村水資源運用的政治經濟背景來。「是你們　狠狠砍伐／盤根錯節的涵水命脈／是你們　放肆挖掘／牢牢護持的山坡土石／是你們　縱容水泥柏油佔據綠野／阻斷水源的循環不息」（水啊水啊，1996）「任憑搖動的手臂酸軟無力／任憑幫浦的水喉／嘰嘎嘰嘎苦苦哀嚎／水啊水啊給我們水啊／再也喚不起任何回應」（幫浦，1996）在這系列作品中，我們聽到作者以文字帶出農民的苦求聲、涓涓水流聲與幫浦無力的聲響來。當然，這些沉默的聲音背後主要還是來自吳晟內心對今日農村資源破敗的最大控訴。

同時他也對主流的發展價值觀提出更嚴厲的批判，在其九六年的作品〈高利貸〉中，一語雙關的道出了農民因為經濟破產既要負擔現實生活中的「高利貸」，同時又以過度開發的農村土地使用暗喻是在向自然申借「高利貸」。〈土地公〉、〈賣田〉、〈不孕症〉、〈黑色土壤〉與〈你不必再操煩〉等作品，深刻描寫出在資本全球化的壓力下，傳統農村文化隨著土地價值改變而破產的情形。農民對土地公傳統的宗教信仰也在政客與財團聯手的「農地釋放」政策中，黯然的被迫流離失所。速食文化的入侵逼使得農民「步步艱辛的稻作演變／將

無地可耕而棄置」（〈黑色土壤〉，1996），即使是農民最不願意的「賣田」也在財團對土地的炒作下輕易售出。「就在轉賣的手續中／化做沙沙作響的嘲笑」、「據說只需幾次文書往返／只需幾番地目變更的把戲／填上砂石、混入泥漿、疊架高樓／這一小筆土地／即將隆起繁華夢幻」（〈賣田〉，1996）雖然同樣是賣田的情節，但與洪醒夫在七〇年代小說《吾土》中農民對土地眷戀的情節相較，九〇年代農民對土地價值的糟蹋就成了理所當然的可悲。

　　由於對土地價值的關心，吳晟早在戒嚴時期即四處奔走，為當時的黨外運動人士製作文宣、站台演講。八〇年代中旬他更以積極的態度與妻子莊芳華直接加入到一連串的社會改革運動行列中。當時的他認為要拯救台灣的生態環境，抵抗資本全球化對土地與文化價值觀的破壞，唯有面對政治切入政治方能改變社會。九〇年代末，吳晟開始把思想重心放在追蹤龐大台糖土地的用處上。吳晟痛心的認為「近來土地資本化、自由化的問題越來越嚴重，但卻沒有一位政治人物以此為重心深入追蹤研究並進而提出政策的。」（吳晟，1999,2）望著農村裡一卡車一卡車的砂石日以繼夜的倒在原可生產出豐厚糧食的稻田上時，吳晟的心情也愈加的難過了起來。面對村民們朗朗掛在口上的「發展、建設」，吳晟的心緒矛盾都糾結在一起。

　　在資本主義全球化的發展浪潮底下造就出愈來愈多的失業者，沒有勞動（機會）的城市為農村帶來了一波波的失業回潮。一九九九年，吳晟農村詩作中最典型的代表人物「母親」因病去逝。母親的過世，在台灣農村即將向資本全球化繳械投降的新世紀中，對吳晟的創作帶來重大的打擊。雖知農村破敗的一天終會到來，母親的病症也日益沉重，侍母至孝的吳晟仍為母親的逝去與破敗扭曲的農村文化痛哭失聲。吳晟的母親陪伴著台灣艱困的農業一路走來，一直默默且認真的在土地上耕作，同時她也不斷鞭策著吳晟認真的在土地上勞動生產，對土地心懷感恩。母親的過世象徵著一個時代的結束，資本全球化的病菌無所不在的滲入農村，改變農民對土地的價值思考，滲入農

地上強壯勞動耕種著的農婦身軀裡。

　　《再見吾鄉》是吳晟為下一輪世紀的台灣農村，所留下的一篇真實備忘錄。在土地價值喪失、農村經濟文化徹底破敗後，我們又將往何處去？彷彿我看到吳晟扛著鋤頭黯然的站在田埂邊，遠方濁水溪畔的天空灰濛濛的也憂傷的籠罩在台灣農村的頂頭來。

・陳文彬（1969～），彰化鹿港人。曾任公視百年古圳紀錄片「水路—八堡圳」導演、電影「經過」演員，現專職拍攝紀錄片及電影工作。

8 一條河流一個詩人

宋田水

一、

所謂的心路歷程，往往指的是一顆純眞的心靈發現罪惡的經過，或者是一個堅持某種信仰，而飽受煎熬的歷程。

吳晟自一九九四年以來發表的新作《再見吾鄉》三十八首中，自己把它大致分成幾個主題：「寫詩的最大悲哀」、「經常有人向我宣揚」、「再見吾鄉」、「憂傷西海岸」、「我們也有自己的鄉愁」等。這五個主題恰好涵蓋了上述二種歷程。

二、

「寫詩的最大悲哀」相關作品共有六首，主要是詩人對自己寫詩生涯的反省。且〈寫詩的最大悲哀〉這一首：

寫詩的最大悲哀
不在於長年寂寞完成了詩作
無任何回響
不在於些少聲名
引來同輩冷冷的嘲諷

寫詩的最大悲哀
不在於直接逼視人生的缺憾
又無補於現實
不在於必須隱忍人世的傷痛

壓縮再壓縮

……

那麼，寫詩的最大悲哀

也許是除了寫詩

不知道還有什麼方式

可以對抗生命的龐大悲哀

另一首〈我仍繼續寫詩〉這麼說：

也許只是捨不得放棄

自我沉醉的非凡才華

我仍繼續寫詩

不妨裝扮大師的姿態

彌補俗世的寂寞與挫敗

……

而我仍繼續寫詩

或許是大地的愴傷、人世的劫難

一再絞痛我的肺腑

即使眼淚也無法平息

即使大聲控訴、也無法阻擋

只有求取詩句的安慰

　　吳晟最大的抱負，可能是去當一個社會改革者，《吾鄉印象》以來，他的詩傳達了這樣的抱負，這些年，他也不遺餘力地投入反對運動，但仍覺得社會上黑暗的力量太大，相反之下，詩的力量反而顯得單薄；詩中的批判意識使他自豪，但回響之小卻讓他自怨不已。

　　法國大詩人辛德拉斯（Blaise Cendrars, 1887～1961）從第一次世界大戰的戰場上斷了右臂回來，看到巴黎文學界依舊一片輕浮和空洞，痛恨和鄙視之餘，乃下決心寫作，用沉重的生命在斷垣頹壁中尋

找詩的新光芒！

三十年前，吳晟何嘗不因為痛恨文學而寫作？如今，光芒有了，但這種光芒只照見自己的肝膽，未必能照盡社會的黑暗，照盡了也無力改善。

在古代波斯，據說詩人尊貴如上將，但在五色繽紛的台灣，詩人卻只像一個不會賣笑的小丑；捧心嘔盡斷腸句，結果只換來小丑一類的角色看待，怎麼能不感到悲哀？

三、

〈回聲〉和〈我時常看見你〉兩首詩，寫自己到了五十歲出頭，才發現同鄉文學前輩賴和的作人作事風範以及文學價值。

賴和作品既不算多、也不算精，但作為一個啓蒙人物，他有理想、有胸襟，也有腰桿。逢年過節，家家戶戶在燒紙錢賄賂鬼神，他卻悄悄地在自家後院燒掉窮病人的帳單。他是殖民地時代，台灣抗爭精神的代表，一生為平民和笨蛋發言，也替冤大頭喊冤枉。

然而，和很多志士一樣，坐完敵人的牢後，再受自己政府的栽贓；他的情操、他的志業，在敵我接棒式的抹黑中，幾乎被活埋了四十年之久，直到張恒豪、李南衡、林瑞明等學者出現，才以掘地三尺的功夫，把他從亂葬崗裡挖出來。

「夢魂逐豪傑，低徊誦遺篇」，後生晚輩的吳晟，透過兩首詩表達了他對賴和相識恨晚的慨歎，這慨歎裡，含著多少人世的滄桑。

四、

什麼是政治呢？一個來說謊，二個來說謊，三個來也說謊。多元文化，就有多種說謊方式。

〈經常有人向我宣揚〉這組詩，是刻劃官員睜著眼睛說瞎話，用

謊言治國連續幾十年的情形。其中〈追究〉、〈一概否認〉、〈機槍聲〉
涉及二二八事件的平反時，官員的態度且看〈一概否認〉：

一九四七、台灣
二二八事件報告書
厚厚的冊頁
掩住一排一排機關槍聲
淡化為意外衝突
只暴民數人傷亡
……
六○、七○年代
奇蹟般起飛的經濟神話
籠罩廣大農村的失血景象
……
七○、八○、九○……○○年代
橋樑斷裂、大樓傾頹、道路坍塌、山洪奔騰……
台灣各地公共工程弊端
大小官員、大小包商一致聲稱
完全與己無關

你看你看，螢光幕上
又見數十隻媒體麥克風
重重圍住那說謊的嘴巴
面對千萬雙眼、千萬雙耳
噴灑閃爍其詞的口沫

這首詩和〈我清楚聽見〉宗旨相近。是的，無論自己怎樣禍國殃
民，怎樣黑天暗地，只要咬緊牙根、一概否認，則法律一定會還他

「清白」，輿論審判只是屁話！

〈終於說不出話〉寫選舉現象：

> 宣傳車爭相來回奔馳
> 在長年挖挖補補的道路
> 高分貝誇耀地方建設
> ⋯⋯
> 這是例行的選舉季節
> 走在旗幟飄揚的街上
> 我望見彩色口號
> 在塵囂中一一模糊
>
> 任何承諾可以輕易否認
> 信誓也可以隨時反覆
> ⋯⋯
> 置身在集體耍弄語言的遊戲裡
> 我只感覺無言以對的悲涼

選舉原是來澄清是非的，但很多人卻用來顛倒是非；真理愈辯愈明，但有人能讓你愈辯愈糊塗。你只有一張嘴，他卻有十張嘴，你頂多只說三遍，對方卻能不厭其煩地說五十遍、一百遍，於是傷天害理的騙倒麻木不仁的，掏心吐肺的說不過油嘴滑舌的；最後，你說不過人家，當然只有生悶氣的份，你說不出話了！

再看〈揮別悲情〉：

> 鞭炮、焰火、鑼鼓陣開道
> 沿途鄉親熱烈簇擁
> 島國老大政黨提名的候選人
> 我們家鄉的角頭大哥
> 站上高高的舞台　揮手致意

大聲強調肯拚、敢衝、服務最多
隨後擺開宴席，每桌敬酒遞名片

杯觥交錯中，我們確定他
必將進駐國會殿堂
不是因為人品才學
不是那番愛鄉愛土的誓言
而是派系、宗族、地方勢力
蜘蛛網般密佈的樁腳
織就龐大牢不可破的人情網路
尾隨買票名冊
一戶一戶將人頭擄獲

　　中央官員謊言治國，地方則是黑金當道，在這樣的洪流下，政壇成了賊窩。選舉是為了作官，作官是為了作賊。官作賊，可以迅速致富，賊作官，可以逍遙法外。法治、法治，法律只治那些會偷吃不會擦嘴的人，無奈現代官賊都是法律專家，哪一個偷吃的人嘴不擦得比你乾淨？

　　至於民意啦、公義啦、悲情啦，只不過是政治叫賣場上一些時髦的商品，像保險套、衛生棉一樣，用過即丟；或像洗潔精一樣，一用再用。

　　憂煎詩腸七分剛，吳晟寫這些詩，感情飽滿、道德激切，其心頭的憤慨難平，在字裡行間跌宕成韻！

　　這些詩，可以說一句就是一聲幹伊娘，一幹老天爺不長眼睛，二幹部分選民有眼睛而分不清是非，選賊為官，蹧躪民主。

　　二○○○年，台灣政局變天，但人心的貪腐未變，黑金依然金光閃閃。新政府以掃黑的號召上台，如果沒能掃成，或掃得不徹底，則原已族繁不及備載的貪官污吏，必將分頭把台灣吃掉，連骨頭也不吐一根。

五、

在如此不堪的政治環境裡，一個都市計畫其實是一個貪污陰謀，一個政策往往也只來自一個炒作的動機。

由於靠山吃山、靠水吃水，他們濫墾山林、濫採砂石、濫挖地下水源，把大地搞得山不山、水不水。這些，老早是社會新聞的大標題、學者們座談會的主題，並不是詩人發神經，只是無恥的聽不進去，無知的又聽不懂而已。

九二一大地震不疾不徐，恰好來給腐敗的政治驗收成果，在玉石俱焚中，收拾了將近三千條人命。

且看〈高利貸〉：

開發開發開發
不斷向未來高利借貸
還保留多少選擇空間
我們可否拒絕承擔
整個大地身心癱瘓的代價

然而可以預見
我們將不由自主
捲入揮霍無限資源的漩渦
再也償付不起龐大債務的利息
再也沒有能力贖回
長期典押的青山綠水和晴空

再看〈山洪〉：

豪雨為何坍掉峭壁山嶺
急流為何斷裂橋樑道路
滂沱水勢為何沖毀村落

……

當少數人繼續輕鄙自然倫理

（多數人繼續無動於衷）

掠奪成為唯一尊崇

我們總有機會親自嘗受

鮮血混著泥沙石礫

隨山洪滾滾奔流

　　觸目驚心的土石流畫面，誰沒有見過？家毀人亡的新聞，誰沒有讀過？這些慘象，都是政見發表會上，一撮口口聲聲為下一代著想、為地方繁榮而奮鬥的官員民代獻給選民的政績！

　　除了青山消失、綠水無踪，吳晟進一步寫出了台灣之根——農業的破敗。

　　〈水啊水啊〉和〈幫浦〉寫灌溉水的枯竭，〈不妊症〉寫稻作在嚴重的水污染下造成的絕症，這幾首再配合〈賣田〉、〈土地公〉讀，則寫出了農民在百般無奈下棄耕的情況。

　　故土的牛奶與蜜，顯然已快被豺狼虎豹吸光，農民或短視或無奈，不知道他們的土地公實際上是地頭蛇的化身，幾代來信仰的媽祖婆幕後已經被虎姑婆所操縱，難怪「吾鄉」要豬羊變色！

六、

　　農村的問題如眾所週知，人禍大於天災。早期為發展工商業而犧牲，如今為入世貿組織而遺棄。農村裡的人，老的老、小的跑，沒有跑的對農業生產多半也沒有什麼信心。老一代的農民，像當年耕耘機出現後的老牛一樣，只能整天在牛欄裡發呆，有的則替城裡上班的兒女們照顧後代。遲遲而來的老農津貼，領到的人是拿來路邊小店頭買花生、滷味下酒，培養感慨而已。

〈你不必再操煩〉以自己的老母親為典型，寫下了夕陽餘暉下老農民的生活影像：

> 母親，你終於可以和你的田地
> 閒閒過日，不必再操煩稻作
> 有無缺水、有無欠肥、有無疾病蟲害
> 不必再趕時趕陣犁田、插秧、除草
> ……
> 母親，你實在難以理解
> 你一粒一粒都這樣惜寶的米糧
> 只要仰賴國際強權的傾銷
> 並要求自己的田地休耕、任其荒廢
> 你實在無從想像
> 田地的價值，並非為了耕作
> 而是用來炒作
> ……

一個平常以勤勞為樂的人，忽然要遊手好閒起來；一個靠土地生活的人，忽然要失去土地，整個人就像懸在空中一樣，不著邊際。

七、

吳晟無法想像一個沒有農業或沒有農村的台灣；真的，一個沒有蓬萊米、黑珍珠蓮霧、愛文芒果、二十世紀梨、小玉西瓜和芝麻蕉的台灣，會是一個什麼樣的台灣？

進入世貿組織，使台灣變成地球村一個小角色，日後除了奶粉、礦泉水之外，米糧、雜糧等也全靠進口，萬一外國發生不可預測的天災人禍，使糧食斷絕，台灣要怎麼辦？會不會變成東非，餓殍遍地？

在台灣這塊版圖上，農村將變成廢墟，二十年後，農舍、農作和

農民或許只能在民俗村的模型裡看到。

　　吳晟站在自己從小生息的土地上，犯起了鄉愁，他被迫要向「吾鄉」告別，去作一個流浪漢。〈黑色土壤〉記錄了他刻骨銘心的生命歷程，也表達了無可救藥的土地信念，〈油菜花田〉裡有他對綠色大地的孺慕，以及牧歌式的生死愛戀。

　　雖然如此，但大江東去、阻擋不住，匆忙的現代人，以及看電視和網路長大的新生代，有幾個能歇下來聽他的牧歌、欣賞他的鄉愁，並支持他螳臂擋車般的抗議？

　　〈誰願意傾聽〉是這麼寫的：

如果我委婉訴說
一畦一畦平坦如鏡的水田
如何認真繁衍
綠葉盈盈　稻穗款擺
自給自足的飽滿
你願意傾聽嗎

如果我激烈表達
工業毒水肆虐的水田
如何伴隨蔓草　叢生憂傷
叢生稻作快速萎縮的夢魘
你願意傾聽嗎
……

啊，滔滔資訊喧囂擾嚷
各有眩目招搖的音調
我該尋求怎樣的發聲
才有誰願意傾聽

這些句子，沉痛得像失意人臨終的遺言，句句椎心。「憂傷西海

一條河流一個詩人・155・

岸」和「我們也有自己的鄉愁」整體來說，不外是和上述三輯相互印證發明。

八、

　　有人說，吳晟是個土包子，看不出全球都市化的大趨向，只會以鄉巴佬的姿態，對潮流負隅頑抗；文學上，自《吾鄉印象》迄今，也走不出田間那幾條泥濘小路；三十年前如此，三十年後也如此，老筆無鮮色嘛！

　　不錯，吳晟一生有兩種病，糾纏了他半輩子，一個是農村的土和苦，另一個是政治、社會的爛與腐。實際上，他正是以農村廣大的立足點，來觀察、批判台灣的政治社會現實。如果說，台灣的根在農村，那麼農村已經在大潮流中敗北；如果在經濟外移的趨勢中，要根留台灣，那麼台灣的根也已快被腐敗的政治搗爛掉。農村如此，工商金融又好到哪裡去？生而為詩人，他不甘心當糊塗合唱團的團員，更不想等社會在淪落深淵後，再到地獄裡尋找安全感。

　　當一些作家、學者指他偏狹、笑他迂腐，並搬出雞零狗碎的術語和主義對他開示時，吳晟指著破碎的山川大地、指著社會百病，答覆那些捨本逐末的理論。

　　〈意象〉和〈角度〉二首，是他對自己詩藝的辯護，且看〈意象〉中的二節：

> 據說詩的至高境界
> 曖昧渾沌不可解而又多解
> 據說經由雙軌辯證、繁複網罟的編造
> 是語言美學無上成就
> 而我讀來詰屈聱牙
> 竟是你熱烈稱頌的絕佳聲韻

……

但我仍只能告訴你

無論媒體風潮如何喧嚷擺架式

在濁水溪畔廣大的溪埔地

我的足跡,仍仔細刻寫田土上

水稻、蕃薯、花生或玉米

奮力蔓延根鬚、伸展枝葉

那就是我最直接最鮮活的詩作意象

〈角度〉中的第二節和第五節:

我也常無比傾慕

聆聽世界風潮的滔滔論述

只是有些質疑

沒有立足點

候鳥般飄忽來去的蹤跡

每一處都是異鄉都是邊陲

……

如果我有什麼褊狹

反而是對於立足的土地

愛得還不夠深沉

　　這兩首自辯的詩,延承的是〈阿媽不是詩人〉和〈阿爸偶爾寫的詩〉的一貫立場,謙卑而不失自信,務實而不失寬厚。就憑這個單純而堅定的信念,使這位田野走來的詩人,三十年前一出場,就給詩的紅地氈上洩下了滿地泥水,迄今不改。

　　他的詩未必沒有缺點,像〈回聲——致賴和〉中的第五節可能是多餘的,〈高利貸〉末節第一句可以不要,〈去看白翎鷥〉第一節第一句也屬累贅。然而,就語言來說,苦吟以求平淡、鍛鍊以求自然,

使他的詩讀起來用不著搖頭晃腦、索隱析疑。由於情深意切，他的文字從未在平易中喪失張力，更由於緊扣社會脈動，使他很多詩都有著臨陣拚搏的痛快，這種痛快幾乎貫穿全輯，而以「經常有人向我宣揚」那八首為最高潮！

九、

捷克的國父馬薩里克（Thomas Masaryk, 1850～1937）是個大思想家，被蕭伯納和卡爾波普（Karl popper, 1902～1994）認為是唯一夠格當歐洲聯邦領袖的人，他在自己的名著《俄羅斯精神》（Spirit of Russia, 1956）中提到，俄國十九世紀作家普遍有一種巨人精神，因為他們生在一個大混沌，也是大覺醒的時代，需要在俄國與西方、古代與現代、宗教與教會、經濟與社會，以及現實與理想之間彷徨、掙扎，為俄國敲警鐘、找出路，並得要求自己在彷徨與掙扎裏，抵抗虛無與墮落！

這些作家共同的生命特色是，在焦頭爛額中頂天立地。

吳晟和其他一些關心台灣生死的本土作家，以及他們在社會狂潮下的掙扎和喊叫，乃至對本身的肯定與懷疑，何嘗不具有類似的巨人精神？

真的，詩人沒有社會和時代意識，頂多只是比一般人多幾根胡思亂想的神經罷了；但詩人有了太沉重的社會和時代意識，卻可能只比其他人額頭上多幾條皺紋而已。這才是寫詩的最大悲哀！

・宋田水（1950～），彰化縣人。文學評論家。著有《吾鄉印象的鄉土美學：論吳晟》（前衛出版）。

9 發現‧另一種詩的格局 　　　　　林廣

一、前言

　　時代的變化改變了人們的價值觀，功利主義盛行，樸實敦厚的習俗已漸漸消失。當一切「向錢看齊」，還有什麼壞事做不出來呢？官商勾結、工程舞弊等事件層出不窮。以前「輕颱」敏督利過境造成的慘劇，只說明一個事實：台灣的土地已經病了，而且病得不輕。這不是濫墾山林，殺雞取卵的惡果嗎？

　　在二○○四年七月六日《台灣日報》「民意最前線」中，吳晟直言不諱的說：「颱風對台灣來說原本是上蒼的恩澤，因有颱風才有豐富雨水，才能孕育出台灣欣欣向榮的生命。但近年颱風卻從『福報』搖身一變成為『惡報』，只要有颱風，民眾就無法排拒強風豪雨與土石流的威脅，關鍵因素就在於林木資源的濫墾濫伐！……（相關單位）對台灣天然資源利用毫無節制，導致今天的惡果。」林建隆也說：「遭遇颱風，台灣人才會正視人與大自然的倫理關係。過去『人定勝天』是先人面對大自然無窮盡力量的哀兵心態，但時至今日科技的無所不能，讓人類已經變成驕兵，因而造成人禍。」田秋堇更發出呼籲：「台灣是個島嶼型的生態體系，森林如同人體脊椎般重要，一次大水沖刷就能洗去得花費數百年沉積的土表。人禍在先！媒體應去深究、教育人民。」

　　這些話語重心長，但等到事過境遷，往往很快就被遺忘了。在吳晟《吾鄉印象》、《再見吾鄉》，對台灣可能面臨的種種問題，早已提出他的「預言」，可是又有幾個人重視？如果我們不能從歷史中得到教訓，台灣的未來還有什麼希望？因此本篇企圖藉著吳晟的「預言」，來探索他創作的初心，以展現詩人豐繁的樣貌。

二、世紀的大預言

〈制止他們〉（1981）這首詩，可說是最早也最完整提出對種種災禍的預言，而這些災禍幾乎完全來自人類的薄情與私慾：

> 我們不再為你坎坷的昔日而悲嘆
> 但你或將面臨的災難
> 我們不能不焦慮
> 那麼多不肖的子孫和過客
> 只顧攫取私利
> 不惜瘦了你，病了你

在那個年代，詩壇還流行艱深晦澀的詩風，許多人耽溺於自我的內心世界；吳晟卻留意到台灣「或將面臨的災難」，並從各個角度切入，希望能警醒人們，以免爆發無法抵擋的災害：

> 含有大量毒素的偽藥和食品
> 卻到處充斥
> 他人的生命
> 難道不如自己的存款數字重要嗎
>
> 山林，是你的骨骼
> 卻有人不斷揮舞巨斧，濫加砍伐
> 逐漸逐漸癱瘓了你
> 含有大量毒素的污水和廢氣
> 毫無顧忌的排放，不受管制
> 窒礙了你的呼吸
> 肆意毀損每一片大地
> 那是你的血脈和肌膚呀
> 他們難道不知道

這將嚴重威脅你的健康嗎

甚至，稍一疏忽
便將造成無窮禍患的工廠
竟也悍然任意設立
又不按安全規格建造
設想這些潛伏的危機，一旦爆發
將是迫害整個社會生存
永難復原的大傷害呀
難道他們的子孫不住這裡了嗎
是誰縱容了他們呢

這一連串的警告和質疑，如今哪一項沒有發生呢？當人們沉溺於急速繁榮的迷霧中，他不斷提醒人們：「繁榮就是一切嗎／繁榮的背後，隱藏著多大災害／不必探究嗎」。然而台灣還是一再遭受破壞，他不禁大聲疾呼：

制止他們啊，制止他們
用我們嚴肅的聲音
用我們不容曲解、不容敷衍的聲音
制止他們再傷害你、再蹧蹋你

到了一九九六年，他發表〈水啊水啊〉、〈高利貸〉、〈幫浦〉這一組詩，他的筆法更加圓融成熟了。以往直接陳述的語言，變成了具有豐富內涵的意象。〈水啊水啊〉，前三節共有十二句，每四句一組，由農田向圳溝呼喊，圳溝向水庫呼喊，水庫向天空呼喊，層層延伸，強烈表現出缺水的窘境。最後更「設想」出這種景象：

島國子民每一張口
緊貼乾渴的水龍頭

連接空洞的水管、泥砂淤積的水庫
齊聲向天空急促吶喊
水啊水啊給我們水啊
——〈水啊水啊〉

這個沉痛、悲涼的意象，具體地呈現作者心靈的吶喊。水龍頭的「乾渴」，水管的「空洞」，水庫的「淤積」，都在在暗示人類的心已迷失於水泥叢林中，失去了活潑的生機；「緊貼」、「連接」、「齊聲吶喊」，又將痛楚延伸出去，形成令人「驚心」的意象。想一想，台灣近幾年遇到缺水的狀況，這樣的情景難道真的不可能發生嗎？過度的開發，對土地造成的傷害，可能是許多人都意想不到的：

開發開發開發
不斷向未來高利借貸
還保留多少選擇空間
我們可否拒絕承擔
整個大地身心癱瘓的代價

然而可以預見
我們即將不由自主
捲入揮霍有限資源的漩渦
再也償付不起龐大債務的利息
再也沒有能力贖回
長期典押的青山綠水和晴空
——〈高利貸〉

作者藉著「高利貸」這個主題意象，深刻的點出人們為「虛胖繁華」所付出的代價。以最近不斷發生的各種風災、水災來印證，不都一一應驗了嗎？當滾滾大水淹沒橋樑道路，當土石流無情的沖毀家園，我們是否真心去反省：是否要繼續支付這龐大債務的利息？我們

下一代是否還能擁有綠油油的稻田與芬芳的野地？歷史的傷害絕不是一時的寬恕就能解決的。試想我們能這樣要求嗎：

> 要求魚蝦的滅絕寬恕污水
> 要求森林的屠殺寬恕電鋸
> 要求土石的坍塌寬恕濫墾濫挖
> 要求廢墟島嶼
> 寬恕粗暴的摧殘和糟蹋
> ──〈經常有人向我宣揚〉

如果沒有長期的規劃，任由不當的建設與開發繼續進行，後果將不堪設想：

> 也許萬頃良田將完全淪陷
> 再也無從尋覓
> 縱橫交錯的田畦和溝渠
> 吾鄉的子弟
> 終將懷著漂泊的靈魂
> 無依地流浪
> ──〈土地公〉

當萬頃良田都被開發，當田畦和溝渠都失去蹤影，土地公也不再成為人們心靈信靠的力量，祂的子民將不再立足於家鄉的土地，而是漂泊到異鄉，去追尋繁華的夢景。想想看，我們真的「不曾留意工商文明／洶湧的浪潮／如何衝擊四周田地／如何掀起詭譎的媚惑／迅快捲走了子孫的足跡」（〈賣田〉），於是土地沉淪於政客與財團聯手的歡呼聲中，我們的心靈也將無依無靠的去流浪。

在〈出遊不該有感嘆〉中，反覆點出兒子對進口食品的依賴：早餐的奶粉是「歐洲原裝進口」，午餐的麥當勞漢堡是「美洲原味進口」，自備的礦泉水是「澳洲原裝進口」。但是遼闊的田野，只見「一

小塊一小塊農地／擠在高聳的鋼筋鐵架之間／少許稻作氣息奄奄」；曾經清冽湧泉的溪流，只見「處處乾涸的河床／充當一堆一堆垃圾場」。於是他帶著兒子一同往山林深處走去，想去找尋保留島嶼原貌的淨土，不料只見「山頭上大片大片黃土／失去叢草綠樹的掩護／無依無恃地裸露」。最後一節更加令人怵目驚心：

> 忽然豪雨嘩啦啦而下
> 塌陷峭壁、斷裂橋樑、阻絕了山路
> 受困於土石滾滾奔流圍繞
> 彷若島嶼沉浮海洋的波濤
> 兒子抱緊進口食物飲料的空罐
> 哭喪著臉問我：該怎麼辦

這樣的畫面，不是經常在電視上看見嗎？只要一場豪雨，就會造成橋斷路毀的情形，甚至引來土石奔流圍繞，使整個山區都陷入孤立無援的窘境。土地的生命力在長期的人為破壞下，已蕩然無存。當長期典押的大地再也無法贖回，我們才知道真正失去了什麼，可是到那時候恐怕就來不及了。

這是吳晟過去對未來的預言，你願意讓它成真嗎？他憂心提出的警示，我們會認真去反省嗎？請耐心傾聽，然後告訴我你的回答是：

> 如果我痛切陳詞
> 所有目光集中經濟指數
> 各級官僚與議堂
> 如何縱容開發名目
> 霸道侵吞農地
>
> 你聽見了嗎
> 你聽見米糧即將棄絕的警訊
> 逐漸逼近了嗎

那一幅幅饑荒國度
不忍描述的乾癟、浮腫、餓殍滿野
失去了悲哀的能力
只剩下空茫
註定是台灣島民的未來嗎
——〈誰願意傾聽〉

三、吳晟詩創作的歷程與風格

　　吳晟十五歲開始寫詩，他可說是早慧詩人，卻不算是天才詩人。因為他的詩作大都是勤耕苦耘出來的，就像他種田一般。在「吳晟詩作編目」中，收錄了一九六三至一九九九年的詩。這三十八年間，他總共寫了兩百三十多首詩，平均一年只有六首，最多的一年（1977）也不過是十七首。這樣的「量」很明顯是不夠的。但是他相信慢工必能出細活，所以他還是以耐心、細心去經營他的詩。

　　少年時，他習慣以詩來寫日記；現在，他習慣用札記簿來記錄心靈的浮光掠影。他的生活光影就這樣拓印在日記和札記裡，藉著歲月的醞釀，轉化成一首一首濃郁芬芳的詩。你也許無法想像，〈吾鄉印象〉十三首詩，他寫了兩年才完成；《再見吾鄉》三十首詩，從構思到完篇，前後共花了十年。正因他的堅持，使他的詩呈現美好質地。

　　他從來沒有加入任何詩社，也不附和任何主義，因此在晦澀詩風流行的一九六〇年代，他很快就從語言的漩渦中跳出來，以平凡而獨特的鄉土語言發聲，震撼了整個詩壇。鄉土文學論戰之後，余光中先生曾開玩笑的說，唐文標流了血沒有完成革命，吳晟不流血卻完成革命。由此可見，詩作本身影響力之大。他的鄉土詩是來自長期接觸的農村生活，來自父母鄉人對土地真摯的愛，不是刻意造作出來的，因而顯得悠遠動人。

　　如果仔細去玩味吳晟的詩，我們很容易發現，他的語言風格其實

是來自他淳厚的人格。他在生長的小村莊，體驗過：年輕的飛翔與徬徨，春天的芬芳與霉味，愛的沉醉與絞痛，甚至歌的激盪與哀傷。漸漸地，他從不知名的徬徨走出，開始去關懷自己的親人、樸實的鄉人與泥土孕育的生命。

> 一行一行笨拙的足印
> 沿著寬厚的田畝，也沿著祖先
> 滴不盡的汗漬
> 寫上誠誠懇懇的土地
> 不爭、不吵，沉默的等待
>
> 如果開一些花、結一些果
> 那是獻上怎樣的感激
> 如果冷冷漠漠的病蟲害
> 或是狂暴的風雨
> 蝕盡所有辛辛苦苦寫上去的足印
> 不悲、不怨，繼續走下去
> ──〈土〉

身為一個農夫，就要做一個道道地地的農夫，安安分分恪守「握鋤荷犁的行程」（這裡的鋤、犁，對詩人而言，則是指寫詩的筆）。假使「有一天，被迫停下來／也願躺成一大片／寬厚的土地」。這幾句意味極為深長，暗示耕耘與寫作之路是永無盡頭的，即使因為某些外在不可抗拒的力量逼臨，不得不棄鋤停筆，但是他也祈願自己能「躺成一大片寬厚的土地」。這片土地是他心靈的依歸，也是他用笨拙的腳印一步一步踩出來的。

這就是吳晟的詩。從〈寫詩的最大悲哀〉中，我們可以體會他寫詩的原動力。儘管他在前四節，一再以否定的筆法強調，寫詩的最大悲哀並不在於「字斟句酌的琢磨」，不在於「無任何回響」或「同輩冷冷的嘲諷」，不在於「洶湧衝撞的詩情／無力一一制伏」，也不在於

「直接逼視人生的缺憾／又無補於現實」，甚至「必須隱忍人世的傷痛
／壓縮再壓縮」。但是這種否認卻形成了一種「堆疊」的效果，反而
加深了「悲哀」的內涵。我們認為詩人勢將屈服於現實巨大的壓力而
封筆，沒想到在第五節作者卻如是說道：

> 即使心頭滴血，也要耐心尋找
> 沉澱下來的血漬

峰迴路轉，點明身為一個詩人，即使無力制伏心靈深處「洶湧衝
撞的詩情」，即使面對人生的缺憾必須「隱忍人世的傷痛／壓縮再壓
縮」，也要勇敢無畏地面對這些無奈與痛楚。這是詩人對自己創作與
生命的肯定。但是，詩人卻又突然說出：

> 那麼，寫詩的最大悲哀
> 也許是除了寫詩
> 不知道還有什麼方式
> 可以對抗生命的龐大悲哀

一轉一折，嘔盡胸中塊壘，令人為之一痛。沒想到，寫詩的最大
悲哀，竟然是為了對抗悲哀，而且是「生命的龐大悲哀」！吳晟的心
曲，在這首詩中表露無遺。我們也可以依此推論，他將來的創作還是
會以此為軸心，只不過在語言的表現形式，會再加以變化、調整。就
像〈黑色土壤〉和〈油菜花田〉那樣。

四、結語

許多人認為現代詩的發展要具有多元性，不要只寫單一的素材。
如果用這樣的角度，來批評吳晟的詩，那根本是不了解吳晟。從《吾
鄉印象》到《再見吾鄉》，他取材的角度還不夠寬廣嗎？事實上有些
人對吳晟的印象，一直停留在〈吾鄉印象〉那一組詩上。我曾反覆思

發現．另一種詩的格局．167．

考過，為什麼吳晟要將故鄉的人事物作為他寫作的核心？後來在他的〈角度〉裡，我找到了答案：

> 遙遠的星光特別燦爛嗎
> 如果照不見腳下的土地
> 那是為誰而炫耀
> 遨遊的眼界特別開闊嗎
> 如果無視於身邊的山川
> 是否隱含倨傲

其實他「也常無比傾慕／聆聽世界風潮的滔滔論述」，可是，他的內心卻不時發出另一種聲音，來提醒他：「如果照不見腳下的土地／那是為誰而炫耀」、「如果無視於身邊的山川／是否隱含倨傲」、「（如果）沒有立足點／每一處都是異鄉都是邊陲」。兩種矛盾的思維，不斷衝擊著他的心靈。因此，他更怯怯質疑自己：

> 長年守住村莊的田土
> 是否如人議論的偏狹

經過「反覆對照思量」，他終於體會：

> 每片田園四時變換的風姿
> 每株作物開展出去的角度
> 也可以詮釋豐富的國際意涵

> 如果我有什麼褊狹
> 反而是對於立足的土地
> 愛得還不夠深沉

表明自己對生命情調的抉擇，是建立在「鄉土之愛」、「民族之情」的基點。想想看，有哪一個追求世界風潮的台灣詩人，對土地有真正深沉的愛呢？如果沒有這樣的愛，即使成為一隻遨遊在大海的海

鷗，或是飄忽來去的候鳥，又有什麼意義呢？所以對立足土地的愛，就延展出一片風景，成為他詩的核心！

日本有一家「日本大金」原本生產的產品相當多元化，從空調、冷媒化學部門、砲彈軍工，一直到油壓機械、機器人，無所不有。但是太過多元化的結果，竟造成商機一蹶不振。後來他們改變方針，只專注於商用空調的研發與推展，竟然擊敗松下、三菱等大廠，而樹立了卓絕的聲譽。佳能執行長被推選為二○○一年二十五位最佳經理人之一，他指出：「延伸核心競爭力的多角化經營，是我們所要努力的方向。」寫詩，不也是另類的企業經營嗎？吳晟以鄉土之愛為核心去開展，這是一個相當先進而正確的方向！

因此我研判吳晟將來的詩，可能朝著幾個方向去發展：

（一）延續對土地與海岸的抒寫：〈序說〉、〈泥土〉→〈黑色土壤〉、〈油菜花田〉、〈憂傷西海岸〉→？

（二）加強台灣歷史人物的描繪：〈回聲〉、〈我時常看見你〉→？

（三）對於台灣歷史傷痕的刻劃：〈制止他們〉、〈你也走了〉→〈經常有人向我宣揚〉、〈小小的島嶼〉→？

（四）針對現實人生缺憾的批判：〈我不和你談論〉、〈詢問〉→〈水啊水啊〉、〈土地公〉→？

（五）以民俗為新出發點的創意：？？？

這些發展都是以鄉土為核心，以愛為依歸，因此特別值得期待！

最後要附帶一提的，就是吳晟的詩常摻雜著台語的成分，使得他的詩更具有鄉土的風味。例如：古早古早的古早以前、開講、消磨、驚惶、伊娘——這款天氣、天公、免講啦、墓仔埔等等，都用得非常適切，增加了親切的味道。雖然吳晟不寫台語詩，但是在詩中雜入台語，他卻是開風氣之先，我想這對台語詩的發展也有相當程度的影響吧！

・林　廣（1952～），本名吳啓銘，南投人。輔仁大學中文系畢業，現任教於台中衛道中學。2000年獲頒詩運獎，2004年得到台中大墩文學貢獻獎。

10 吳晟所驗證的現實主義新詩美學　蕭蕭

一、台灣現實主義者的美學傾向

　　現實主義者堅信：文學是與土地「骨肉相連」、與人民「血淚相關」的道德志業。

　　文學創作者，最基本的個人氣質、才具與美學信仰，或許使他自覺或不自覺走向不同的文學之路，這種不同的途徑所形成的景觀，大約可以簡略分爲四種類型：一是純粹美的追尋，如古典主義與浪漫主義者，他們會選擇美的題材，美的形式，美的語言，透露他們內心對美的渴望；二是典範的追求，潔癖性的完善的傾慕，理性主義者所夢想的境界，意象主義者、象徵主義者所創造的文字世界，均屬此類；三是悅樂的發現，對於生活經驗、創作歷程，講究方法論的文學工作者要從技巧的操縱、語言的冒險，得到最大的快感，超現實主義、後現代主義，都能樂此不疲，爲社會大眾帶來驚喜；四是眞的挖掘，這是現實主義者的宗教，生活就是一切，生活的原貌就是文學不必修飾的美，活在此刻，活在眼前，活在當下，跟時代同脈搏，跟語言共呼吸，跟土地、人民相與視息。

　　現實主義是目的論，也是方法論，其目的在具體呈現現實，積極批判現實，企圖改造現實；其方法則是以細膩鋪陳反映生活的眞實，以塑造典型顯映本質的眞實。目的與方法，合而爲一。如：言「其目的在具體呈現現實，積極批判現實，企圖改造現實」時，呈現現實，批判現實，其實就是一種方法的指陳；言「其方法則是以細膩鋪陳反映生活的眞實，以塑造典型顯映本質的眞實」時，反映生活的眞實，顯映本質的眞實，未嘗不可以說是目的的追求。特別是狹義的現實主義者，目的與方法結合爲一，言論與行動相伴而行，如日治時代的賴

和（1894～1943），以雜入台灣話語的漢文白話文創作文學，開啓台灣新文學的先聲，被譽爲台灣新文學之父，之外，他在一九二一年十月加入「台灣文化協會」所參與的社會政治改革運動，掀起巨波大浪，影響深遠，正是言行相符的顯例。二十世紀前期的現實主義者賴和如是，二十世紀後期的現實主義者吳晟（1944～）亦然，五十多年來吳晟植根於自己的土地，不曾遠離，台灣農民、台灣農地、台灣農作：形成吳晟憫農詩篇的主要活力，而吳晟自己正是務農維生的農耕者，鋤耕與筆耕並行；二十多年來地方自治選舉，文宣、站臺，吳晟亦花費甚多心血，過程與結果兼顧。這是狹義的、積極的現實主義者。

　　所謂狹義的、積極的現實主義者，是指十八世紀末、十九世紀初取代浪漫主義而在歐洲具有主導地位，能以自覺的意識、細節描述的手段，眞實反映生活的文藝流派，巴爾札克、福樓拜爾、莫泊桑、狄更斯、普希金、果戈里、托爾斯泰、左拉、羅曼·羅蘭、哈代、托瑪斯·曼等人，都是歐洲文壇的佼佼者。十九世紀三〇年代至六〇年代，俄國革命民主主義者別林斯基、車庫尼雪夫斯基所發展出來的寫實主義美學，極力主張藝術應當具有「人民性」，與現實革命鬥爭相結合，能反映人民的願望；藝術也應當具有「時代性」，要能體現時代精神和鬥爭意志；爲了體現藝術中的思想（或者稱爲「情致」），藝術也應當具有「行動性」，可以是「活的激情」的熱烈燃燒。台灣新詩人雖不以主義屬性爲其歸類依據，但日治時代的賴和，戰後的吳晟、詹澈等彰化詩人，觀其創作理念、詩學成就、與時代互動的行徑，或可視之爲狹義的、積極的、行動派的現實主義者。

　　廣義的現實主義，以漢文（漢族）文學傳統而言：《詩經》的內容以書寫地方民情的十五國風爲「風雅頌」之首，作法則以「直陳其事」的「賦」爲「賦比興」的基礎；《離騷》是因爲「意有所鬱結，不得通其道」而作；詩的兩個源頭（詩經與楚辭）也正是現實主義的源頭。漢代樂府是民間歌謠的輯錄，古詩是樂府的仿作，都可以視爲

白話、民間文學的主流，現實主義的主流。唐詩是上自皇帝下至乞丐的全民文學，杜甫因爲書寫民間疾苦而被稱爲「詩聖」，因爲忠實記錄安史之亂而被稱爲「詩史」，白居易主張「文章合爲時而著，歌詩合爲事而作」，則是現實主義的高潮。至乎元代的戲曲、明清的小說，與人民的生活更是息息相關，好像是圍繞在生活週遭的溪河細流，無時不涓涓滴滴，絮絮聒聒，化入生活之中。至於台灣新詩壇，廣義的現實主義書寫者極多，以《笠詩刊》爲其大本營，[1]但詩作傑異而有美學特徵者，當推「被迫」跨越語言的林亨泰與「自主」跨越語言的向陽。

現實主義是一個隨時代而成長，隨時勢而變易的文學流派，在歷史的長流中湧現不同的浪花。[2]因此以時代（賴和）、語言（林亨泰）、土地（吳晟）三項、三位彰化詩人，見證台灣現實主義詩作的美學傾向及其歷史地位與特徵，最爲恰當。

（一）時代下的種族與境遇：日治時代的現實主義者

世界各地的現實主義者，可能隨著所處時代而有美學角度的轉移，思想觀念的改變，但像台灣這個島嶼，在短短的一兩百年間，時代格局迥異，種族接觸頻仍，環境變遷迅速，恐怕是絕無僅有的現象，特別是在日治時期。

十七世紀以前，很長的一段時期，台灣是原住民的天下，以漁獵

---

1 笠詩社，《台灣精神的崛起——笠詩論選集》，高雄：春暉出版社，1989年12月，294～314頁「詩與現實」座談紀錄。

2 參見鄭明娳編，《時代之風——當代文學入門》，臺北：幼獅文化公司，1991年7月，2頁。書中略謂：「寫實主義，另譯現實主義，是一個文體變動不居、含義曖昧矛盾、可以多方擴充角色的文學流派術語。寫實主義難以過止地吸收修飾語而形成新的歧義，如批判寫實主義，理想寫實主義，反諷寫實主義，心理寫實主義，社會主義寫實主義，等數十種，其中有許多術語如魔幻寫實主義，已經和寫實主義的基本原則大相逕庭，反而歸入現代主義的一支。」

維生的時代，其後漢人渡海來台墾殖，葡萄牙、西班牙人海上行商、關稅、傳教等活動，雖有衝突、剝削，但未曾引起生民作息巨大的衝激。直至一六六一年，鄭成功（1624～1662）率軍來台，大批漢人入境，形勢有了變革。「在這之前，台灣的漢人雖群居，而並無族群意識，鄭成功在台灣建立了政權，才使此地漢人形成漢族意識，畢竟政權的確立和隨之而來的文教制度是塑造凝聚族群意識不可或缺的條件。也因爲鄭成功的民族主義乃是抗爭性、解放性的，因此使台灣漢人在型塑其族群意識之時即染上抗爭的色彩。」[3]島上居民生態自此轉變，漢人農耕成爲台灣經濟的主要命脈，台灣進入農業時代。台灣人的種族意識在歷史環境的變遷中有了省思的機會：鄭成功爲避開滿清外族的統治，轉進台灣建造遺民社會，在全中原都爲滿清管轄之時，獨留台灣賡續中原文化，這是第一度省思。鄭成功爲驅趕荷蘭人，寫下鏗鏘有力的〈與荷蘭守將書〉，爲收復失土，面對外族而能理直氣壯，這是第二度省思。從此，漢人與台灣原住民如何同生共榮於這個島嶼，不同種族不同文化如何相互激盪，則是台灣人永遠應該省思的問題。這樣的三度省思，在面對日本強權入侵時，卻激起了更強烈的民族意識。無論如何，相對於滿族而言大和民族絕對是一個外來民族，相對於葡萄牙人而言日本人是以勝利者的強硬姿態君臨台灣，使得型塑族群意識染織著抗爭色彩的台灣人，爆發了全面性的對抗，從武裝抗暴，到政治、文化的覺醒，台灣意識的抬頭，日治下的現實主義者正視這樣的問題，思考台灣未來的走向，賴和正是其中的先覺者。

（二）語言裡的人性與物理：跨越語言的現實主義者

日治時代日本殖民政府以日語爲台灣的國語，台灣人平日溝通、思考則仍以母語（閩南話、客家話、印度尼西亞語系的原住民語言）

---

3 陳昭瑛：〈明鄭時期台灣文學的民族性〉，《台灣文學與本土化運動》，臺北：正中書局，1998年4月，37頁。

為主，書寫時則以漢字文言、漢字白話與日文為大宗。但自一九二○
年台灣新文學發展之後，漢字文言日漸式微；一九二四年十月連溫卿
在《台灣民報》連續發表〈言語之社會的性質〉、〈將來的台灣語〉
之後，台語的保存與運用也成為對抗殖民統治的一種無形的武器；一
九三○年八月黃石輝在《伍人報》（第九號）發表〈怎不提倡鄉土文
學〉時，力主「用台灣話做文，用台灣話做詩，用台灣話做小說，用
台灣話做歌謠，描寫台灣的事物。」[4]之後，台灣話文與漢字白話
文、日文，成為日治時代台灣新詩的主要書寫工具。

　　自稱「走過現代，定位鄉土」的林亨泰（1924～），其求學過程
中雖然有碰觸「漢文課」（漢字的四書五經、古文詩詞）的機會，卻
是以日語訓讀而非以台語閱讀，即使從日語的「詩吟」中體會漢詩之
美，林亨泰自承這些古典漢詩對他的創作並無影響。[5]因此，一九四
九年國民黨政府來台，推行國語（北京話）政策，中文書寫，禁止使
用日語日文，林亨泰身受其苦，早已習慣使用日文閱讀與寫作的他，
必須拋棄這項拄杖，改習全然陌生的中文，因而謔稱像他這樣經歷
「台語→日語→中文」的詩人為「跨越語言的一代」。

　　跨越語言的一代在語言學習上可能有他的盲點與障礙，但作為一
個以刻劃台灣現實為其職志的詩人，林亨泰卻顯現現實主義美學上異
乎常人的特質，那就是：人的本性的追索，物的原理的探求。因為中
文使用無法達至圓滑暢順，內心的思路必須多繞幾圈，下筆之前必須
更加慎重，因此在現實的背後，人性與物理的知性思考也就更為深邃
與開闊。跨越語言的現實主義者不在現實表象上多所著墨，卻深入現
實之中耕耘。

4　廖毓文（廖漢臣）：〈台灣文字改革運動史略〉，原載《臺北文物》第三
　　卷第三期、第四卷第一期，1954年12月、1955年5月。
5　呂興昌：〈林亨泰四○年代新詩研究〉，收入《林亨泰研究資料彙編》下
　　冊，彰化：彰化縣立文化中心，1994年6月。

（三）土地中的情愛與事義：扎根土地的現實主義者

　　一九四九年隨國民黨政府來台的人士背離自己的鄉井，遠離了自己的土地，一時之間又無法認同腳下客居的泥土草根，無法確信眼前現實為真、進而付出相當的關懷，因此，正如簡政珍在撰寫〈八○年代詩美學〉中所回顧的「五、六○年代是一個超現實詩的時代，詩人感受現實的威嚇，但無力迎拒現實，因而躲進自我的心靈世界，詩從真實世界中放逐，而在超現實的世界殘存。由於和外在世界隔離，語言幾乎喪失訊息溝通的功能，而變成一種類似的文字遊戲；如此的詩是自我的嬉戲，而非和現實辯證。」「七○年代是另一個極端，許多詩人大膽跨入現實。但反諷的是，詩的介入現實，卻變成現實對詩的干預。表面上是詩介入現實而重整現實，但實際上是詩變成現實的工具，文字被動承載訊息，詩淪落成口號吶喊的化身。」[6] 簡政珍批判了悖離土地、無顧現實的超現實詩作，也指責了意識型態重於一切的劣質現實詩。但是，就在這樣的年代裡，長年扎根泥土，深耕現實的吳晟，卻以拙樸的現實詩美學呈現泥土的芬芳，稻作的文明，親情的可貴，護鄉的情操。這種堅實的本土寫實風格，正如宋田水所稱：「他的詩不是渾沌世界裡，一些無色無臭的夢話，而是土地深處開出來的、有根有葉的生命之花。」[7]

　　扎根土地的現實主義者吳晟，著著實實以自己立足的土地為傲，以先祖的傳承為榮，他不必像賴和要跟時代、殖民政府對抗，不必像林亨泰要跟語言、白色恐怖對抗，他可以充滿信心，有情有義，書寫自己的鄉土自己的鄉親，他要對抗的是使自己的家鄉沉淪，使家鄉的土地受到蝕害的外來力量。

　　台灣的現實隨著政局的變遷而變易，台灣的現實主義詩人也隨著

6　簡政珍：〈八○年代詩美學〉，收入於《台灣現代詩史論》，臺北：文訊雜誌社，1996年3月。

7　宋田水：《「吾鄉印象」的鄉土美學》，臺北：前衛出版社，1995年2月，148頁。

時代的變異而有著不同的對應——勇於面對現實，或許正是現實主義詩人的本質。

二、吳晟驗證的現實主義美學

余光中認為吳晟是奠定鄉土詩明確面貌的詩人[8]。「鄉土詩」定義如何？約略而言，鄉土詩有三個共同的特色，那就是以鄉土的語言，寫作鄉土的人、事、物，表達濃厚的鄉土感情。[9]鄉音、鄉人、鄉情，這三項缺一不可。莫渝認為「鄉土詩」應該相當於西方文學中的「地區主義」（regioualism）加上「地方色彩」（local color），所以需具備：一、描寫台灣的歷史、地理與現實為前提；二、突顯一個地方——不限農村或小市鎮，特殊的生活風貌，具有濃厚的地方色彩，傳達出風土人情，讓讀者呼吸到泥土的氣息與芬芳；三、文字表現寫實明朗，展示樸素的風格。[10]可以歸結為：台灣、地方、明朗三要素。以此三要素來看吳晟的作品，吳晟的作品全面具足鄉土詩的要求。但莫渝在〈六〇年代台灣的鄉土詩〉中，只願承認吳晟的《吾鄉印象》是「鄉村詩」：「描寫鄉村，只是鄉土詩的一種風貌而已。」[11]消極而言，莫渝既已首肯描寫鄉村是鄉土詩風貌之一，就已承認吳晟的詩是鄉土詩；積極而論，吳晟的詩不只是一鄉一村、地區主義、地方色彩的鄉土詩而已，扎根土地、捍衛土地的使命感，才真是吳晟「土地詩」的真精神。李漢偉在《台灣新詩的三種關懷》裡「鄉土議

---

8 余光中：〈從天真到自覺〉，余光中：《青青邊愁》，台北：純文學，1977，125頁。

9 蕭蕭：〈向孩子說些什麼？——讀吳晟的《向孩子說》〉，蕭蕭：《現代詩縱橫觀》，台北：文史哲出版社，1991，249頁。

10 莫渝：〈六〇年代台灣的鄉土詩〉，封德屏編：《台灣現代詩史論》，台北：文訊雜誌社，1996，200頁。

11 同前註，《台灣現代詩史論》，221頁。

題」的現實關懷中，以大量篇幅討論吳晟的作品，他認為台灣新詩的「土地」之愛，有三個特色：其一是展現儉樸勤奮的耕作精神，其二是展現眷戀土地的深深之情，其三是展現認同的扎根意識。[12] 我以為，將這三個特色視為李漢偉評論吳晟作品的結論，亦甚恰當；換言之，「鄉土議題」的現實關懷中，吳晟有著標竿式的典範作用。

吳晟（1944～），本名吳勝雄，彰化溪州人。一九四四年九月八日生，省立屏東農專畢業，擔任溪州國中生物教師，以迄退休，現專事耕讀。曾獲中國現代詩獎，應邀赴美國愛荷華大學「國際作家工作坊」訪問。著有詩集《飄搖裏》（自印，1966／台北：洪範，1985）、《吾鄉印象》（新竹：楓城，1976／台北：洪範，1985）、《向孩子說》（台北：洪範，1985）三書。另有詩選《泥土》（台北：遠景，1979）、《吳晟詩選》（台北：洪範，2000）二種。

有人說，作家的第一本書往往是自己的小傳、童年記憶。這就是從腳下出發的意思。但是，有人一輩子都是在寫自己腳下的這一片土地，以愛鄉護土作為自己終身的職責。「鄉土」、「土地」，已經不只是字面上的那一層意義。張文智說：「台灣的族類認同體系，根本上是以『地域』為依歸的（有別於其他依據，譬如：宗教信仰）。然而，誠如文學作品中把『土地』與『命運』相連結一般，此『地域』的意涵，遠超過地理上的『地方性』的單純意義，而是與政治的處境融合的，涉及對整個生存環境的認定。」[13] 譬如吳晟說：「赤膊，無關乎瀟灑／赤足，無關乎詩意／至於揮汗吟哦自己的吟哦／詠嘆自己的詠嘆／無關乎閒愁逸致，更無關乎／走進不走進歷史」（〈土〉之首段），這是赤裸自己、赤裸農民身分的「宿命」；「不掛刀、不佩劍／也不談經論道說賢話聖／安安分分握鋤荷犁的行程／有一天，被迫

---

12 李漢偉：《台灣新詩的三種關懷》，102頁。

13 張文智：《當代台灣文學的台灣意識》，台北：自立晚報社，1993，96頁。

停下來／也願躺成一大片／寬厚的土地」（〈土〉之末段）[14]，這是扎根土地，永不離棄的決志。〈土〉這首詩，顯示了吳晟與土地、土地與命運之間的連鎖性關係，十分緊密。

對於「遠行」的人，吳晟詩中常會出現道德的勸說，感性的諷喻，如：「遙遠的星光特別燦爛嗎／如果照不見腳下的土地／那是為誰而炫耀／遨遊的眼界特別開闊嗎／如果無視於身邊的山川／是否隱含倨傲」。或如：「當你負笈遠赴異邦／漂泊多年之後，踏回島上／我以滿懷欣喜／迎接你的歸來／而你竟也忘了／這是我們自己的土地／並且迷茫地唱著／——我不是歸人啊我是過客」。[15] 甚至於化身為「老農婦」的口吻，說：「秋風啊，你們要怎麼蕭瑟的吹／就怎麼吹／不必告訴我／流落異國的孩子／怎樣抵禦寒冷的鄉愁」。[16] 既然要遠離鄉土，就要自己去承擔寒冷的鄉愁，即使是母親也不再加以眷顧。

對於「遠來」的人，吳晟詩中則充滿自信，歡心接納，積極展現，一種實實在在站在土地上的滿足與驕傲，如：「我不和你談論詩藝／不和你談論那些糾纏不清的隱喻／請離開書房／我帶你去廣袤的田野走走／去看看遍處的幼苗／如何沉默地奮力生長」。[17]

吳晟的認知裡，遠行就是棄絕「土地」，就是對「土地」的不敬，「土地」才是他唯一的信仰。因此，非本鄉本土的事物，對他而言，都是「入侵」，對於入侵的事物，一律排拒，路燈、電視、汽車、城裡回來的少年，都在他鄙棄的行列中（參見〈店仔頭〉、

14 吳晟：〈土〉的首段與末段，吳晟：《吳晟詩選》，台北：洪範，2000，109～110頁。

15 吳晟：〈角度〉，吳晟：《吳晟詩選》，268～270頁。／吳晟：〈過客〉，吳晟：《吳晟詩選》，268-270頁。

16 吳晟：〈秋末〉，吳晟：《吾鄉印象》，台北：洪範，1985，17～19頁。楓城版無此詩。

17 吳晟：〈我不和你討論〉，吳晟：《吳晟詩選》，65～67頁。

〈路〉)。甚至於來吾鄉郊遊「夢般的少年」隨意的讚美,來吾鄉考察「意態瀟灑的人士」不經心的嘆賞,餐桌邊「可愛的小朋友」說:好香好好吃唷,都讓他苦笑(參見〈苦笑〉)。

吳晟對鄉土的愛,不是表現在鄉土「地表上」風景的優美,山川的壯麗;他的詩,不在描繪鄉土的可愛,土地的美。吳晟對鄉土的愛,表現在他「內心裡」對土地的執著,他的詩,在強調鄉土的踏實,土地的眞。甚至於可以更愚直地說:因爲它是「我的家鄉我的土地」,所以我愛它,此外無他。

這種吾鄉吾土的「唯土史觀」所表現的現實主義美學,其實就是「勞動」二字,吳晟《吾鄉印象》以寫母親的六首詩放在首輯「泥土篇」,因此留給讀者極爲深刻的印象:泥土中永不停歇的「勞動」的母親。這不停「勞動」的母親,未嘗不是「大地」的象徵(輯名:泥土),大地(泥土)所提示的:勞動不一定有收穫,不勞動絕對沒有收穫,是農民信守的哲學,是吳晟詩中引以爲傲、又引以爲憂的現實主義美學。可以說,台灣新詩的鄉土詩、田園詩以吳晟爲代表,吳晟的田園詩、憫農詩則以鄉土的語言、樸素的生活、農民的勞動爲其主軸,藉此以固守家園、對抗沖激,顯現農民憨直性格。這些詩作大都寫於一九七〇年代,但在完全進入工商電子時代的今日台灣,吳晟的田園風格、憫農精神、寫實堅持、勞動美學,有著碩果僅存、彌足珍貴的價值。

宋田水認爲吳晟詩作所包含的特色和精神,是:一、寫近在眼前的現實;二、相信生活而不迷信理論;三、以無力者的立場替無力者說話。[18] 這裡的「無力者」是指生活資源欠缺、屬於弱勢族群的農田勞動者,這裡的生活是指著無止盡的農田勞動,這裡的現實就是土地上的勞動者無止盡的農田勞動,其所呈現的美學:「以拙對巧,以寬

18 宋田水:《「吾鄉印象」的鄉土美學——論吳晟》,台北:前衛出版社,1995,144頁。

厚對狹窄，以懷抱代替口號，以直爽代替蹩腳。」宋田水認為：「這些特質，可能得自於農人坦蕩明快的說話風格，這些坦蕩明快詩篇，也許因為樸素而顯得不夠耀眼，但是它寫實中有言志，言志中有著抒情；而濃厚的社會懷抱，使得民間疾苦在它的字裡行間，都化成了筆底波瀾！」[19]

二○○二年，吳晟因此獲得彰化縣縣政府頒贈磺溪文學獎成就獎，讚辭如下，可以見證作為土地寫實主義者「記鄉、憫農」的成就：

> 悲農人，憫農事，繫農物，傳農情，
> 領人道主義之大纛；堪稱新詩界的榮光，散文家的典範。
>
> 記鄉人，寫鄉事，歌鄉物，詠鄉情，
> 總鄉土文學之大成；正是彰化人的驕傲，台灣島的楷模。

三、吳晟顯現的現實主義美學特徵

在世界文學的論述中，現實主義可以細分為各種類型的不同流派，Damian Grant 著，蔡娜娜譯的《寫實主義》書中，就提到這許多類型：「批評寫實主義（critical realism），持續寫實主義（durational realism），動態寫實主義（dynamic realism），外觀寫實主義（external realism），奇幻寫實主義（fantastic realism），下層寫實主義（infra-realism），反諷寫實主義（ironic realism），戰爭寫實主義（militant realism），樸素寫實主義（native realism），民族寫實主義（national realism），自然寫實主義（naturalist realism），客觀寫實主義（objective realism），樂觀寫實主義（optimistic realism），悲觀寫實主義（pessimistic realism），塑造寫實主義（plastic realism），詩的寫實

---

19 同前註，145 頁。

主義（poetic realism），心理寫實主義（psychological realism），日記寫實主義（quotidian realism），浪漫寫實主義（romantic realism），諷刺寫實主義（satiric realism），社會寫實主義（socialism realism），主觀寫實主義（subjective realism），超主觀寫實主義（super-subjective realism），靈視寫實主義（visionary realism）。」[20]究其根柢，我們可以這樣說，現實主義是文學最基本的底流，自我、土地、人民、自然與人類共生共榮的生物群，這些就是生活中的現實，「除卻土地，何有文學？」「除卻人性，哪有文學？」這樣的呼籲，其實都指向文學的現實主義走向。

　　就台灣文學而言，周慶華卻認為「新寫實道路」是被「規劃」出來的。他認為台灣五十年來文學創作理念上的迷思，就是「現實／超現實」的兩極扭力。他深信以人的認識能力來說，「現實」永遠不可知，不論是「現實主義」的「外在真實」，或「超現實主義」的「內在真實」，因此，兩極之間的扭力、鬥爭，就是一種迷思。針對這種迷思，他提出突破的辦法是建立這樣的認知基礎：

　　（一）「現實」是以語言的形式存在的。

　　（二）「創作」是「重組」、「添補」或「新創」自己所認知的、以語言的形式存在的局部現實。[21]

　　這兩點認知，其實就是一句話：「文學裡的現實不是人生裡的現實」。

　　不過，周慶華所指出的這點迷思，卻反證「現實主義」與「超現實主義」都是「現實主義」，只是在「寫實」的比例上、尺度上、方向上、意識型態上，有著某些歧異。當然這也反證現實主義「是一個文體變動不居、含義曖昧矛盾、可以多方擴充角色的文學流派術

---

20 Damian Grant 著，蔡娜娜譯：《寫實主義》，台北：黎明文化公司，1973，1～2頁。

21 周慶華：〈台灣五十年來文學創作理念上的一個迷思〉，《台灣文學與「台灣文學」》，台北：生智文化公司，1997，95～114頁。

語。」[22]

　　然則，在歧異的現實主義當中，難道沒有美學上的共同特徵？仔細歸納台灣現實主義的詩作，吳晟的作品呈現出「真型、真誠、真切、真知」現實主義的四大特質，舉證如次。

（一）真型：不避刪削

　　朱光潛在《現實主義的美學》中說：「哲學用抽象思維，達到概念；詩用形象思維，達到形象。」他引用別林斯基評《智慧的痛苦》裡的話說明這種觀念：「詩是真理取了觀照的形式；詩作品體現著理念，體現著可以眼見的、觀照到的理念。因此，詩也是哲學，也是思維，因為它也以絕對真理為內容；不過，詩不是取理念按辯證方式由它自身發展出來的形式，而是取理念直接顯現於形象的形式。詩人用形象來思維，它不是論證真理，而是顯示真理。」「詩的形象，不是一種外在於詩人的或次要的東西，不是手段而是目的；否則它就不會是形象而只是象徵（符號）。呈現於詩人的是形象而不是理念，離開形象，詩人就見不到理念。……詩人從來不存心要發揮這個或那個理念，從來不給自己定課題；用不著他的自覺和意志，他的形象就從想像裡湧現出來。」[23]

　　詩是形象思維，詩以形象思維顯示真理。所以，詩人的工作就是塑造形象。被壓迫的台灣人如何痛苦，賴和來塑造；農舍如何恬靜、防風林如何波動，林亨泰來塑造；工商革命後的農民掙扎，吳晟加以塑造；妓女、老兵、原住民的形象，詹澈加以塑造；台灣森林、草原、溼地、沼澤裡的生物，劉克襄塑造；布袋戲班的頭師、佈告欄下的員工，向陽塑造。現實主義詩人塑造了台灣八十年來的歷史圖像。

---

22 鄭明娳等編：《時代之風——當代文學入門》，台北：幼獅文化公司，1991，2頁。

23 朱光潛：《現實主義的美學》，台北：金楓出版公司，1987，111～113頁。

　　塑造形象，創造意象，這是詩人寫作的第一步工作，不限於現實主義詩人。但現實主義詩人更要在塑造形象的過程裡，思考如何透過「殊相」的塑造達成「共相」的確立。古典主義者認爲國王要有國王的樣子，奸臣要有奸臣的長相，就像平劇裡的臉譜，紅色有紅色的意義，黑色有黑色的普遍象徵；自然主義者爲同一種類的生物尋求共同的特徵，他們認爲具體顯示「種類特徵」就是美的呈現。這就是現實主義者「類型」的歸納。寫母親要寫出母親的類型，寫被殖民者要寫出被殖民者的類型。「類型」既定，在寫實主義的歷史長流裡自然形成傳承，後來者的寫作要符合前行者的「型」，這就是「定型」。因此，在現實主義的作品中，我們很容易找出「勞工」的共相加以論述，很容易找出「弱勢者」的典型加以分析，理出前因後果。[24]

　　「塑型→類型→定型→典型」，這種眞型的追求，「不避刪削」，必須劃去不必要的枝枝節節，劃去可能造成衝突的矛盾現象。最顯著的例子，最凸出的範式，是吳晟的「農婦」母親，吳晟詩文中，聚焦聚光於母親身上，不寫其他農婦，這是第一層次的「刪削」；寫母親時，專注於農婦的「苦」與「勞」，不寫母親的喜與樂，這是第二層次的「刪削」；以一例萬，吳晟的母親成爲台灣農婦的典範。「吳晟所有的著作中，對於母親有一種信徒對聖母的禮讚，因爲母親不止是他個人的血親，還是大地之母，是農村一切價值觀念最後的堡壘。」[25]吳晟自己也承認，農婦「雖然主要是以母親爲主，但在我心目中，我所想寫的，卻是所有的鄉親，所有和母親一樣坦朗、勤奮、而堅忍的鄉下婦女。」[26]現實主義的「典型」美學，即是先求典型的理想化，再求典型的普及化。

---

24 朱光潛：《狂飆時代的美學》，台北：金楓出版公司，1991（再版），42～60頁，〈導言〉中有單節論述「藝術典型」。

25 宋田水：《「吾鄉印象」的鄉土美學──論吳晟》，台北：前衛出版社，1995，72頁。

26 吳晟：《農婦》，台北：洪範書店，1985，178頁。

有捨，所以有得。削枝刪葉，所以能豎立現實主義的標竿。

（二）真誠：不避醜惡

眞誠發自於內心。所以不避醜惡。

《中庸》說：「唯天下至誠，爲能盡其性；能盡其性，則能盡人之性；能盡人之性，則能盡物之性；能盡物之性，則可以贊天地之化育；可以贊天地之化育，則可以與天地參矣。」（第二十二章）。至誠發自於心，所以能將自己心性中的至善至美發揮出來，甚至於推己及人，幫贊他人發展善性，協助人以外之物也能發展它的本性，這樣，天下就是一個諧和的世界。現實主義詩人之所以寫作，正是因爲關懷眾生，要將自己心中理想的世界藍圖，實現於現實生活中。這種「至誠」的說法，在別林斯基的論述裡喚作「情致」：

「情致就是對某一思想的熱烈的體會和鍾情。」[27]

「詩人如果不辭勞苦，要從事於創作的艱辛勞動，那就意味著有一股強烈的力量，一種壓制不住的熱情在推動他，鼓舞他。這種力量和熱情就是情致。」[28]

「情致這種熱情卻永遠是由理念在人心靈中激發起來的，而且永遠奔向理念，因此，它是一種純然道德方面的神明境界的熱情。這種情致把單純通過理智得來的理念將化爲對那理念的愛，充滿著力量和熱情的奮鬥。」[29]

所以，情致是思想與情感的融合，不存在腦海中藉後天的智慧思索而得，而是存在胸腔內、血液裡澎湃著的一種稟賦的善。「至誠」就是這種血液裡澎湃著的稟賦的善，所以在至誠眼中，也就無所謂「醜惡」，不會避開醜、臭、愚、皺、癡、陋，形成一種和諧的美。譬如鋤頭是笨重的，手掌是粗糙的，吳晟認爲一代一代傳承這樣艱辛的

---

27 朱光潛：《現實主義美學》，台北：金楓出版社，1987，125頁。

28 朱光潛：《現實主義美學》，127頁。

29 朱光潛：《現實主義美學》，128頁。

工作也不以爲苦：

〈蕃藷地圖〉

阿爸從阿公粗糙的手中
就如阿公從阿祖
默默接下堅硬的鋤頭
鋤呀鋤！千鋤萬鋤
鋤上這一張蕃藷地圖
深厚的泥土中[30]

「誠者，非自成己而已也，所以成物也。成己，仁也；成物，知也；性之德也，合外內之道也，故時措之宜也。」（《中庸》第二十五章）。眞誠是一種內斂的稟賦，必待外爍於人，才算完成。自我的完成是仁的表現，幫助他人完成自己，則需要智慧。內聖外王，才是合外內之道，眞正完成，這時，不論什麼時候做什麼事，都顯現出合宜、恰當，達到盡善盡美的境界。所以，眞誠的內心，要有眞切的行動。

（三）眞切：不避煩瑣

眞切付之於行動。所以不避煩瑣。

關於現實主義，如果將它與其他主義相較，或許可以得到更明確的清晰面貌。「和古典主義不同，現實主義反對從概念和類型出發，注重現實生活中活生生的、具有鮮明個性特徵的人和事物。」「和浪漫主義不同，現實主義要求冷靜地觀察和認識生活，對現實關係有深刻的理解和把握，按照生活本來的樣式反映生活。」「和自然主義不同，現實主義強調對生活現象的提煉和典型概括，強調細節的眞實和

---

30 吳晟：〈蕃藷地圖〉，《吳晟詩選》，台北：洪範書店，2000，158-160
　頁，此處節選。

生活本質的真實，反對對生活做赤裸裸的、不加選擇的描寫。」[31]綜合這些說辭，現實主義重視個性鮮明，具體反映生活，強調細節真實。所以可以看出台灣現實主義詩人在這種特質上的實踐，如吳晟在對孩子說話時的反覆叮嚀，使用類疊式的修辭、排比型的句法，就是不避煩瑣。

如〈不要看不起〉詩的前兩段：「阿公沒有顯赫的身分／蔭護阿爸／只是默默傾注了一生的牽掛／阿爸也沒有顯赫的身分蔭護你們／只能默默傾注一生的牽掛」，「在這個落後的村莊中／阿公只是渺小的人物／不能帶給阿爸榮耀／在這個落後的村莊中／阿爸只是平庸的人物／也不能帶給你們榮耀」，[32]反反覆覆地說著：阿公、阿爸的卑微、渺小，不能帶給孩子顯赫、榮耀，相同的句型、反覆的言詞，永遠是互文式的演出，一種真而急切心情顯露無遺。

再引〈例如〉一詩，詩中舉證腐朽的牆壁不能以斑斕的顏彩粉刷，像賊一樣掠奪別人的人無法裝飾自己的體面高貴，高喊口號哄抬自己的人終究會被揭穿，以此警惕孩子不要粉飾自己，要「以真實的面貌正視真實的世界」。[33]這首詩中所說的「粉飾自己」，其實只是「在臉上塗抹化妝品」的愛美舉動，但詩人卻遠引油漆匠的粉刷牆壁、近舉政治人物的口號哄抬，道德勸說孩子，而且口號式地狂喊：「那是沒有用的，那是沒有用的」，「捉賊啊！捉賊啊」，「不要欺騙吧！不要欺騙自己吧！」企圖從瑣碎中見出真切的情義。

現實主義詩人的詩篇大抵清朗可懂，不需註解，無不是因為這種特徵的具體呈現。

（四）真知：不避焦慮

---

31 王世德主編：《美學辭典》，台北：木鐸出版社，1987，447頁。

32 吳晟：〈不要看不起〉，《吳晟詩選》，台北：洪範書店，2000，148～149頁。

33 吳晟：〈例如〉，《吳晟詩選》，台北：洪範書店，2000，150～151頁。

現實主義者希望免除自然主義所謂的客觀書寫，也要避開現代主義的主觀挖掘，既能辯證地連結詩學想像與歷史記憶，本質與表象，又可以有典型的作用，普及的可能。真正傑出的現實主義者要能把台灣四百年的時空情境，當成是生動的有機體，一方面可以自由出入歷史，一方面能深入生民生存困頓之境，因此可以照見未來。現實，不應該只是今日的現實，還有即將到來的現實。現實主義者能有這樣的歷史情懷嗎？能有這樣的文學良心嗎？

「寫實主義的相應論是表達所謂的文學良心（conscience of literature）。」「當文學藐視或忽略了外在的現實界，而想從姜生博士（Dr. Johnson）所稱的『那個飄忽不定、放縱的』想像力吸取養分，而且只為那個無拘束的想像力而存在時，這個良心就會提出抗議。」[34]

「真知」的美學特質，就是這種文學良心的表達，歷史情懷的追索。因此，焦慮時時閃現在詩中。

赫伯特（Zbigniew Herbert）認為，戰後波蘭詩人的任務是「從歷史的災難中搶救兩個詞：正義與真理，缺少這兩個詞，所有的詩只是空洞的遊戲而已。」[35] 台灣現實主義詩人其實也長久處在焦慮中，在不同的時代搶救不同的心靈，為的只是不讓詩成為空洞的遊戲，不讓時代留下缺乏正義與真理的遺憾。賴和的吶喊，吳晟的憂心，詹澈的焦灼，都透露著先知一般的眼光。以吳晟的〈誰願意傾聽〉為例，可以看到詩人內心的焦慮：

〈誰願意傾聽〉

如果我委婉訴說
一畦一畦平坦如鏡的水田

---

34 Damian Grant 著、蔡娜娜譯《寫實主義》，台北：黎明文化公司，1973，17頁。

35 吳潛誠：《島嶼巡航——黑倪和台灣作家的介入詩學》，台北：立緒文化公司，1999，12頁。

如何認真繁衍
綠葉盈盈　稻穗款擺
自給自足的飽滿
你願意傾聽嗎

如果我激烈表達
工業毒水肆虐的水田
如何伴隨蔓草　叢生憂傷
叢生稻作快速萎縮的夢魘
你願意傾聽嗎

如果我痛切陳詞
所有目光集中經濟指數
各級官僚與議堂
如何縱容開發名目
霸道侵吞農地

你聽見了嗎
你聽見米糧即將棄絕的警訊
逐漸逼近了嗎

那一幅幅飢荒國度
不忍描述的乾瘦、浮腫、餓殍滿野
失去了悲哀的能力
只剩下空茫
註定是台灣島民的未來嗎

無論委婉、激烈或痛切
總之掩藏不住憂慮
啊，滔滔資訊喧囂擾嚷

各有眩目招搖的音調

我該尋求怎樣的發聲

才有誰願意傾聽[36]

　　第一段委婉述說稻野的美，有人願意傾聽嗎？第二段激烈表達工業毒水造成農作物的萎縮，有人願意傾聽嗎？第三段痛切陳詞過度開發所將造成的飢荒，有誰願意傾聽？詩人不惜以「乾癟、浮腫、餓殍滿野」的非洲飢饉現象，警示台灣農業破產可能造成的悲慘，層層顯露內心中掩藏不住的焦灼，層層逼近現實裡不可忽視的警訊，「眞知」的美學特質，在焦慮中層層浮現。

四、任重道遠：吳晟未來的台灣書寫

　　法國學者泰納（Hippolyte Adolphe Taine 1828～1893）曾揭櫫文學的三大要素：時代、種族、環境。他認爲「我們在考察那作爲內部主源、外部壓力、和後天動力的『種族』、『環境』、『時代』時，我們不僅徹底研究了實際原因的全部，也徹底地研究了可能的動因的全部。」在三大因素中，種族包含人的先天的、生理的、遺傳的因素，是內部主源，最終起決定的作用；環境包含地理因素（土壤、氣候等），是外部壓力；時代包含時代精神、文化傳統、風俗習慣，是前二者的合力，即後天動力。[37]

　　以這三大要素回看台灣現實主義詩人，台灣的種族因移民先後而有差異，因統治階層的更迭（荷蘭、明鄭、滿清、日本、國民黨、民進黨）而有變化，如今又因外勞、外籍新娘的引進，而起些微震盪；台灣的氣候受全球大氣、聖嬰現象影響，更受主觀意識的改變（海洋

---

36 吳晟：〈誰願意傾聽〉，《吳晟詩選》，台北：洪範書店，2000，241～243頁。

37 王世德主編：《美學辭典》，台北：木鐸出版社，1987，371～372頁。

國家觀點替換了大陸國家觀點）而推移；時代中的時代精神，因台灣
意識的覺醒、解嚴的衝激、歐美日韓文化的輸入，有了重大的變革，
影響所及，文化傳統、風俗習慣與時更新。現實在改，觀點在變，現
實主義創作時時在增減損益，現實主義論評必將隨著這三大要素的牽
動而追蹤觀察。因此，作為台灣重要的現實主義詩人代表，吳晟如何
走出溪州、走出鄉土，跟上二十一世紀的台灣現實，是二十一世紀的
台灣讀者所延頸企盼的。

　　　　──二○○七年十一月改寫自《台灣新詩美學》

・蕭　蕭（1947～），本名蕭水順，彰化縣人，1977年出版第一本新詩評論集
　《鏡中鏡》。2007年六十歲寫出台灣第一本區域詩學研究《土地哲學與彰化詩
　學》（晨星出版）。

11 吳晟詩中的自我與鄉土

呂正惠

一、

　　一九六二年，吳晟開始發表詩作，那時候他只有十八歲（西洋算法）。從六二年到六五年之間，他總共發表了三十三首詩。刊登這些作品的刊物如下：《文星雜誌》十首，《海鷗詩刊》五首，《野風雜誌》四首，《幼獅文藝》四首，《藍星詩頁》三首，《葡萄園》詩刊兩首（另三首各發表在一個刊物上，兩首未註明發表處）。應該說，在這四年裡，吳晟並沒有置外於當時的詩壇主流。但在其後的五年中（六六到七〇年），吳晟完全跟詩壇脫離關係，只在《南風校刊》和《屏東農專雙週刊》發表作品，其間只有在《笠詩刊》和《幼獅文藝》各刊登他的一首詩[1]。六〇年代後半期，吳晟似乎是自我放逐了。

　　一九六二年至六五年的詩作，《吳晟詩選》只收錄了一首〈樹〉（1963）[2]，但這一首卻頗有意思，值得分析：

　　　而我是一株冷冷的絕緣體
　　　植根於此
　　　——於浩浩空曠

　　　嘩嘩繁華過後
　　　總有春的碎屑，灑滿我四周
　　　而我是一株冷冷的絕緣體
　　　不趨向那引力

1　以上均據《吳晟詩作編目》，見《吳晟詩選》291～4頁，洪範書店，2000。
2　以下凡是在詩題之後注明的年數，表示該詩發表時間。

亦成蔭。以新葉
滴下清涼
亦成柱。以愉悅的蓊蔥
擎起一片綠天

而我是一株冷冷的絕緣體
植根於此
縱有營營底笑聲
風一般投來³

　　首行前無所承，卻以「而我」開始，這是當時的流行句法。以「樹」為題，且把樹比喻成「冷冷的絕緣體」，也是當時風尚。第三節的「亦成蔭」、「亦成柱」，感覺上好像是當時余光中式的句法。從命題、比喻、到造句，都可以看出詩壇主流的影響。不過，如果從表現「自我」這一點來看，又似乎和將來的吳晟有所關聯。

　　《吳晟詩選》的第二首詩〈選擇〉（1967）馬上可以看出這一關連：

刻滿霜寒的闊形面孔
不懂得隨季候變換臉色
我不是一具善於取悅誰的玩偶
以為再灑點兒春的殘屑
就能絆住我嗎
我已背起行裝，即將遠行

　　這是全詩的第一節，除了「春的殘屑」可和〈樹〉中「春的碎屑」呼應外，語言更趨於樸實，吳晟的自我風格似已逐漸成形。下面是關鍵性的第四、五兩節：

3　以下所錄吳晟詩作，均引自《吳晟詩選》（洪範書店，2000），隨文注出頁數。

讓欄柵裡的華麗

旋轉一扇一扇炫耀

讓瘖啞了的聲音

尖叫著豐腴的供養

且在冰涼的掌聲裡浮游

我已跨出腳步，即將遠行

若你讀到我孤獨的足印

在一面扉頁上的一小角

讀到我傷痕斑斑的落魄

你儘管鄙笑我的選擇

以笑聲誇示你預言的靈驗

按照這首詩的主題，吳晟大可套用當時流行的存在主義術語，題為「抉擇」，但他卻選用較為普通的「選擇」。不過，詩中所下的決心是很明顯的，他已決定不趕流行，走自己的路。當然，「在一面扉頁上的一小角／讀到我傷痕斑斑的落魄」，未免有些「孤苦」，以後的吳晟是不會說得這麼白的。

一般人所熟知的吳晟的詩風，似乎在一九七二年開始發表「吾鄉印象」詩輯時形成的。可以拿來和前兩首作為對照的，我選了〈例如〉（1977）這一首：

例如，看見某些人

以斑斕的顏彩

拼命粉刷早已腐朽的牆壁

常忍不住想告訴他們

那是沒有用的，那是沒有用的

例如，看見某些人

體面而高貴

卻肆無顧忌掠奪別人的東西

常忍不住想大喊出來

捉賊啊！捉賊啊

例如，聽見某些人

高喊著漂亮的口號，哄抬自己

常忍不住想揭穿

不要欺騙吧！不要欺騙自己吧

而你居然也學會

在臉上塗抹化妝品，粉飾自己

孩子呀！阿爸忍不住要告訴你

以真實的面貌

正視真實的世界吧

　　這首詩的前三節模仿民謠式的複沓、重疊，以加強效果，語言幾乎樸實無華，看起來好像沒有任何象喻，一般總以為沒有任何技巧。像「以斑斕的顏彩／拚命粉刷早已腐朽的牆壁」這樣的句子，有人可能還會覺得陳腐。但我覺得，「那是沒有用的」、「捉賊啊」、「不要欺騙吧」這種幾乎有點犯傻的實話，反倒可以戳穿到處可見的表演與偽善（也可以用到吳晟自己所選擇的政治黨派上）。這裡，吳晟的力量來自於出乎別人意料的絕對真誠的「自我」，類似於說出國王沒穿衣服的小孩。這是吳晟花了十餘年工夫逐漸形成的「自我」。

　　與〈例如〉同年創作，卻和〈例如〉形成有趣的對照的是〈不要駭怕〉，全詩五節，現節錄二、三、五節於下：

阿爸對世界有很多不滿

卻不敢向世界表示

只好向你們媽媽發脾氣

阿爸不是勇敢的男人

阿爸對世界有很多愛
卻不敢向世界說出來
唯恐再受到刺傷
只好以這種方式
向你們媽媽傾訴
阿爸是懦弱的男人

阿爸和你們媽媽，只是一對
卑微的小人物
生活這樣辛酸而沉重
只有爭吵爭吵
醱酵一些些甜蜜

　　前一首是以最樸拙的態度去面對社會與他人，這一首則反過來面對自己，能夠用以批評別人的，同樣也可以反過來批評自己，這是吳晟要求絕對坦誠所表現出來的「可愛」之處，它甚至蘊含了一種特殊的幽默感。

二、

　　以上第一節以最簡單的方式呈現吳晟從二十世紀六〇年代到七〇年代追尋「自我」的過程及其最終形成的面貌。從台灣戰後文學的整體角度來看，吳晟的這一心路歷程是非常獨特，因而值得大力表彰的。

　　可以說，自紀弦於一九五六年宣告成立現代派以來，台灣詩壇（可以擴大應用到整個台灣文壇、或台灣文化環境），「追新」與「跟風」逐漸形成風氣。許許多多的人熱切的追求新的主義，以為只有這樣才能證明自己高人一等。現在看起來，裡面的浮華與虛偽是非常明顯的，而當時卻不自覺，以為正在從事一項嚴肅的工作。

　　當時台灣正在進行緩慢而穩定的現代化，教育體制上，追求民主與個人自由的理念，最容易得到青年學生的認同。可能當時普遍推行的聯考制度，也加強了學生對自我成就的強烈欲求。總而言之，當時台灣出現了一種仿效西方個人主義的「自我」意識。

　　這種自我意識大概也只能在追求西方的現代新事物上得到滿足。所以，較聰明的、才智較高的，人人不肯落後，大家爭著撿拾報刊、雜誌出現的新概念、新名詞，以便為自己「創造」出一個全新的世界。現在的年輕人應該無法理解當時青年學生的求知慾，因為求知正是走向新世界、走向有價值的自我的唯一一條道路。

　　如果一個人慾望較強、神經較敏銳，而又自覺在這條道路上正在成為一個落伍者，他會非常的痛苦。我覺得，七等生的小說正表現了一個失敗的「自我」的自憐與煎熬。應該說，當時文壇到處瀰漫著敏感青年的「自我」，因為大家都極需別人的肯定，也就是說，大家都拚命隱藏自己脆弱的一面。

　　除了七等生之外，陳映真、王禎和、黃春明也都有同樣的內心掙扎，只是表現的不像七等生那麼明顯罷了。吳晟是詩人，不是小說家，但他的經歷無疑可以和這幾位稍微年長的作家相比較。最有趣的是，吳晟和黃春明一樣，最後都「淪落」到台灣最南端的屏東（一個讀屏東農專、一個讀屏東師專），離現代文化的中心台北最遠，而最後也都走上一條完全擺脫現代主義風格的創作道路。

　　吳晟最終成為一個鄉村中學教員、鄉下農夫和農村詩人的綜合體，在當時的台灣文壇，應該是一個特例。父親於一九六五年因車禍去世、大哥已到美國留學，所以，一九七一年他在屏東農專畢業後，回到家鄉任教，並和母親一同負擔農作，是責無旁貸的。這樣的經歷，使他最終擺脫了現代主義的影響，形成自己獨特的詩風。

　　從詩壇主流「淪落」到屏東農專，最後回到家鄉當鄉下教員兼作農夫，表面上吳晟成為現代「自我」的最大挫敗者，這好像是非常不幸的，因為他不得不從競爭的行列中提前退下。但也因此，吳晟最終

看到了這個自我的虛幻性，而完全置外於流行風尚。

不過，這個覺悟是有一個過程的。在「吾鄉印象」（1972～1977）詩輯，我們可以看到吳晟掙扎的痕跡，試看〈稻草〉：

在乾燥的風中
一束一束稻草，瑟縮著
在被遺棄了的田野

午後，在不怎麼溫暖
也不是不溫暖的陽光中
吾鄉的老人，萎頓著
在破落的庭院

終於是一束稻草的
吾鄉的老人
誰還記得
也曾綠過葉、開過花、結過果

一束稻草的過程和終局
是吾鄉人人的年譜

這裡的「稻草」，是被世人所遺棄，有一種苦澀的味道，但比「我傷痕斑斑的落魄」的「悲苦」稍好一些。又如〈野草〉：

我們是驕傲的
野生植物，嗯！我們是卑微的
野生植物

默默接受各樣各式的腳步
任意踐踏；默默接受
圓鍬、鐮刀、或鋤頭，任意鏟除

我們的子子孫孫，依然蔓延

……

陽光和雨水，甚至春風

啥人也不能霸佔

寬厚的土壤，不需要任何照料

詛咒吧！鄙視吧！鏟除吧

我們的子子孫孫，依然茂盛

……

　　這種稍嫌過度的驕傲，其實正如〈稻草〉的被棄心態一樣，同樣有一種心理上的無法自我滿足。

　　「吾鄉印象」詩輯，一直被視為台灣鄉土詩的代表。我卻覺得，它表現的，毋寧是一個失落的鄉下小知識分子尋找自我認同的過程。這個過程，在「向孩子說」詩輯中完滿結束。只要把前節〈例如〉和〈不要駭怕〉二詩拿來和〈稻草〉和〈野草〉對比，就可以發現，〈例如〉二詩具有〈稻草〉二詩所缺乏的鎮定。應該說，自一九六五年以來的自我放逐，到一九七七年終於以自我形象的確定而告一段落。吳晟也因這一階段的棄世（也被世人所棄）與重新自我肯定，而得以在台灣詩壇確立他的獨特地位。

　　回顧這一階段台灣文學發展，有一點不能不令人感到驚異。在台灣現代化的過程中，鄉村與小鎮所受到的衝擊，遠大於幾個城市。大量的農村人口移向城市，農村出身的知識分子也一批批的出現。然而，在現代主義文學中，這樣的農村幾乎找不到位置。這種情形，在現代詩中尤甚於現代小說。我們可以肯定的說，六、七○年代，台灣只出現過一位有份量的農村詩人──這就是吳晟在戰後台灣詩史上獨特位置之所在。他的地位，沒有人可以用任何方式加以否認。談（或選）台灣現代詩而不談（選）吳晟，只能證明他的文學史觀的極端偏頗。

三、

　　一九七六年，《吾鄉印象》出版，這是吳晟作品的第一次結集[4]；一九七九年，重新編選過的詩集《泥土》由當時最支持鄉土文學的遠景出版社印行；一九八〇年，美國愛荷華大學國際寫作計畫（I.W.P.）邀請吳晟赴美訪問一年。這幾件事代表了「鄉土詩人」吳晟已在台灣文壇確立了他的地位。[5]

　　事隔二十餘年，更年輕的一代恐怕對吳晟未必感興趣，即使有人閱讀吳晟，恐怕也未必如二十世紀七〇年代的人那樣的閱讀法。大約幾年前，有一位比我年輕得多的朋友，激烈的跟我爭辯，吳晟的〈蕃薯地圖〉寫的是「台灣」。最終，我以苦澀的心情放棄了爭論，因為我分明記得陳映真的〈試論吳晟的詩〉[6]引述過下列詩句：

> 是的，我們都令你失望
> 甚至令你感到羞恥
> 正如艱苦地養育我們長大的
> 中國的這塊蕃薯土地
> 不能帶給你光彩和榮耀
> ——〈美國籍〉（1978）[7]

> 聽一聽我們的江河，有多少話要説
> 探一探我們的山嶽，蘊藏多少博愛
> 望一望我們的平原，胸懷有多遼闊

4　1966年吳晟曾經出版過一本詩集《飄搖裡》（中國書局）。

5　1975年余光中在〈從天真到自覺〉一文裡，説：「只有等吳晟這樣的作者出現，鄉土詩才算有了明確的面目。」（見《青青邊愁》125頁，純文學出版社，1977）。由此即可見出，當時文壇對吳晟的看法。

6　原刊《文季》一卷二期，1983年6月，收入陳映真《孤兒的歷史　歷史的孤兒》，遠景出版社，1984。

7　《吾鄉印象》117頁，洪範書店，1985。

告訴你們不要忘了
這是我們未曾見過
卻是多麼親切的江河山嶽和平原
——〈晨讀〉（1979）[8]

我認識吳晟較晚，約在二十世紀八〇年代末、九〇年代初。但到了九〇年代中、末期，我已了解到，吳晟的想法一直往另一邊偏過去。因此，我們不能責備吳晟在《吳晟詩選》中不選這些詩作。我只能藉著這一件事來討論吳晟的「自我」與「鄉土」的關係。

按照我個人在七〇年代對「鄉土文學」的理解，它至少有兩個涵義：一、立足於自己的土地，吳晟上列兩首詩表達的就是這種感情；二、站在這塊土地上的廣大民眾的這一邊，所以，吳晟也曾以堅定的口吻這樣說：

因為你們身上沾滿了泥巴
他們竟說，你們是骯髒的

因為你們不會說bye bye
他們竟說，你們是愚笨的

因為你們的粗布衣裳和赤足
他們竟說，你們是粗俗的
……
孩子呀！無論他們怎麼說
阿爸確信，你們是最乾淨的孩子
阿爸確信，你們深深的凝視最動人
阿爸確信，你們樸素的衣著最漂亮
——〈阿爸確信〉（1977）[9]

8　《向孩子說》70～1頁，洪範書店，1985。
9　同上，7～8頁。

這一首詩《吳晟詩選》也未選錄。《詩選》中當然也有類似的詩作，但都不如這一首講得堂皇而正派。

如果我們把「鄉土」「確定」為某一塊具體的土地（這跟「立足於自己的土地」不同），並且要為這塊「土地」的「自主性」而奮鬥，這樣的說法明顯和七〇年代的一般理解有極大的差距，而且會和原來的理解產生矛盾。這是我對二十世紀八〇年後許多台灣知識分子的改變大惑不解的原因。「思想」是可以改變的，這應該承認，但如果可能這麼快就變過來，而且一點也不感到矛盾，那麼，「思想」這種東西也未免太「輕」了。

吳晟是「慢慢」變的，他如何變，為什麼會變，我不知道。但他從美國回來以後，曾「沉淪」過一陣子，他曾坦白的承認過：

自愛荷華歸來不久，曾幾何時，我竟一步一步陷進以往我最不能苟同的生活方式，且越沉溺越深，對文事非常失望、對自己非常灰心，對紛擾的世事非常厭倦。下班之後，不是和一些鄉友吃吃喝喝，便是坐近牌桌，不再熱心教育、不再關注社會，渾渾噩噩無詩無文。

多少個深夜，你獨自騎著機車四處找我，將我從酒桌、牌桌邊帶回家，淚眼汪汪的規勸我，甚至也曾越說越傷心而出手打我耳光，仍打不醒我的迷醉，挽不回我的振作。──〈期待〉[10]

吳晟曾跟我講述過在美期間的一些事，我也許可以據此稍加揣測，但也純屬揣測，不能行之於文。總而言之，吳晟終於「變成」另一個樣子，我以為他變得「偏狹」了，這對他的文學創作的敏感度明顯造成不利的影響。

為什麼說，把目光「確定」在一塊具體的土地上，會讓自己的視野變得狹窄起來呢？因為，為了這個「確定」，「能不能建立自己人的政權」就成為最關注的焦點，從而減弱了、甚或抹滅了本來該有的

10《吳晟散文選》198頁，洪範書店，2006。

同情心。如果我們確信，「泥巴」和「赤足」無損於人的尊嚴，爲什這一標準只適用於某一塊土地上，而另一塊土地上的同一種類的人就是類「垃圾」或「蟑螂」的東西[11]？同樣的，如果我們可以責備一個台灣同胞爲了台灣「不能帶給你光彩和榮耀」而想成爲美國人，我們怎能爲了「中國」「不能帶給你光彩和榮耀」而拒絕承認自己和中國有過千絲萬縷的關係？如果任何人拒絕再當台灣人或中國人，那是他的選擇，我們不能說什麼。但如果他說，因爲台灣或中國太過貧窮，太過落後，讓他感到難堪，我們雖然不能制止他的選擇，但我們有資格「鄙視」他，他應該算是勢利眼吧，我們也不想跟他交朋友。

不論如何，吳晟在二十世紀八〇年代之後，曾經有過長期的心理掙扎。正如他自己所說的，「從一九八〇年初，由於諸多因素，我的詩創作銳減，而後幾乎完全停頓。」經過長期的努力，「直到一九九六年，新的組詩〈再見吾鄉〉才經營完成。」應該說，吳晟自覺的努力是應該讓人佩服的，因爲他還很認眞的想當個詩人。但當我懷著期待讀完他送給我的半是手稿、半是剪貼稿的影印件時，我實在不知道自己能說什麼，所以我要寫一篇評論稿的承諾無法兌現。

〈再見吾鄉〉主要是關於台灣這塊土地的，關於土地的破壞是這一組詩的中心關懷點。現在把其中兩首詩節錄對照於下：

即使往昔那樣貧瘠

營養不足的年代

我們的稻穗，至多不夠飽滿

何曾遭遇什麼不妊症

如今不時炫耀富裕飽嗝

我們的千頃稻作

---

11 「垃圾」、「蟑螂」是二十世紀八、九〇年代不少反中國的文章，針對中國人的用詞。上個月，我在卡拉OK店又再一次聽到，一個台獨派說出了「蟑螂」這個詞。

未成熟竟已紛紛枯乾

這有殼無實的稻穀，如何收成

⋯⋯

更驚心的是，併入不適用耕地

也許正符合農家心願

趁機將稻穗不孕症

變更為有殼無實的繁華

——〈不孕症〉

如果我委婉訴說

一畦一畦平坦如鏡的水田

如何認真繁衍

綠葉盈盈　稻穗款擺

自給自足的飽滿

你願意傾聽嗎

如果我激烈表達

工業毒水肆虐的水田

如何伴隨蔓草　叢生憂傷

叢生稻作快速萎縮的夢魘

你願意傾聽嗎

⋯⋯

啊，滔滔資訊喧囂擾攘

各有眩目招搖的音調

我該尋求怎樣的發聲

才有誰願意傾聽

——〈誰願意傾聽〉

我覺得第二首比第一首好，第二首的語氣是「氣憤的」，比較有

感情；第一首是「講理的」，因爲感情不明顯而覺得都只是「詞句」。但在〈再見吾鄉〉裡，第一首的風格是「主調」。

在這個系列裡，我認爲最好的是下面一首：

寫詩的最大悲哀
不在於困苦思索
不在於寤寐追求
不在於字斟句酌的琢磨
……
寫詩的最大悲哀
不在於直接逼視人生的缺憾
又無補於現實
不在於必須隱忍人世的傷痛
壓縮再壓縮
……
那麼，寫詩的最大悲哀
也許是除了寫詩
不知道還有什麼方式
可以對抗生命的龐大悲哀
——〈寫詩的最大悲哀〉

這首詩所以感人，是因爲吳晟不再企圖「肯定」什麼，而只是寫出他的悲哀。相反的，其他的詩作不過是藉著「關心」這塊土地來表現他的「肯定」這塊土地，這是一種「變相」的表態，所以寫不出眞正的感情來。

四、

爲了和〈再見吾鄉〉加以對比，我們可以再對〈吾鄉印象〉稍加

回顧。〈吾鄉印象〉裡我認為最好的兩首詩，在一般的評論裡很少看到別人引述過。第一首是〈獸魂碑〉（1977）：

吾鄉街路的前端，有一屠宰場，屠宰場入口處
設一獸魂碑——

碑曰：魂兮！去吧
不要轉來，不要轉來啊
快快各自去尋找
安身託命的所在
不要轉來，不要轉來啊

每逢節日，各地來的屠夫
誠惶誠恐燒香獻禮，擺上祭品
你們姑且收下吧
生而為禽畜，就要接受屠刀
不甘願甚麼呢

豬狗禽畜啊
不必哀號，不必控訴，也不必
訝異——他們一面祭拜
一面屠殺，並要求和平
他們說，這沒甚麼不對

不必哀號，不必控訴，也不必
訝異——他們一面屠殺
一面祭拜，一面恐懼你們的冤魂
回來討命；豬狗禽畜啊
魂兮！去吧

　　這是從溫馴認命的農民身上所感受的人世的不公。擴大來講，難道在那些爲了幾萬元、十幾萬元而全家燒炭自殺的人身上，我們就看不到這些「豬狗禽畜」的命運嗎？另外一首是〈狗〉（1977）：

傳說，狗在子夜厲叫，必有甚麼事將臨——

你們也有不知怎樣排遣的寂寞嗎
你們也有不知怎樣抗拒的恐懼嗎
你們也有甚麼發現
急於警告吾鄉的人們嗎

汪！汪汪！汪汪汪
深夜裏，你們隱忍不住的叫聲
一聲比一聲焦急而悽厲
徒然擾亂吾鄉的沉睡

一切，不都安靜無事嗎
除了你們的叫聲
一切，不都安靜無事嗎
多疑多癡的你們，也去睡吧
安安靜靜睡你們的吧

你們到底擔心甚麼
你們到底望見了甚麼
那都只是莫虛有的幻影啊
不要再叫了
你們隱忍不住的叫聲
徒然惹人厭煩

　　吳晟在寫這首詩時，到底在想什麼，我可以推想得到。但是，把

這首詩放在二十、二十一世紀之交，大部分台灣人都感到滿意的時代，仍然可以產生震撼的效果。如果我們要說，吳晟這首詩是為了警示他的「台灣人」，那未免太離譜了。但是，這首詩仍然可以抽離他所創作的那個特殊年代，而仍然讓人感動。

這就是二十世紀七〇年代的吳晟和九〇年代的吳晟的區別。那時候，他「立足」於農村與廣大農民，所以敏銳地感受到一個有良知的知識分子本應該感知的東西。相反的，當他感到自足，從而用一塊土地來死死界定他的「自我」時，某些東西也就消失了。

去年（或者前年），吳晟發現他得癌症，開刀狀況良好，沒有立即的死亡的威脅，但是，死亡的陰影多少還是籠罩在他的心頭上。他寄給我一些詩稿，包括已發表和未發表的，我都仔細讀了。我們來看其中兩首：

暮色微暗，不覺掩上桌面
掩上正在閱讀的這冊厚厚大書
字跡辨識稍感吃力

才閱讀了幾頁呢
有些字句曾仔細咀嚼
似乎有所領會
多數匆匆掠過
含意不甚理解

倒是行句之間
不時波動的山水景致
如在眼前
不時牽扯的人情義理
深入肺腑

趁還有些微光

再讀上幾頁吧
也許只有數行 散句
雖然懊悔錯過太多
而有些急切
只能這樣了
反正厚厚一大冊
未及閱讀的
永遠 多得太多

當黑暗全面籠罩
不得不掩卷
無須驚訝嘆息
只是悄悄終止閱讀
——〈趁還有些微光〉

傍晚在自家小樹園
日常休憩，靜看葉片謝幕前
最後的舞姿
又如流連依依的揮別

偶有一截枯枝
啵一聲掉落
躺臥在鋪滿落葉的地面
我彷彿聽見
辭行的喟嘆、非常輕

拿起竹耙，掃成堆
像例行性清掃逝去的日子
抬起頭，落葉迴旋又紛紛

才正要輕吁出聲
赫然發現，枯枝
是新芽萌發的預告
每一片落葉，輕易鬆手
都是為了讓位給新生

如同逐年老去的我
在每一張童稚的面容
煥發的青春裡
找到生命延續的歡欣
——〈落葉〉[12]

　　第一首以讀書來暗喻閱世：已經盡力了，看不到的也無需遺憾，不能了解的也就算了，比喻非常自然，語氣非常平靜。第二首是對自然循環的認識，最難得的是他體會到的「生命延續的歡欣」，也是以極端的平靜敘述出來。

　　憑良心說，我讀了這些詩，頗為難過，遞給太太看，她看了前面幾首，也說好。後來，我想起還有一份未發表的打字稿，就看到了幾近完美的〈凝視死亡〉：

〈凝視死亡——回應吳易澄〉

一組晚年冥想，凝視死亡
未必準備就此終老
只是重新調整
如何面對生命
竟引起你熱切回應

你自言實習醫生的日子

12《聯合文學》246期，68～9頁，2005年4月。

見過許多生死來去
已有些麻痺
這組詩篇卻牽動你
潛藏的困惑

其實，我只是順應尋常的歷程
無意塑造什麼典範
每個生命都在各自完成
某種使命與意義

而我們將雙眼的凝視
繼續轉化為詩句
就是不斷調適，與世界的衝突
尋思可以留下些什麼
或者，不該留下什麼

凝視死亡
就是凝視生命
或許有些悲傷
更多是期許自己
還有夢想要實踐[13]

　　這首詩差不多已達到吳晟詩藝的高峰，整首詩就像聽吳晟在講話，但文字既樸實又簡練，完全沒有贅字。更重要的是，吳晟說出了，在長期艱困生活後對生命的體會。「繼續轉化為詩句／就是不斷調適，與世界的衝突」，這就是真正的「自我」。「自我」不可能是「凝固」的，更不可能靠著一片什麼神聖的土地來加以「界定」，而是在「與世界的衝突」中，「調適」出來的。是癌症讓吳晟想起了死

---

13 打字稿，似尚未發表。

亡，從「凝視死亡」中，吳晟重新「凝視生命」。既然是生命，就要對自己有所期許、就覺得「還有夢想要實踐」。能夠把自我生命的發展說得這麼好的詩句，恐怕也不太容易找到了。

很高興吳晟又找回了那個原來的「自我」，既謙卑、又不怕受到挑戰的自我，既不「從俗」、也不刻意「不從俗」的自我。把這樣的心靈不斷地加以充實，吳晟肯定還會寫出許多好詩。他有機會成為五、六十年來台灣最好的現代詩人。

二○○七年五月廿七日完稿

‧呂正惠（1948～），嘉義縣人。台大中文系畢業，東吳大學中國文學博士，現任淡江大學中國文學系教授。著有《戰後台灣文學經驗》。

12 讓土地說話

——論農民詩人吳晟的詩藝　　　　　陳建忠

一、前言：尋找詩史上的腳印

　　吳晟，本名吳勝雄。彰化縣溪州鄉圳寮村人，一九四四年九月八日生。

　　一九六〇年代時期的高中階段，他就在當時聞名的詩刊如《藍星》，或雜誌《文星》、《野風》上發表作品。一九六五年，考上屏東農專畜牧科（三年制），更加認真創作，同時主編校刊《南風》。

　　一九七〇年畢業後，吳晟回鄉擔任溪州國中生物科老師。同年並獲頒「優秀青年詩人獎」，五年後與詩人管管共同獲得第二屆「中國現代詩獎」。一九六六年，自費出版詩集《飄搖裏》，並未發行。一九七六出版詩集《吾鄉印象》（楓城）。一九七九年出版詩集《泥土》（遠景）。至此，吳晟的詩藝已發展出他獨特的個人風格，為詩壇所矚目。

　　其他詩集，尚有重新整編過後，一九八五年由洪範出版社出版，目前流通較廣的：《飄搖裏》，收一九六三至一九八二年詩作，包含五十四首詩。《吾鄉印象》，收一九七二至一九七七年詩作，包含四十八首詩。《向孩子說》，收錄一九七七至一九八三年詩作，收入三十三首。此外，《吳晟詩選》（2000），則收一九六三至一九九九年詩作，有六十六首詩，乃將前三冊詩集精選外，再加上一九九四至一九九九創作之「再見吾鄉」系列二十九首。

　　新詩創作外，吳晟亦擅於散文的經營，出版散文集有：《農婦》（1982）、《店仔頭》（1985）、《無悔》（1992）、《不如相忘》（2002）、《一首詩一個故事》（2002）、《筆記濁水溪》（2002）。這些散文，可說是吳晟詩學物質基礎的生活化展示，對理解詩人的生活與

精神面貌，具有重要價值。

吳晟的新詩創作既然有著清楚的形象與定位，他的詩與散文往往也就代表某一種文學的「典型」。例如，《向孩子說》中的〈負荷〉一詩，被選入國立編譯館所編國中國文課本第二冊，長達將近二十年之久。散文集《農婦》中的〈不驚田水冷霜霜〉隨後亦被收錄。近年來，又陸續有詩作〈水稻〉、〈土〉、〈蕃藷地圖〉等諸多詩作，分別收入「三民版」的五專國文教科書，「南一版」、「龍騰版」的高中國文教科書。

然而，吳晟的人與詩即便已隨著教科書而走入無數學子的視野中，但，他在詩史上的地位卻也並非如此穩定與明確。相反地，吳晟作為一個農民詩人，在詩史上是歷經了某種曲折的被認識與被接受的過程。

對於台灣現代新詩史來說，詩人的特殊性往往都必須在集團性之下才得以被強調；或者，我們也傾向由時代風氣、文學思潮來定位詩人的詩風。但，實際的狀況未必如此。換句話說，如果我們只專注於由重要的新詩社群（如現代派、創世紀、藍星、笠詩社）來解釋詩風演變，當然就會不知如何定位像吳晟這般與社群互動並不特別密切的作家。

我們必須重新尋找吳晟的歷史定位。從戰後台灣鄉土文學發展的角度來看，吳晟的詩與黃春明、王禎和的小說一樣，都是在一九七〇年代初期，鄉土文學尚未成為台灣文壇上論爭焦點前，就已經形成他們書寫鄉土人物、題材的文學風格與關懷。當我們日後在談論這些作家時，憑藉的往往就是這些初期作品奠定下來的風格印象，而這些風格的塑造，往往更早於社群的集體性活動。

做為一名農民詩人，吳晟既是農民，也書寫農民；既是詩人，更是知識分子。這樣的提法，在於凸顯吳晟以知識分子與農民身分進行創作所產生的思想與美學特質。

身為農民而書寫農民，所以吳晟的書寫位置，突破了非農民的知

識菁英以啟蒙、解放視角書寫農民的詩史傳統。親自耕種的吳晟，是將包括自己在內的農民問題融入詩中，他並不需要自己來啟蒙自己，也不需要自己解放自己，他只需平視萬物流轉、農作滋生，將農民與土地的情感完整地詮釋。

身為詩人而更是知識分子，所以吳晟的詩學風格，乃不專注於文字的煉金術，而更強調對農村問題的深沉思索。吳晟是真正由台灣彰化平原的泥土所孕育的「有機知識分子」（Organic intellectuals，義大利葛蘭西（Gramci）語）。擔任國中教師的他，立足於農民之中，而以農民的階級立場發聲，不唱高調，也不流於虛無，呈現出樸實、真誠、堅忍的農民思維。

因此，將吳晟這樣的特質放回當年他出現的文學史脈絡重新檢視，乃能發現，他一方面與台灣新文學傳統中的農民文學傳統有著精神上的傳承關係，另一方面他也開展出他自己的一條詩路。這條詩路，和同時代的詩人相比，他的鄉土詩學與現代主義詩風漸行漸遠（但並非以論爭的方式分手），而他也不涉入太多詩社的集團活動（如笠或其他詩社等），他書寫農民詩，定位有如耕讀於台灣農村的獨行詩人，在詩壇之外沉默地舒展枝葉。

但，這樣的創作活動模式，往往使他易於被重視時代詩風與集團詩風的史觀所遺漏。因此，我們必須調整看待歷史的眼睛，將吳晟的詩史位置慎重地重新標立，如此方能不被其他的星團遮蔽了視野，而能真正抵達吳晟詩藝的核心地帶。

因此，本詩選為與其他吳晟詩選有所區隔，將只擇取吳晟最膾炙人口的農民與農村詩作，集中地展示他作為一名「農民詩人」，對戰後現代詩最為重要的啟示與貢獻之一面。

二、「吾鄉印象」系列以來的農民詩選

從一九六三年到一九七〇年，吳晟十九歲到二十六歲時的詩作來

看，尚未回返農村、腳踏泥土、耕作莊稼的吳晟，仍是關在書房裡思考社會表象的文藝青年。一九六八年的〈菩提樹下〉，一九六七年的〈不知名的海岸〉詩輯十首，寫的仍是少年青澀的傷感。至如〈懷〉，寫少年的孤單，亦不免蒼白的自傷。宋田水有過不無較為苛酷，但頗為犀利地論評：

> 像這些空洞的句子，在〈飄搖裏〉、〈不知名的海岸〉以及〈一般的故事〉三輯中，俯拾即是。這些文藝腔都是一些可有可無的憂鬱，一些沒頭沒腦的情緒，它們和現實是風馬牛不相及的。它唯一的來源是盲從，盲從於現代詩的陳腔濫調。[1]

直到一九七二年，回鄉後的吳晟，隨著〈吾鄉印象〉組詩的推出，無疑是以詩作實踐了一九七〇年代鄉土文學運動的美學變革風潮，並且起步得更早。詩作中以略帶哀傷的口吻，訴說詩人對農村、土地、農民的深刻眷戀，根深蒂固於土地的感情尤讓讀者動容。

同時，組詩中所開發出來的鄉土詩學，以明朗的意象，流暢的音節，配合抒情的語調，盡脫戰後台灣現代詩過度「西方化」與「中國化」的影響，「土味」十足，因而別出機杼，迅即受到各界一致的揄揚與效從。

根據詩人的回憶，大學畢業後歸鄉教學、務農之餘，對生活與土地有深切的體會乃有〈吾鄉印象〉組詩的出現：

> 返鄉教書，跟隨母親實際耕作，背負龐大債務，更深刻體會生活的艱辛困苦。……就是在文明迅即入侵農村，台灣急速由農業轉型為工商業社會的衝擊下，諸般「時代變化中的愁緒」，混合我長年來孕育自土地和作物的愛戀，點點滴滴醞釀了〈吾鄉印象〉這一系列的詩篇。[2]

---

1 宋田水，《「吾鄉印象」的鄉土美學——論吳晟》，台北：前衛出版社，1995.2，21頁。

2 吳晟，《一首詩一個故事》，台北：聯合文學出版社，2002.12，122～123頁。

《吾鄉印象》詩集共選錄了吳晟在此時期完成的四十八首描寫農民生活的詩作,其中又各自分為「泥土篇」、「吾鄉印象」、「禽畜篇」、「植物篇」與「愚直書簡」五輯。這冊詩集,幾乎就奠定了吳晟在台灣詩史上鮮明的地位,一位農民詩人。施懿琳教授乃直言:「當今詩壇,最足以稱為『農民詩人』的當推出生於彰化縣溪州鄉的吳晟」[3]。此後,讀者與評論者要瞭解吳晟的詩路歷程,都必須回到這個創作的里程碑上;而詩人自己的創作,也無疑從這冊詩集開始,繼續延伸他對台灣農民與土地的強烈關切。陳映真當年,就明白肯定這點說:

在「吾鄉印象」中,所有吳晟日後的發展,例如他的語言、他的句型、他的歌一般的特質,他的謙卑、熱情、溫和的情感,都在這一時期中顯示出它最始初的胚芽,等待日後成陰成蓋,成為吳晟自己的風格與特質。[4]

試看組詩的「序詩」〈土〉:

赤膊,無關乎瀟灑/赤足,無關乎詩意/至於揮汗吟哦自己的吟哦/詠嘆自己的詠嘆/無關乎閒愁逸致,更無關乎/走進不走進歷史

一行一行笨拙的足印/沿著寬厚的田畝,也沿著祖先/滴不盡的汗漬/寫上誠誠懇懇的土地/不爭、不吵,沉默的等待

……

不掛刀、不佩劍/也不談經論道說賢話聖/安安分分握鋤荷犁的行程/有一天,被迫停下來/也願躺成一大片/寬厚的土地

詩行中,可看到利用赤膊、赤足,吟哦、詠嘆、無關等等重複出

---

3 施懿琳,〈稻作文化蘊育下的農民詩人——試析吳晟新詩的性格特質與批判精神〉,《台灣的文學環境》,江寶釵等編,高雄:麗文文化事業公司,1996.6,68頁。

4 陳映真,〈試論吳晟的詩——序吳晟《泥土》〉,《走出國境內的異國(序文卷)》(陳映真作品集10),台北:人間出版社,1988.4,127頁。

現的詞語，迴環往復，自然地形成詩中的韻律。

更可觀的，當然是詩中以農民視角所觀照到的土地倫理。這種倫理，既是祖先所遺留，也是生命的哲學，死後則化為春泥更護花，繼續一種循環流轉的生命歷程。

腳踏實地，是一種價值觀，但對吳晟來說，腳踏著的不僅是土，且是混雜著雞糞、汗水的泥土。

如〈腳〉（1974）：

……攪拌過大量的堆肥、雞糞、肥料／和母親的汗水／我家這片田地的每一塊泥土／母親的雙腳，曾留下多少／踏踏實實的腳印（第二節）

如〈野餐〉（1974）：

一碗一碗白開水喝下去／一滴一滴鹹鹹的汗水，滴下來／滴在和母親一樣樸拙的泥土裏／……烈日下，寒風中／坐在雜草圍繞的田埂上／母親啊，那便是您，每日每目／勞累後的野餐／……／是不是拌著汗水的稀飯，特別香／是不是混著泥沙的醃菜，特別可口／母親啊，為甚麼／你竟吃得這樣坦然

戰後的現代詩中，雖然實驗著許多前衛的技法及語言，也不乏舶來、稼接的外來語詞，在一片無非西方化的文化徵候裡，吳晟用他自己的鄉土語言達成了另一種再平凡不過的「陌生化」。鄉土的事物，原本應該是眾人生活的日常經驗，但卻不是詩人感興趣的事物，自然也不會成為詩的語言。但，也就是因為我們太過於疏離鄉土的事物與經驗，吳晟充滿土味的農民詩，乃成為一種「新奇」的經驗，撞擊著眾人既往被黨國與時代因素刻意扭曲的眼光。

在強調土地倫理的價值觀中，「家人」大概是吳晟詩作中最頻繁出現的農村人物身影。當然，親人也是農民。

如〈泥土〉（1974）：

日日，從日出到日落／和泥土親密爲伴的母親，這樣講──／水溝
仔是我的洗澡間／香蕉園是我的便所／竹蔭下，是我午睡的眠牀／……
／沒有週末、沒有假日的母親／用一生的汗水，辛辛勤勤／灌溉泥土中
的夢／在我家這片田地上／一季一季，種植了又種植／……／不在意遠
方城市的文明／怎樣嘲笑，母親／在我家這片田地上／用一生的汗水，
灌溉她的夢

如〈蕃薯地圖〉（1978）：

阿爸從阿公粗糙的手中／就如阿公從阿祖／默默接下堅硬的鋤頭／
鋤阿鋤！千鋤萬鋤／鋤上這一張蕃薯地圖／深厚的泥土中／

阿爸從阿公石造的肩膀／就如阿公從阿祖／默默接下堅韌的扁擔／
挑阿挑！千挑萬挑／挑起這一張蕃薯地圖／所有的悲苦和榮耀／

阿爸從阿公木訥的口中／就如阿公從阿祖／默默傳下安分的告誡／
說阿說！千說萬說／紀錄了這一張蕃薯地圖／多災多難的歷史

抒情與哀愁，無非因爲對土地的感情，實則更肇因於對受傷的農
村的憂慮。七○年代初的台灣農村社會，多因早期國民政府的農業擠
壓政策，在肥料換穀、田賦征實等不等價交換政策下，讓大多數農家
爲了生活而背上高額的借貸債務。吳晟返鄉後的農家，一樣也擺脫不
了這樣的控制，而開始擔負債務。龐大的生存壓力加上農村經濟的日
益破敗，使吳晟在詩作中表現了台灣農民的處境，但同時演繹了他們
認命的生存哲學。

〈過程〉（1977），是一首最完整描寫稻作農事的詩。宿命、認
命、順命和勤命，而後才能知命樂天吧。以「秧」「陽」「仰」「漾」
同音四聲詞爲每節的小標題，敍出四個按時序進行的農事階段，貫串
稻作生長的過程，表現農民認命樂天的宿命觀。如：

一桶一桶的肥料／一畚箕一畚箕的堆肥／和著日夜不眠不休的田水
／和著陽光的撫慰和熬煉／灑下去！灑下去！／整整齊齊排列的秧苗／

也不喧呶！也不爭吵／堅忍的仰起來！仰起來　（陽）

年年季季相同的夢／在吾鄉每一個曬穀場上／木訥地泛開來，泛開來／泛開吾鄉人們／壞收成望下季的期待　（漾）

然而，身為一個有機的知識分子，吳晟的價值觀原本即來自於生養他的土地與鄉親，何況他自己也是親自從事農務的農民。於是，吳晟的農民詩更直接的創作動機，應該來自於他親眼目睹戰後農村變遷的實況，日益疲敝而蒼老的農村經濟發展，引發的一連串有形無形的變化。

千萬年來農民都是宿命認命地勞作；「陰慘的輝煌」正是他們勞苦無止盡的認知；他們將整條脊椎骨交給命定的人生路，勞動到老朽為止。

千萬張口，疊成一張口／——一張木訥的口／自始至終，反反覆覆的唱著／唱著那一支宿命的歌／唱著千萬年來陰慘的輝煌

自始至終，吾鄉的人們／將整條脊椎骨／交給那一支歌的旋律／自始至終，歌曰：如是／人人必回諾：如是

……

有時，吳晟似乎出於疼惜之情，筆端流露較多的感情，而有較多的感傷、懷舊悲哀的情緒，情調無疑是黯淡的。

如〈曬穀場〉（1972）：

吾鄉的曬穀場，在收割季／是一驚惶的競技場／時時，驚惶著吾鄉的人們

如〈稻草〉（1972）：

在乾燥的風中／一束一束稻草，瑟縮著／在被遺棄了的田野
……
終於是一束稻草的／吾鄉的老人／誰還記得／也曾綠過葉、開過

花、結過果

一束稻草的過程和終局／是吾鄉人人的年譜

農村經濟與文化的崩解，引發年輕人口外移，終至於產生價值觀的扭曲。

如〈木麻黃〉（1975），提及人口外移問題：

日頭仍然輝煌的照耀／在同伴越來越稀少的馬路上／而我們望見／吾鄉人們的腳步，不再踴躍

晚霞仍然殷勤的送別／在同伴越來越稀少的馬路上／而我們望見／城市的工廠、工廠的煙囪、煙囪的煤灰／隨著一陣一陣吹來的風／瀰漫吾鄉人們的臉上

〈牽牛花〉（1975）：

在陽光下流汗、在月光下歌唱的／吾鄉的少年郎，哪裏去了／他們湧去一家家的工廠／吾鄉的牽牛花，寂寞的尋找著

〈路〉（1972）：

自從城市的路、沿著電線桿／——城市派出來的刺探／一條一條伸進吾鄉／漫無顧忌的袒露豪華／吾鄉的路，逐漸有了光采

自從吾鄉的路，逐漸有了光采／機車匆匆的叫囂／逐漸陰黯了／吾鄉恬淡的月色與星光

自從吾鄉恬淡的月色與星光／逐漸陰黯／吾鄉人們閒散的步子／攏總押給小小的電視機

……

關注吳晟詩作中反映台灣農村社會變遷狀況的研究者陳文彬便認為，吳晟詩中的鄉愁感不同於其他外來族群的鄉愁詩，因為他凸顯了台灣農村逐漸消失的問題：「《吾鄉印象》帶給讀者的鄉愁感，與彼

時在台灣大量書寫遠方故土情懷『獨在異鄉爲異客』的鄉愁詩有著極大的差異與相似之處。……兩者對讀者來說，極相似且弔詭的卻是：都透露著一股『異鄉』情調來。吳晟筆下的鄉愁，是回歸原鄉、原點，存在於批判資本文明的「吾鄉」之中。《吾鄉印象》中的『鄉愁』是廣義的、現代化社會中對素樸文化的一種鄉愁追尋」[5]。

〈歌曰：如是〉（1972），裡面的生命之歌，是千萬張口千萬年來故鄉人們爲生存而歌詠的旋律：

> 反正，是豐收、是歉收／總要留下存糧活命／不如啊歌曰：如是／趕緊回諾：如是

但，另一方面，我們又分明可以感受到，作爲知識分子的吳晟，並未全然耽溺在這些哀愁的情緒裡，他極其隱晦地但又堅定地進行著他的社會批判。

如〈檳榔樹〉（1975），裡面有堅定的認同情感：

> 曾經，我離開你們／躲進重重典籍圍困的宮牆／冰冷而陰暗／如今，我歸來，靠近你們／你們仍可聞到／滿身的泥土味，和你們一樣

〈野草〉（1975）：

> 默默接受各樣各式的腳步／任意踐踏；默默接受／圓鍬、鐮刀、或鋤頭，任意鏟除／我們的子子孫孫，依然蔓延

觀察吳晟的詩藝特點，並不在於「意象」的創造，或是修辭的鍛鍊，甚至不只是韻律的追求。當然，這並非說他的詩作缺乏這些東西，而是在同時代詩人更重視的部分之外，吳晟以他準確的思想眼光以及帶有哀愁意味的抒情語調，開發出戰後台灣現代詩新的藝術感

5　陳文彬，《從《吾鄉印象》到〈再見吾鄉〉：以台灣農村社會發展論吳晟詩寫作》，世新大學社會發展研究所碩士論文，2003.6，86頁。

性。

　　因此，讀吳晟的詩，重點應該是對於詩人情志的體會，更大過於對諸般形式美學的索求。可以這樣說，在吳晟之前，戰後台灣現代詩的發展，無論是強烈的「現代性」或「中國性」，都顯示出詩人並非「有機地」與他們的時代與生活產生聯繫，而是過度迂迴、過度修飾地發展他們的詩學。

　　於是乎，一九五〇年代以來過度的「中國性」與過度的「現代性」詩作，在肯定其豐富台灣現代詩發展的面向同時，必須指出，詩中所描繪的情感與思想，甚至意象，無疑在相當程度上疏離於台灣的現實（其中包括這些詩人自己無法表現的現實）。

　　吳晟的出現，卻是如此直截地、準確地捕捉到他自己，也捕捉到人對於土地的深刻依戀情感。甚且，雖然其後出現不少景從「吾鄉印象」之詩風的鄉土詩人，但三十年來詩人的情懷始終如一，於今在全球化浪潮侵襲下再次檢視這些詩作，依然可以觸摸到土地的溫度，詩人的情思。

三、「再見吾鄉」系列農民詩選

　　歷經八〇年代的停頓，吳晟的詩作銳減，對農村的思索轉以散文形式出現。一九九六年，吳晟蓄足長久以來對社會的觀察及批判力，再度出發提筆寫出「再見吾鄉」系列詩組。

　　相較於《吾鄉印象》對農村生活的吟哦，吳晟在此系列的詩組中，轉而對國際傾銷制度下的弱勢台灣農業政策，提出嚴厲的批判。余欣娟也看到這種轉變，她認為，前此作品：「對家鄉的敘述，工商文明入侵農村，是以『哀嘆』、『痛惜』的心情，喟嘆那日漸消失的

6　余欣娟，〈論吳晟詩作中家鄉意象的流轉及其網絡〉，《台灣詩學學刊》
　　7，2006.5，106頁。

鄉親以及農村一貫的宿命，在『再見吾鄉』系列，已是攸關農村、鄉土『滅亡』的『悲憤』之情」[6]。

施懿琳教授〈論吳晟詩的政治關懷〉一文中，以吳晟詩作中的政治意識爲主題，來串連「吾鄉印象」與「再見吾鄉」兩個時期的作品，總結歸納出吳晟作品中「稻作成爲他筆下最關懷的對象，而與這個環境相關的植物、禽畜乃至於山河大地，也都是他集中焦點寫作的對象」，「他並非單純的寫鄉土景物，在書寫農村景象與農耕生活的背後，其實已存在著批判執政當局的色彩」[7]。而在「再見吾鄉」當中，施教授更直指其批判性的增強：

> 與一九七二年起開始的「吾鄉印象」系列，同樣站在農民的立場，立足大地、關懷生態環境。不同的地方在於，這個階段吳晟對農村的歌頌減少了，轉而對國際強權傾銷下，輕忽農民權益的政府提出了批評。[8]

島嶼的山林在新世紀裡，被濫墾、被濫挖；土地被肆無忌憚的污染、海洋資源被大量的破壞。於是新世紀到來的吳晟，將鄉愁書寫的層次更提升到全人類對土地情感的懷念上。吳晟是台灣少數幾位專注在生態遭破壞議題上的詩人之一，他除了詩的創作外，更在二○○二年以報導文學的形式花了一年的時間走訪南投縣九二一重建區的紀錄，完成《筆記濁水溪》第一本的報導文學作品。

在他「再見吾鄉」系列作品中，對土地價值觀的自省與急切的心情，一一反映在其〈憂傷西海岸〉六首連作當中。例如：〈去看白翎鷥：憂傷西海岸之四〉（1999）：

> 與白翎鷥美麗邂逅／是荒野中難得的驚喜／不敢太靠近，更不敢向人張揚／只能悄悄讚嘆／彷如謹守相惜的約定

7　施懿琳，〈論吳晟詩的政治關懷〉，《跨語、漂泊、釘根：台灣新文學研究論集》，高雄：春暉出版社，2000.6，235 頁。

8　同前註，226 頁。

只因這是躲過開發計畫／幸而留存的保安林地／濃密的灌木叢／可讓群鳥安心棲息生育／唯恐粗野的賞鳥人潮／驚嚇了白翎鷥僅有的家園

在關切台灣整體環境的惡化同時，吳晟仍然以他對農村的觀察開始，展開他對農村經濟、土地開發、趨利忘本的問題的批判。

如〈不妊症〉（1996），寫土壤的質變：

即使往昔那樣貧瘠／營養不足的年代／我們的稻穗，至多不夠飽滿／何曾遭遇什麼不妊症

如今不時炫耀富裕飽嗝／我們的千頃稻作／未成熟竟已紛紛枯乾／這有殼無實的稻穀，如何收成

......

爲什麼千頃良田／病變了土壤體質／還不如一次地方選舉／或股市的小小起落／吸引大眾注意

更驚心的是，併入不適用農地／也許正符合農家心願／趁機將稻穗不妊症／變更爲有殼無實的繁華

〈土地公〉（1996）一詩，則是詩人以農民身分貼切書寫今日農村社會底下的農民們，向傳統農地倫理道別、向商品經濟挺進的典型作品：

滿滿一大卡車砂石／轟隆隆傾倒而下／又一大片青青農地，迅即消失／田頭小小土地廟，也深深掩埋

驚惶逃離的土地公／繞著隆起的砂石堆黯然徘徊／恍恍惚惚望見／每一粒砂石，似乎都很熟識／那不是代代先民／長年累月在這片溪埔地／一一彎腰撿拾而起的嗎／透入砂石的掌紋和血汗／仍分明可辨

在〈老農津貼〉（1997）中，就針對長期以來不公平的農工制度，與不肖農會組織所把持的農村經濟窘境，發出薄弱的一絲抗議：

夕陽餘暉殷殷探問／多數老農同伴的下落／他們早已操勞過度／等

不及認識老農津貼

等不及聽到廟堂強烈爭論／發放這份些微的補助／是否合乎公平的分配原則

猶如漫長耕作歲月中／堆滿一牛車一牛車金黃稻穀／載去鄉農會／排隊繳地租納田賦換肥料／是否合乎社會正義

倖存下來領取津貼的老農／不懂那些議題／只知信賴土地從不欺騙作物／從不欺騙作物的土地／卻無力抵擋／砂石車、水泥車、廢棄物搬運車／來往吾鄉道路，競賽般奔馳／帶走越來越零落的年輕腳步

吳晟可以說是目前台灣認真地以社會科學分析態度，用詩語言形式清晰描寫、並呈現出台灣農村水資源困境與全球溫室效應的詩人。這些觀察，使他的詩成為全球化下台灣農村的診病書。

如〈水啊水啊〉（1996），寫水土保持失敗對土地造成的傷害：

水啊水啊給我們水啊／吾鄉的廣大農田／隨處張開龜裂的嘴巴／向圳溝呼喊

⋯⋯

灰濛濛的天空，滿臉無辜／苦著聲音沈重抗議／我依四時降雨／島國雨量豐沛不減／未曾虧待你們啊

⋯⋯

是你們狠狠砍伐／盤根錯結的涵水命脈／是你們放肆挖掘／牢牢護持的山坡土石／是你們縱容水泥柏油佔據綠野／阻斷水源的循環不息

如〈黑色土壤〉（1996）：

⋯⋯

在濁水溪畔廣大溪埔地／每一步踩踏田土的足跡／每一個貼近田土的身影／每一滴滴落田土的汗水／紛紛萌生根鬚、茂盛枝葉／凝結信靠大地的愛戀

一季一季平靜耕作／濁水溪畔每一寸黑色土壤／由芽而苗而綠意盎

然／陪伴母親一生的寄託／豐富了我的年少和壯年

……

而我的足跡、我的身影和汗水／牢牢連結廣大溪埔地／無論擴張又擴張的經濟風潮／如何刺痛我信靠大地的愛戀／我仍願緊緊守護每一寸黑色土壤

通觀「再見吾鄉」系列作品，吳晟寫土地倫理的淪喪、寫生態環境的被破壞、寫商品消費的價值觀如何侵入農民心底，每一句詩句都透露他堅定的農民立場。整體的詩風上，比起「吾鄉印象」時期而言，顯然抖去了某些蒼白的鄉愁，而代之以具體的血色的激昂情緒。

四、「晚年冥想」系列農民詩選

「吾鄉印象」系列中，描寫鄉親農民種作艱難，也時時流露出承先啟後的意義。例如〈序說〉、〈店仔頭〉、〈清明〉、〈牛〉、〈水稻〉等詩，常常出現的「千百年來」、「千百年後」、「年年季季」、「千年以來，一代又一代」、「一季又一季」、「千萬年來」、「自始至終」。至於「再見吾鄉」系列中，更加直白的語言，傾瀉的是對農村的自然環境與農村文化即將消亡的焦慮，而不只是溫情的關切。

這樣的吳晟，把「農村」帶進台灣戰後現代詩中，他堅持走這條農民詩人的道路。

歷經吾鄉系列創作後，詩人對農村的關切依舊，但心境似乎有所轉變。二〇〇五年四月，吳晟在《聯合文學》雜誌刊出十首「晚年冥想」系列詩作。六十二歲的吳晟，從「告別式」、火葬場、墓園，寫到如何領略老境、學習告別。這系列詩作毋寧像是農民詩人向活過一甲子的土地，所做最樸素又深情的回歸，將骨肉與精神都與泥土化為一體。

如〈生平報告〉（2005），不只是對世人報告，也是對土地萬物的

告白：

　　一條小小的圳溝／不曾翻覆起驚濤駭浪／只是流過耕作的田野／偶爾也遭遇／藤蔓糾葛、土石攔阻／總是認分的調整水流／每一轉折／和世界相處的方式

　　確實曾盡力／潤澤沿岸所及的土地／伸長了手臂／想要付出、澆灌更大片的生機／但也浮動過不少／羞愧的倒影／沒有勇氣招供／就一併沉積成泥吧

　　〈在鄉間老去〉（2005），則顯示詩人老於農家鄉間的從容情緒：

　　我記得昔日呀／無數晨昏的叮嚀／無數寒風颯颯的夜晚／騎摩托車逐戶探望／一批又一批／教導成長的家鄉子弟／有如一期又一期稻作／佔去了我大部分的心思

　　鄉間子弟鄉間老／耕讀的步調原本就緩慢／已足夠日常生活／無須再急著趕潮流／只想從容老去

　　農民詩人對死亡與土地的感情，在此似乎暫時掩去了他的激動與焦灼，而頗有種「化作春泥更護花」的從容，這大抵是吳晟對農村進行的另一階段描摹吧。而他畢竟花去了數十年光陰來凝視與歌讚他的農村世界。

　　台灣還會有農村嗎？台灣社會需要農民詩人來為我們提供什麼詩的感動呢？吳晟的詩藝讓土地說話，讓農村說話，而最終喚起我們的恐怕是比詩更多的一點什麼：那或將是關乎良知、關乎未來、關乎敬天愛人的一種信念，引人低迴沉吟。

·陳建忠（1971～），嘉義縣人。清華大學文學博士，現任國立清華大學台灣文學研究所助理教授。著有《走向激進之愛：宋澤萊小說評研究》（晨星出版）。

13 鄉間子弟鄉間老

──論吳晟新詩的主題意識

林明德

一、前言

　　台灣新詩，乃泛指日治時期台灣新文學運動開展以來，使用日文或語體文書寫，有別於古典漢詩的詩作。一九二三年，楊華（1906～1936）開始有新詩的試驗，追風（謝春木，1902～1969）寫了第一首日文新詩〈詩的模仿〉（1924）發表於《台灣》；一九二五年，賴和（1894～1943）因受彰化二林事件的刺激，寫下〈覺悟下的犧牲〉。而張我軍借鑑五四新文學運動，以白話寫成《亂都之戀》（1925），則是台灣新詩史上的第一冊詩集。這期間，歷經日本戰敗，國府來台，台灣新詩面臨困難，包括官方意識形態所推動的反共文藝、傳統文化對新詩的反對與壓抑、以及與五四文學傳統和台灣本土文學的雙重斷裂。經過「跨越語言的一代」的陣痛，終於出現大陸來台詩人與本地詩人合作的契機，新詩社團紛紛成立，「現代詩社」（1953）、「藍星詩社」（1954）、「創世紀」（1954）、「笠」（1964），共同推動台灣詩運。半世紀以來，台灣的政經文化與社會環境，符應國際情勢與世界思潮的詭譎變遷，詩壇的表現亦蘊生質量的變化；尤其是一九八〇年代，更朝向多元開放的詩觀與詩藝邁進。

　　一九八七年解嚴以後，台灣已成為多元的後認同政治時代，本土化漸成主流，民生經濟邁向成熟，社會生命力蓬勃，加上報禁解除，新媒體資訊爆增，女權、後現代主義、冷嘲理性、實用主義、解構……等思潮蔚為風氣，台灣文化界的大眾通俗化風潮，亦得以激盪形成。這些衝擊，形諸新詩，則有政治詩、台語詩、都市詩、後現代詩與大眾詩等面向，而且互相融滲，從而浮現詩壇「世代交替」的現

象。

　　新時代的詩學思考，在都市詩和後現代詩，極為關切到語言的操作策略，並延伸到詩結構的辯證、不相稱的詩學、意義浮動的疆界、意義的再定義以及長詩的發展⋯⋯等相關理論與實踐，中青兩代作家輩出，他們所接觸的面向，相當多元，或政治反思、環保公害、弱勢族群、宇宙人生⋯⋯等，都有十分優異的表現。[1] 不過，在眾聲喧嘩裡，我們也聽到了另一種與眾不同的聲音——信奉社會寫實主義，貼近台灣社會脈搏四十年的詩人吳晟。他以新詩記錄台灣歷程，是歷史經驗的參與與見證者之一；[2] 他的詩作所釋放出來的主題意識，尤其是「土地倫理」，是值得探索的深層結構。

二、吳晟小傳

　　吳晟（1944～），本名吳勝雄，台灣彰化縣溪州鄉圳寮村人。父親吳添登先生（1914～1966）曾在溪州鄉農會任職，是位髮稀額禿，嚴肅中不失幽默風趣的人，非常熱心公益，待人熱忱，「幾乎無一日不是在為鄉裡的建設而奔走，無一日不是在替親友鄰居排難解紛而忙碌。」[3] 因此，被鄉人公推擔任鄉民代表。他薪資微薄，但唯一的心願是栽培子女完成大學學業。對吳晟來說，父親是位堅強的象徵。母親吳陳純女士（1914～1999），是典型的農婦，只認識幾個數目字，「不懂甚麼高深的大道理，沒有甚麼非凡的學問，更沒有一些虛妄的夢想」，[4] 她不虛華、不怨嘆，安分守己、刻苦耐勞，充滿愛心。先生車禍喪生後，她獨撐場面，發揮堅韌的生命力，克服困難，

1　賴芳伶：《新詩典範的追求——以陳黎、路寒袖、楊牧為中心》（台北：大安出版社，2002），1～21頁。
2　林明德：〈臺灣文學中的歷史經驗——以吳晟的作品為例〉，《台灣文學中的歷史經驗》（台中：東海大學中文系主編，1997），161～187頁。
3　吳晟：《不如相忘‧退隱》。
4　吳晟：《農婦‧一本厚厚的書》。

讓子女完成學業。她「近似固執的權威」，[5]對子女的管教過於急切而顯得嘮叨，往往以責罵的方式表達慈愛。她事事操勞，關心子女、工作、左鄰右舍，卻很少關心自己。她深信千方百計，不如種地，「做田人比較有底」，堅持在吳家田地上「用一生的汗水，辛辛勤勤／灌溉泥土中的夢」。[6]她長年流著辛酸的汗水，一鏟一鋤掘翻泥土，是位認命耕種的老農婦。

吳晟的學歷相當曲折，國小以第一名畢業，保送縣立北斗中學，讀了一個學期，插班考試進入彰化中學，無意間接觸了文藝書刊，發現新奇的天地，癡狂閱讀、做札記、抄寫「佳句」，背誦詩篇，進而嘗試投稿。中學唸了八年，進出補習班，讀過五所學校。母親曾說他：初中讀無畢業、高中讀無畢業，大學也險險讀無畢業。他以同等學力資格考上八卦山頂的培元高中。後來到台北補習，考進縣立樹林高中，從此流連牯嶺街、重慶南路及武昌街周夢蝶的書報攤，尋訪詩集、詩刊，這段期間，他在《文星》、《藍星》、《野風》等雜誌、詩刊發表不少詩作，以致課業無法照顧。父親常因他的學業操心、焦慮，甚至流下眼淚。

一九六五年，他考上屏東農專，因沉迷於文學的妄想中，留校重修，直到一九七一年才畢業。

吳晟從初二開始學習寫詩，經常在各報章雜誌發表詩作，包括《野風》、《文苑》、《文星》、《幼獅文藝》、《亞洲文學》、《創作》等雜誌，與《藍星詩頁》、《海鷗詩頁》，以及學生刊物，約有二、三十種，作品百首。[7]

他喜歡孤獨，這個天性讓他和詩結下深緣。孤獨的年少歲月，他親近詩、吟誦詩篇、思索詩句的涵義，並且提筆投入新詩創作。

屏東農專畢業後，他放棄台北的職場，返鄉陪伴母親，並與莊芳

5　同前註。

6　吳晟：《泥土‧泥土》。

7　吳晟：《一首詩一個故事‧詩集因緣之一──飄搖裏》。

華（1950～）結婚，她是吳晟人生和文學路上的知己、伴侶，因編輯校刊、校報而相識。從小習慣都市生活，爲了愛情，嫁到簡陋的農村，她努力調適，用心融入農村生活，儼然是位新「農婦」。

　　吳晟夫妻任教於溪州國中，業餘陪母親下田，過著耕、教、讀、寫的生涯。婚後十年是他心情最穩定踏實、詩創作最豐沛的時期，《吾鄉印象》成爲他的標記。吳晟個性坦朗眞誠，自稱「愚直鄉間子弟」、「只是憨直而無變巧的農家子」。「憨直」是他的註冊商標，也是朋友對他人格特質的一份尊敬。一九八〇年，他受邀到愛荷華國際作家工作坊訪問四個月，由於大量接觸台灣看不到的文獻資料，了解許多眞相，對「祖國」的憧憬也幻滅，讓他面臨了蛻變的痛苦。他情緒易於激動，也擅於理性辨析，雖然有「暈眩宿疾」，卻始終以知識分子自居，知無不言，言無不盡。他深具憂患意識，凡事憂於未形，恐於未熾，對政治、選舉、農業、環保的「了解越多，思考越多，確實也越多掩抑不住的憂慮。」[8]偶爾發表一些議論，卻觸犯禁忌，惹來麻煩。在白色恐怖時代，第一次遭遇到「四個警察來家裡查問」，[9]當時是大專一年級的暑假，也是父親車禍去世後半年，寡母的焦慮驚惶，更加深了他的恐懼感，在年輕心靈蒙上一層厚重的陰影，「彷如夢魘般緊緊跟隨著」。[10]

　　他強調「了解是關懷的基礎、關懷是行動的起始」，三十多年來，「秉持正直的情操，爲公義、爲促進更合理的社會」，[11]他透過新詩或散文，提出嚴格的批判。

　　二〇〇〇年，吳晟夫婦正式退休，隱遁的心情越來越強烈。面對政黨輪替，民主深化，他的心靈世界彷彿雨過天晴，一片朗暢，不過，他更用心思索台灣問題，例如：污染、土地、農業、教育、文學……等。

8　吳晟：《一首詩一個故事・思考與行動》。
9　吳晟：《無悔・報馬》。
10　同前註。
11　吳晟：《無悔・無悔》。

　　二○○五年，吳晟晉昇祖父級，面對初老的年歲，他發表「晚年冥想」十首，透過圓熟的觀照，道出「鄉間子弟鄉間老」的心聲，正遙契三十年前的夢想：「安安份份握鋤荷犁的行程／有一天，被迫停下來／也願躺成一大片／寬厚的土地」。[12]

三、吳晟詩觀

　　吳晟從小在農村成長，深受「稻作文化」的影響，[13]他學的是農業，並且實際操作農事，因此，寫作的題材，大概以土地、農作和農村生活為主，真實刻劃了某些台灣農村的面相。他的創作動力主要來自生活的真實感動，一種「自發性的感情」。他曾說：「我寫的詩，莫不是植根於踏實的生活土壤中，歷經長時期的體會醞釀，才緩慢發芽、成形，而以鮮活熱烈的血液記錄下來。」[14]

　　三十多年來，他所經營的詩觀，無關理論，大多從經驗出發，透過生活的驗證，才逐漸建構的，他的詩篇，就是詩觀的實踐。基本上，他的詩觀可分為：（一）原理論；（二）創作論。

　　先談原理論。

　　吳晟回顧四十年來，在農村教書、耕作，利用夜晚從事創作，主要動力來自生命的熱愛、社會的關懷，以及文學的理想。他堅信文學創作根源於真實生活，才有動人的力量，同時文學回歸於生命的本質，才有深遠的意義。[15]詩既是文學的範疇之一，自不能例外。他說：「我不願高談文學的使命感，但是本乎至誠而創作應是毫無疑問的基本態度。」[16]「坦朗真誠乃是最起碼的風格。」[17]因此，作品大都從

---

12 吳晟：《吾鄉印象・土》。
13 施懿琳〈稻作文化蘊育下的農民詩人——試析吳晟新詩的性格特質與批判精神〉。
14 同註9。
15 吳晟：《一首詩一個故事・詩名》。
16 吳晟：《無悔・獎賞》。
17 吳晟：《無悔・混淆》。

實實在在生活體驗中醞釀而來，不矯飾不故作姿態，這種「誠於中形於外」的表現，既是詩歌的本質，也是詩歌的動人之處。吳晟自白：

> 我仍信奉，就像土壤中的種子，各自汲取水分，耐心等待生根發芽，只有在寂寞中浸過汗水或淚水，只有在孤獨中傾注心血的詩句，才可能貼近人們的心靈深處。[18]

可作爲註腳。

吳晟信奉家庭倫理、關懷社會倫理、堅持土地倫理，其核心價值不外愛與悲憫情懷。他是道地的農家子弟，親情、鄉情、作物、土地，自然成爲詩作的主要內涵。因爲長年居住鄉間，腳踩田地，手握農具，挑屎擔糞搬堆肥，揮灑汗水；他的每一份詩情都連接台灣島嶼每一寸土地，希望詩篇能扣人心弦，引起回響。

次談創作論。

吳晟是位社會寫實文學的作家，他關切社會，介入現實，擁有完整的農村生活背景，經過醞釀、思索之後，才完成詩作。例如：在台灣急驟由農業轉型爲工商業社會的年代，文明的迅速入侵農村，「時代變化中的愁緒」，混合他對土地和作物的愛戀，終於推出「吾鄉印象」組詩。

他認爲詩就是生命，對生命無止無盡的熱愛和探索。[19]爲了寫詩，孤獨年少吟誦詩篇、玩味詩意、抄寫詩句、體會詩藝；四十年來，仍繼續探索詩的語言、結構乃至詩的意義。他相信詩人最榮耀的桂冠，應是作品本身——完美詩藝的呈現。

然而，作爲寫實詩人，他要求藝術表現和台灣現實密切結合，堅持以素樸的語言、鮮活的意象，「寫台灣人、敘台灣事、繪台灣景、抒台灣情」。[20]他的詩作大都根源於現實生活，和台灣社會脈動息息

---

18 同註15。
19 同註15。
20 吳晟：《一首詩一個故事‧未來出世的詩選》。

相關，許多詩篇是歷史的影子，絕對可以視之為詩史。例如：〈若是〉（1979）寫於台美斷交時，眼見各行政機關發動一連串抗議示威，指責美國背信忘義，他藉著「向孩子說」：「若是和你最親密的小朋友／拒絕和你在一起／孩子呀！不要懊惱的哭鬧／更不要怨嘆別人／你要認真檢討自己」，抒發個人的看法。

　　寫於一九八〇年的〈不要忘記〉，反映了「美麗島事件」風聲鶴唳的氣氛下，吳晟積鬱多日的悲憤心情，以兄弟相處做比喻，訓誡大哥要有包容異己、接受批評的胸襟，不要將怨恨的種子，撒播在裂開的傷口上。他透過隱喻為「因義受難」的人士，發出正義的聲音。

　　他創作題材根源於土地，反映社會現實，所以能釋放強烈的鄉土情懷。為了搭配題材，加入不少台語，這種國台語靈活的運用，不僅增加鄉土人情味，也展現親和力。他追求的是「樸素、單純而真摯的詩情。」[21]

　　胡適先生（1891～1962）主張「詩的具體性」是寫詩的不二法門，他在〈讀新詩──八年來一件大事說〉說：

　　詩須要用具體的做法，不可用抽象的說法。凡是好詩，都是具體的；越是偏向具體的，越有詩意詩味。凡是好詩，都能使我們腦子裏發生一種──或多種──明顯逼人的影像。

　　這裡的「影像」其實就是意象（imagery），也即心靈圖畫，是一首好詩的重要條件。他又說：

　　文學有三個要件：第一要明白清楚，第二要有力能動人，第三要美。

　　文學不外「表情達意」，所以，必須先求「使人懂得，使人容易懂得」；其次，「還要人不能不相信，不能不感動」；最後，「懂得

---

21 吳晟：《一首詩一個故事・詩情相思》。

性」加上「逼人性」（所謂「逼人而來的影像」），[22] 如此，自然就會出現美感。

　　這是文學的最高境界，也是新詩的最高境界。胡適的新詩美學平易近人，[23] 吳晟四十年所追求的詩藝頗為近似。

　　吳晟初二開始迷戀新詩，經常在各報章雜誌發表詩作，中學八年約有一百首。但他與時俱進，面對台灣社會的變遷，立足鄉土，深入庶民心靈，開始經營組詩「吾鄉印象」，以反應「時代變化中的愁緒」。二〇〇五年，他面對初老的歲月（退休、照顧孫女、守住家園、平地造林），「沉靜中讀讀書、唸唸詩，竟是每日最愜意的休閒。」[24] 於是寫下「晚年冥想」組詩[25]，以圓熟的智慧、豁達的胸襟去正視、思索人類共同的歸宿——死亡：以樹葬替代墓園，而墓誌銘是終生心血凝結的三二行詩句。

　　其實，吳晟寫詩還有一些因緣促成的。一九七〇年，他參加救國團主辦的「大專院校期刊編輯人研習營」，巧遇營主任瘂弦，並得到鼓勵，「吾鄉印象」組詩就是在瘂弦主編的《幼獅文藝》發表的。一九七五年，他獲頒吳望堯設置的「現代詩獎」，不久，接到「楓城」主編周浩正的來信，希望出版他的詩集《吾鄉印象》（1976）。一九七七年，瘂弦接辦《聯合報》「聯合副刊」，向他邀稿，並連載「向孩子說」組詩，其中第一篇〈負荷〉，淺白明朗的語言配合濃厚的生活情調，塑造了吳晟特有的詩風。

---

22 林明德：〈憂患中的心聲—論胡適之的「白話新詩」〉，《憂患中的心聲》（台北：文訊雜誌社主編，1991 年）。

23 胡適的詩集共有 211 首，但他只承認〈老鴉〉、〈老洛伯〉、〈你莫忘記〉、〈關不住了〉、〈希望〉、〈應該〉、〈一顆星兒〉、〈威權〉、〈樂觀〉、〈上山〉、〈週歲〉、〈一顆遭劫的星〉、〈許怡蓀〉、〈一笑〉等十四篇才是真正的「白話新詩」。

24 同注21。

25《聯合文學》246 期（2005 年 4 月號）。

四、吳晟新詩的主題意識

　　吳晟的創作涵蓋新詩與散文，但一直堅持新詩的創作，他承認這是需要「堅強的創作信念和熱情」。從創作歷程上看，他十六歲（1960）開始寫詩，直到五十五歲（1999），四十年之間，先後出版了《飄搖裏》（1966）、《吾鄉印象》（1976）、《泥土》（1979）、《飄搖裏》（1985）、《吾鄉印象》（1985）、《向孩子說》（1985）、《吳晟詩集》（1994）、《吳晟詩選》（2000）等八種詩集，以及《農婦》（1982）、《店仔頭》（1985）、《無悔》（1992）、《不如相忘》（2002）、《一首詩一個故事》（2002）、《筆記濁水溪》（2002）等六種散文集。

　　他詩文兼寫，但以新詩為主，顯然地，詩創作是他的最愛，也是心路歷程的跡痕，更是台灣農村的見證。

　　特別要指出的是，吳晟的新詩、散文有許多篇章有詩文雙重奏的現象，成為奇特的文學景觀，例如：〈曬穀場〉（詩・1972）之於〈珍惜〉（文・1982）；〈店仔頭〉（詩・1972）之於〈店仔頭〉（文・1985）；〈手〉（詩・1974）之於〈一本厚厚的大書〉（文・1982）；〈制止他們〉（詩・1981）之於〈富裕〉（文・1990）；〈詢問〉、〈期許〉（詩・1983）之於〈謊言〉（文・1987）、〈抱歉〉（文・1988）。[26]

　　從這些例證可以發現散文篇章是新詩內容的進一步詮釋。一九八四年，他暫停新詩創作，改以散文在報章雜誌上發表他的「看法」。由於解嚴前（1987）台灣社會仍屬白色恐怖的年代，隱喻含蓄的新詩無法承載他感時憂國的「意見」，為了容納更豐富的內涵、更強烈的批判意識，他改以平淺、直接、明白的散文來傳達他的急切關懷。

　　根據二○○○年洪範版《吳晟詩選》（1963～1999）附錄〈吳晟詩作編目〉，一九六二～一九九九年，共有二三四首，（按：1980漏

---

26 陳秀琴：《吳晟詩研究及教學實務》（高雄師範大學教學碩士論文，2001年）。

列〈呼求〉一首），其實應是二三五首，加上二〇〇五年「晚年冥想」組詩十首，總共二四五首。這是四十多年的成績，毋寧說明了吳晟是位慢工出細活的詩人。

這本詩選從原來的三冊詩集《飄搖裏》、《吾鄉印象》、《向孩子說》，與「再見吾鄉」（1999）組詩，嚴格的選出自認爲詩藝表現較完整、耐讀的詩作，共七十五首，加上「晚年冥想」組詩十首，共八十五首是本文論述的依據。

從吳晟新詩繫年可以看出，他的創作歷程大概可以分爲四個時期，即：

一九六三～一九七〇：爲前社會經驗時期，十九歲到二十六歲，從大專歲月到軍旅生涯。

一九七二～一九九〇：是社會經驗時期，二十八歲到四十六歲，從人子人師人父，到教師農民的身體力行，於詩藝、人生、社會、教育、政治、農業、環保、土地、文化有更深刻的思考與批判。

一九九四～一九九九：屬批判參與時期，五十歲到五十五歲，從觀念到行動，將理想加以實踐，由幕後走到台上，表現了知識分子的本色。

二〇〇〇～：沉潛反思時期，五十六歲迄今，他以新詩記錄台灣的政治社會，眼見政黨輪替、言論、思想自由、民主深化，好像兌現知識分子的一些夢想，不過在退休的歲月、初老的心情、他沉潛自我，反思人生、社會路向，爲土地倫理善盡「大地公民」的責任。二〇〇五年的「晚年冥想」組詩十首就是最好的例證。這八十五首詩作，可以分五個階段，特予繫年如下：

飄搖裏（1963～1982），二十一首。

吾鄉印象（1972～1977），二十九首。

向孩子說（1977～1983），十六首。

再見吾鄉（1994～1999），二十九首。

晚年冥想（2000～），十首。

　　無疑地，這是他的心路歷程，也是與時俱進的紀錄。其中蘊涵許多深刻的主題，值得玩味、探索，例如：

（一）倫理觀念

　　倫理即人類道德的原理，是人類和諧、秩序的依據，其範疇概括家庭倫理、社會倫理與土地倫理三個層面，卻倚伏互動。吳晟的創作中，我們很容易看到有關家庭倫理的詩篇，例如：寫父親的〈堤上〉、〈十年〉；寫母親的〈泥土〉、〈臉〉、〈手〉、〈野餐〉、〈阿媽不是詩人〉；寫妻子的〈階〉、〈從未料想過〉、〈異國的林子裡〉、〈遊船上〉、〈洗衣的心情〉、〈雪景〉；寫孩子的〈負荷〉、〈成長〉、〈不要驚怕〉、〈不要看不起〉、〈蕃藷地圖〉。

　　吳晟在散文集《不如相忘　卷四・不如相忘》有八篇追憶父親，並藉以造象，他自白：「或許父親不願擾亂我的心緒，不願我們因思念他而徒增悲傷，不如彼此相忘，因此才強忍住想念，不來我夢中相會吧？」其實，這正好映襯了他心靈深處的懷念：「父親啊，鄉人都說／我越來越像您／像您髮越稀，額越禿／像您容易為鄉人／牽掛和奔走／這就是您殷殷的寄望嗎」（〈十年〉）。〈堤上〉一詩敘述四代「牽著兒子的小手／在堤上散步」那份「忙裡偷閒」的情趣，卻在兒子無心追問「阿公在哪裏？」的時候，讓他內心泛起一股莫名的悲悽，只好截情入景：「我茫然望著逐漸沉淪的夕陽／不說甚麼」。

　　關於母親，吳晟著墨最多，而且早已在《農婦》四十篇散文形塑這位台灣典型的農婦形象。吳晟返鄉陪伴母親，教學之餘，投入農事，逐漸發現母親在家園「用一生的汗水／灌漑她的夢」（〈泥土〉）、「母親的雙手，一攤開／便展現一頁一頁最美麗的文字／那是讀不完的情思／那是解不盡的哲理」（〈手〉）。在他的心目中，母親就是一本厚厚的大書。

　　一九九九年，農婦以八十六高齡往生，吳晟寫了兩篇散文追憶母

親，一是〈隱藏悲傷〉，一爲〈對年〉。前者寫父親去世三十多年，母親平常談到父親，語氣平淡，看不出有任何傷心，但每逢節日祭祀，則近乎撕心裂膽喊叫父親的名字，非常悽愴，原來是平常把悲傷忍抑下來，深深隱藏。作者說：「我和母親的臉相最相像。每天早晚漱洗之時，看見鏡中的自己，彷如看見母親，怔忡過後，清楚提醒我已成爲孤兒。」母子情深如此，悼念之思也於此可見。後者寫對母親的悼念，以及依民俗去世一周年「做對年」，既追思祭拜，且將母親靈位和祖先合爐，列入公媽牌，善盡人倫的責任。

　　至於妻子莊芳華是吳晟農專的學妹、終生最得力的「特別助理」。他們互相扶持三十多年，之間的深情，很難言喻，祇能訴諸含蓄的詩句：

> 那些年輕的話語
> 多少年了，我們不再提起
> 不是淡了，更不是忘了
> 而是，居然有些靦腆
> 在並不詩意的柴米油鹽中
> 在拖過一年又一年的債務中
> 在每一次的爭吵和賭氣中
> 隱藏得更深更厚
> ——〈異國的林子裏〉

　　她出身都會，爲了愛情，投入圳寮農村，與農婦一起生活，必須放下自我，調適自己，在教學之餘，扮演農婦的幫手，當一個稱職的媳婦；她也是一女二子的媽媽，盡心盡力照顧、呵護子女的生長；還有，他更是詩人的妻子、知己與推手。吳晟在〈洗衣的心情〉透露：

> 多年來，我未曾向你說過
> 生活上的種種煩瑣

是你那雙手
一一承受下來
琢磨成孩子們和我
喜愛的甜蜜
而你的雙手，已越來越粗糙

　　深藏在詩人內心的感激和愧疚，從未言語說出，祇有透過痴痴端詳的眼神。這是他情意的表達方式，但她毫無怨言，而且默默接納詩人的愛情符碼：「是爲了學習詩藝而來嗎／最美好的詩／就寫在孩子們和你／紅潤的笑臉上／是爲了追尋甚麼夢想嗎／最可親的希望／就在我們自己的家鄉」（〈從未料想過〉）。

　　對於孩子，詩人付出相當的愛心與照顧，因爲孩子是他生命中「最沉重／也是最甜蜜的負荷」。

　　一九七二年，他初爲人父，生活重心轉移到家庭與子女身上。多少夜晚，他背著子女拍啊拍、搖啊搖的，終於湧現「向孩子說」組詩。當時，他身兼教師與父親，在孩子心目中是亦師亦父，因此對子女的疼愛也反映了一定的普遍性，讓這份平凡父親的情感，得到共鳴。由子女擴及學生身上，他訴說的對象，也包含了台灣下一代的子弟。他希望孩子認識歷史、分辨眞相、愛戀土地、活出自己。他透過〈蕃藷地圖〉揭開父祖輩的台灣歷史：

雖然，有些人不願提起
甚至急於切斷
和這張地圖的血緣關係
孩子呀！你們莫忘記
阿爸從阿公笨重的腳印
就如阿公從阿祖
一步一步踏過來的艱苦

　　這首詩寫於一九七八年，是典型的鄉土詩。全詩分四段，每段都出現「一張蕃藷地圖」的意象，既蘊涵農民性格也標示台灣精神。民間相傳台灣地形像一條蕃藷，所以俗稱台灣爲蕃藷。作爲經濟作物，蕃藷卑微又韌命，俗諺云：「蕃藷不驚落土爛，只要生根代代傳。」這種強韌的生命力早已轉化爲斯土斯民的精神象徵。

　　〈負荷〉發表於一九七七年，語言是淺白明朗，內容爲平凡生活，意象則新鮮生動，引起讀者強烈反應，可謂雅俗共賞，老少咸宜之作。

> 阿爸每日每日的上下班
> 有如自你們手中使勁拋出的陀螺
> 繞著你們轉呀轉
> 將阿爸激越的豪情
> 逐一轉爲綿長而細密的柔情

　　「陀螺」是動力的意象，與孩子的「使勁拋出」既產生互動也蘊蓄張力，從而釋放阿爸「歡喜做，甘願受」，爲孩子化豪情爲綿密的柔情。

　　他在〈愛戀〉叮嚀「鄉下長大的孩子／喜歡厚實的泥土」，要記住：

> 陽光啊，堆肥啊，清風啊，泥土啊
> 雖然，有些人不喜歡
> 鄉下長大的孩子
> 仍深深愛戀著你們

　　有關社會倫理的詩篇，大概見於「吾鄉印象」組詩與「向孩子說」組詩。這是家庭倫理的擴大，所謂設身處地、推己及人的結果。吳晟返鄉教耕讀寫三十多年，以寬厚的情懷關心鄉間子弟，希望他們「在沒有粉飾的環境中／野樹般成長的孩子／長大後，才懂得尊重／一絲

一縷的勞苦／才懂得感恩」(〈成長〉)；直到同一間教室出現另一批相似的容貌，「『老師好』換成『師公好』」，他才驚覺到，年歲已老。

他以素樸的筆描繪鄉村的容顏，例如：

> 古早古早的古早以前
> 世世代代的祖先，就在這片
> 長不出榮華富貴
> 長不出奇蹟的土地上
> 揮灑鹹鹹的汗水
> 繁衍認命的子孫
> ——〈序說〉

他深入吾鄉老人的心靈世界，敘述共生的命運：「千萬張口，疊成一張口／——一張木訥的口／自始至終，反反覆覆的唱著／唱著那一支宿命的歌／唱著千萬年來陰慘的輝煌」(〈歌曰：如是〉)；他藉〈含羞草〉暗喻吾鄉人們的個性「我們很彆扭／不敢迎向／任何一種撫觸／一聽到誰的聲響迫近／便緊緊摺起自己／以密密的、小小的刺／衛護自己」；固然，吾鄉老人彷彿「一束稻草」，也曾綠過葉開過花結過果，但「一束稻草的過程和終局／是吾鄉人人的年譜」(〈稻草〉)；吳晟更指出吾鄉人們所傳承的美德，年年清明節日，「吾鄉的人們，祭拜著祖先／總是清清楚楚地望見／每一座碑面上，清清楚楚地／刻著自己的名姓」(〈清明〉)，因為那種傳統的虔誠，是社會秩序的根據。

吳晟對土地的深情與愛戀，很可能來自農婦的遺傳，他指出：「母親常說：土地最根本、最可信靠，人總要依靠土地才能生活。」(《不如相忘・田地》) 在「吾鄉印象」組詩，他以〈泥土〉、〈臉〉、〈手〉、〈腳〉、〈野餐〉鋪寫母親，其終極指向是大地之母。母親用一生汗水在吳家田地上，灌溉泥土中的夢，容顏時常沾著泥土和汗

滴，雙手長年屬於泥土，至於粗大的腳掌「攪拌過大量的堆肥、雞糞、肥料／和母親的汗水／我家這片田地的每一塊泥土／母親的雙腳，曾留下多少／踏踏實實的腳印」（〈腳〉）。

農婦深信千方百計，不如種地，「做田人比較有底」。吳晟承傳了母親的土地意識，投入耕作，赤膊赤足，握鋤荷犁，他「一行一行笨拙的足印／沿著寬厚的田畝，也沿著祖先／滴不盡的汗漬／寫上誠誠懇懇的土地／不爭、不吵，沉默的等待」（〈土〉），甚至許下廝守田地的諾言：

有一天，被迫停下來
也願躺成一大片
寬厚的土地

在〈黑色土壤〉，他如此的頌讚著：「在濁水溪畔廣大溪埔地／每一步踩踏田土的足跡／每一個貼近田土的身影／每一滴滴落田土的汗水／紛紛萌生根鬚、茂盛枝葉／凝結信靠大地的愛戀」，對照〈你不必再操煩〉：「你實在無從想像／田地的價值，並非為了耕作／而是用來炒作／辛勤一世人的老農，竟然是／台灣經濟發展的拖累」，真是反諷到極點了。

對於隨意污染、不當開發，導致美麗之島，「轉眼將成廢墟」，[27]「而台灣島嶼已找不到農民／甚至，找不到可供耕作的田地」，[28]他憂心忡忡；目睹大地的創傷、人世的劫難：曾經辛苦開墾的農地，無力抵擋砂石車、水泥車、廢棄物搬運車的蹂躪；遼闊田野成為一小塊一小塊農地，少許稻作擠在鋼筋鐵架間奄奄一息。他內心的無言之痛，「只有求取詩句的安慰」。[29]

然而，詩人醒覺「原來我們唯一的鄉愁／就在腳踏的土地上／因

---

27 吳晟：《飄搖裏・制止他們》。
28 吳晟：《吳晟詩選・再見吾鄉・你不必再操煩》（台北：洪範書店，2000）。
29 吳晟：《吳晟詩選・再見吾鄉・我仍繼續寫詩》（台北：洪範書店，2000）。

爲眞切而不夠浪漫／卻是永遠的愛戀與承擔」(〈我們也有自己的鄉愁〉),他無怨無悔的擁抱母親大地:

> 而我的足跡,我的身影和汗水
> 牢牢連結廣大溪埔地
> 無論擴張又擴張的經濟風潮
> 如何刺痛我信靠大地的愛戀
> 我仍願緊密守護每一寸黑色土壤
> ——〈黑色土壤〉

於是,他一方面呼籲政府留下綠地:

如今最迫切需要的「建設」,莫過於將廣大林木「還給」山林和海岸線,牢固土質,涵養水源,並在平原闢建萬頃森林,讓綠意盎然的枝椏、葉片搖曳中,釋放幽靜清涼,洗滌千萬台灣人的心靈。《不如相忘‧平原森林》

一方面自己積極「平地造林」,在二甲的土地上種植台灣原生種的一級木:烏心石、毛柿、雞油、黃連木與牛樟。[30] 種樹是「苦著一代,蔭三代」的事業,也是打造夢想家園的第一步,更是搶救台灣環境品質、恢復美麗島容顏的契機,刻不容緩。

他在鄉間扮演「大地公民」,守護土地。

吳晟根深蒂固的倫理觀念,由核心的家庭倫理,往外擴散推衍,形成社會倫理與土地倫理的同心圓,這毋寧是他新詩的深層結構,也是他詩作耐人尋味的地方。這裡藉著李奧帕德(Aldo Leopold, 1887～1943)《沙郡年記》(A Sand County Almanac)[31] 的觀點,一窺吳晟詩作的奧秘。

---

30 蔡依伶:〈家在溪州,吳晟〉:「吳晟要以一首打油詩來涵蓋五種原生種一級木:『一隻烏毛雞,騎在黃牛背上。』見《INK155》第一卷第六期,(台北,2005)。

　　李奧帕德，生於美國愛荷華州，耶魯大學畢業後，進入美國林務署，擔任新墨西哥州和亞利桑納州的助理林務官，從此投身自然保育工作，成為美國保育運動先驅。一九四三年《沙郡年記》手稿完成。他被尊稱為「近代環境保育之父」，論者以為《沙郡年記》是一本生態平等主義的聖經。其中「土地倫理」（Land Ethic）[32]的概念已成為普世價值，而且是自然寫作的重要原則。

　　李奧帕德認為我們以倫理來處理人與人，社會之間的關係，也可以擴大到人和土地上動、植物的道德規範上。

　　「土地倫理」是一種環境哲學，其核心是「土地社群」（Land-community）的概念，即土地（或自然）是由人類與其他動、植物、土壤、水共同組成的，人類只是社群中的一個成員，必須與其他成員互賴共生。

　　「土地倫理」不僅肯定這些社群成員「繼續存在的權利」，並尊重其他成員的內在價值。內在價值不再只是荒野保存論者「保護」的對象，而且具有本然的、不可侵犯的生存權利。

　　他批判人口的增加與對土地祇重經濟手段的利用，認為應從倫理的立場出發，對土地的被破壞有「羞恥感」，且持續和土地親密接觸，最後才能產生愛和尊重。

　　他肯定荒野的內在價值，並且具有「美感價值」。保存荒野便是保存了土地美學的依據──「被感知對象」的存在。野地的美感不是專為人類而設的，它本然自存，等待人用感知能力去欣賞。因此，人與自然接觸時，不只是一種知性的深入而已，還必須以感性的心靈去直接自然。

　　我們需要一個完整的自然，就必須理解其他生物的需要，才可能成為一個冷靜又感性的「大地公民」。

---

31 阿爾多・李奧帕德著，吳美真譯：《沙郡年記（李奧帕德的自然沉思)》
　　（台北：天下文化，1998）。

32《沙郡年記・第四部消失的野地・土地倫理》。

李奧帕德認為現代人與自然之間問題的關鍵，是在於人視土地為財產，因此提出發展社群的關係來取代人對土地的的掠奪與征服。人應是社群中的一員，對土地有權利也有義務，此即「生態良知」。在「生態良知」的運作下，沒有任何生物是「沒有用的」，人不應因為牠們不能賣得好價錢而危害牠們生存的權利。他反對只建立在經濟上利己主義的自然資源保護系統，而認為應以「土地倫理」來維繫這種權利、義務。他並以生態學上「生物金字塔」為例，說明人如果能不破壞金字塔的底層——土地，對金字塔的改變愈輕微，金字塔內重新調整的可能性就愈高。[33]

這些觀點都是李奧帕德的自然沉思後，所建構的智慧與理論。其中「土地倫理」可以用來檢視吳晟的「土地愛戀」，而「生態良知」似乎是吳晟信奉的觀念，至於「大地公民」可以說是吳晟的身分證。

吳晟既是農專出身，又讀過許多自然觀察的作品，像梭羅的《河岸週記》、約瑟芬·強森的《島嶼時光》，[34]但他可能沒想到，三十多年來，立足鄉土，身體力行的，是一件先知者的事業。

（二）政治與環保

吳晟所處的年代，包括前社會經驗與社會經驗時期，也就是長達三十八年的戒嚴時期，政治、思想、言論上有許多禁忌，或稱「白色恐怖」的年代，那是「數十年來並持續挾反共為名、獨裁專制為實，情治人員密佈各地區各階層，執行思想言論控制，因所謂思想問題遭受迫害、拘捕、監禁、家破人亡的知識分子，不計其數，全島經常籠罩著肅殺恐怖的陰影。」[35]

然而，他從年少就喜歡與平輩放言高論、批評時政，縱談社會政

---

33 同前註，並參考吳明益：《以書寫解放自然——台灣現代自然寫作的探索》（台北：大安出版社，2004年）。

34 吳晟：《筆記濁水溪·走訪山水·深入奧萬大》（南投：南投縣立文局編印，2002年）。

35 吳晟：《無悔·討人情》

革，並且形諸詩文，因此遭受情治單位的注意，在他們的標準裏，「凡是批評政府便是思想有問題；凡是不同主張便是偏激分子；凡是要求政革，便是擾亂安定、破壞團結。」[36] 顯然的，像吳晟這樣的人就是他們所要找的對象。《無悔·報馬》所陳述的，便是他的白色恐怖的經歷與見證：

當時（一個二十出頭的專一學生）的驚惶錯愕，乃至逐漸加深的恐懼，持續了很長的時日。在純真煥發、正該任意舒展無限奔放的年輕心靈，蒙上一層厚重的陰影，彷如夢魘般緊緊跟隨著我，造成實在無從估計的壓抑和挫傷。

處在這樣「一個離亂的時代」，他有許多怨怒心聲，不吐不快，卻只能隱忍或「畏畏縮縮」，藉隱喻的方式來表達，例如：〈意外〉：「一粒怯怯的種籽，如何／而芽而苗而青青的樹／以不情不願的哭聲抗議／如何，小小的我驚惶的來臨／那只是一件非常偶然的／小小，小小的意外」（1973），作者雖明寫種籽成樹的歷程，其實是在隱喻他「深深潛藏的矜持與固執」，以及「明知所有的議論／都是徒然，仍然忍不住悄悄發言／向一樣卑微的同伴」（〈自白〉：1976）。發表於一九七七年的〈例如〉：「而你居然也學會／在臉上塗抹化妝品，粉飾自己／孩子呀！阿爸忍不住要告訴你／以真實的面貌／正視真實的世界吧」，藉著向孩子說的「庭訓」，卻含蓄隱喻對台灣社會的批判——言論不自由。

一九七八年的〈過客〉，借用鄭愁予〈錯誤〉中的「名句」，反覆吟詠，以抒發他對島嶼上一批批現代過客的質疑：「什麼時候，到了什麼地方／你們才是歸人，不再是過客……」，字裡行間隱含對逃亡心態——心目中無台灣人民，土地和未來——的強烈批判。

一九八〇年的〈不要忘記〉：「孩子呀！不要忘記／你們是至親

---

36 吳晟：《無悔·封建》

兄弟／應該可以誠意的討論／應該有包容的胸襟／為甚麼不伸出溫暖的手掌」，是為「美麗島事件」而寫的，當時執政當局羅織意圖叛亂罪名，大肆逮捕參與民主運動的人士，蕭殺寒氣籠罩全島。他認為只要稍有常識，都可以判斷這是件政治迫害，不過，但聞撻伐之聲，卻聽不到一句公道話。積鬱多日的悲憤，終於讓他以隱喻表達了「正義的聲音」。

「在龐大的白色恐怖陰影長期壓抑下」，不識字的農婦「懷有深深的憂慮」與顧忌，迥異於一向坦蕩蕩的個性；[37] 而好友曾健民出國前後重複叮嚀，要他：「謹言慎行」。[38] 可是，吳晟並沒有因此屈服，「滿懷的傷痛和憂慮／像鼓漲的風帆驅使我／再也倦於假借含蓄掩飾卑怯／更不忍再以冷漠保護自己」，[39] 於是，他發表〈禁忌〉、〈沉默〉等篇散文直指白色恐怖的後遺症。他了解越多，思考越多，也帶來越多的憂慮，不過，他憧憬未來，作了一個小小的夢：「什麼時候啊！我們社會上的父母，才能無所顧慮，理得而心安的教導子女：坦蕩蕩的做人，坦蕩蕩的說話，坦蕩蕩的寫文章。」

吳晟以知識分子自居，扮演觀念人，「選擇守住寂寞的鄉間，寂寞的文學創作，只盼替文化扎根盡些心力，提升些許低落的台灣文化品質，多少喚醒台灣子弟的鄉土意識，進而滋生愛護鄉土的濃厚情懷。」（《無悔・街頭》）或盡些言責，發表一些議論。這段期間，他隱抑且以含蓄隱喻的方式寫詩，但在《無悔》（1985～1992），他不再「躲躲閃閃，隱隱藏藏，大繞圈子」，直接「揭穿權貴的虛假面具，觸及當權者的隱痛。」（〈無悔〉），寫於一九九七年的〈一概否認〉就是最好的例證，全詩細數五十年的台灣奇蹟，並揭穿「美麗的謊言」。

一九九二年的立法委員選舉與一九九三年的縣市長選舉，可能是

---

37 吳晟：《農婦・感心》。

38 吳晟：《吾鄉印象・叮嚀》。

39 同前註。

吳晟生命歷程的重要關鍵。前者是為走上街頭的教師廖永來助選，擘劃文宣；後者是為環保教授林俊義競選市長，上台助講。尤其是後者，他表現得相當積極，從幕後的觀念人，走到台上，直率呼籲、宣揚理念，結合觀念與行動於一身，成為真正的「知識分子」。一九九四年，他寫給林俊義教授的〈退出〉一詩，就是此一歷程的紀錄。

一九九六年十一月九日，他在《台灣日報‧副刊》發表四首詩，包括：〈回聲〉、〈意象〉、〈筆桿〉與〈經常有人向我宣揚〉，透露再出發的跡象。其中〈回聲〉一詩是賴和先生（1894～1943）的肖像，他在賴和百歲冥誕紀念會後，內心泛起「激昂情緒、隱含羞慚」，如此吐露：「熱衷文學如我／而今才懂得親近／家鄉先輩的你／那是歷史的斷裂與扭曲／那是文學的欺瞞與壓制／矇蔽了台灣子弟／造就了市場文學的虛妄」，之後，他又提筆寫詩。

二〇〇〇年，吳晟正式退休，恰逢政黨輪替，台灣社會在思想、言論自由，民主深化更為進展。他生活鄉間，利用空閒深刻思索長期關心的問題，例如：社會、環保、文學與生命等。其中，環保讓他念茲在茲，須臾不能忘。

吳晟愛戀土地，「覺得腳與泥土直接接觸的感覺，又踏實又親切」（《農婦‧了尾仔》），視土地有如神聖，因而引發他的環保觀念與維護自然的決心，基本上，這可視為「土地倫理」的實踐。一九八一年，他寫下〈制止他們〉一詩，開宗明義的說：

我們全心全意的愛你
有如愛自己的母親
並非你的土地特別芬芳
只因你的懷抱這樣溫暖
並非你的物產特別豐饒
只因你用艱苦的乳汁
養育了我們

　　他憂慮「美麗之島」的骨骼（山林）、血脈（河川）、肌膚（大地），遭到不肖子孫與過客的破壞，而變成「廢墟」。[40]於是，他用「嚴肅的聲音」、「不容曲解、不容敷衍的聲音」，來制止他們繼續摧殘我們以及子孫立身安命的島嶼。

　　我們必須探究：繁榮不是一切，繁榮的背後往往隱藏大災害。

　　濫加砍伐，癱瘓了島嶼的骨骼；污水廢氣，既污染島嶼的血脈也毀損島嶼的肌膚。貪婪的他們好像進行一場「高利貸」，「然而可以預見／我們即將不由自主／捲入揮霍有限資源的漩渦／再也償付不起龐大債務的利息／再也沒有能力贖回／長期典押的青山綠水和晴空」（「再見吾鄉」：〈高利貸〉），這些詩句在在顯示吳晟「對台灣農村、台灣整體環境無可掩飾的疼痛。」

　　《吳晟詩選》裏的「再見吾鄉」（1994～1999）有二十九首，關於環保的詩篇佔了大多數，例如：〈高利貸〉、〈幫浦〉、〈出遊不該有感嘆〉與「憂傷西海岸」系列。其中「憂傷西海岸」系列包括：〈憂傷之旅〉、〈馬鞍藤〉、〈沿海一公里〉、〈去看白翎鷥〉與〈消失〉五首。詩人原以為奔赴海岸去相會，可以洗滌身心，沒想到只剩幾株零落、消瘦的木麻黃，頂著風沙。而觸目所及盡是「放肆傾洩的貪欲」──文明垃圾與惡臭；曾經清風、湛藍的海岸已是創傷斑斑。至於原生植被的馬鞍藤「掙扎伸出細軟的不定根／抓住，隨時可能崩去的島嶼」，而且「堅持為悲傷／留下些許希望的顏彩」，從情境對比中可見西海岸的嚴重斲傷與他的無言的控訴。〈沿海一公里〉描寫一段海岸線的防風林──木麻黃，被電鋸殺伐，風砂趁勢而起，海鳥無處可棲，小漁村兀自荒涼。詩人逆向思考：「啊，如果沿海一公里／鬱鬱蔥蔥的防風林／和翠綠山嶺相互呼應／將美麗島嶼，暖暖環抱」，那該多好。〈去看白翎鷥〉是寫躲過開發計畫倖存的保安林地，成了一群白翎鷥僅有的家園，「與白翎鷥美麗邂逅／是荒野中難得的驚喜／

---

40 同註36。

不敢太靠近，更不敢向人張揚／只能悄悄讚嘆／彷如謹守相惜的約定」，與童年鄉間水田溝仔邊，白翎鷥「一步一昂首一啄食的尋常蹤跡」，兩種情境相對比，其反諷意味是極為明顯的。

〈消失〉一詩描述「高污染廢水肆虐千頃蚵田」，蚵炸、蛤仔湯等小吃即將消失，「拒絕消失，果真等同阻撓經濟嗎／討海子民的身影／還能在海岸繼續綿延嗎／默默庇佑的媽祖娘娘／慈悲面容也蒙上揮不去的夢魘」，詩人如實呈現真相，也流露了悲憫情懷。仔細玩味吳晟「再見吾鄉」系列，雖延續《吾鄉印象》「對台灣大地環境無可掩飾的疼痛」，其實表現得更為深刻，甚至是無言之痛。

（三）農業與稻作

吳晟曾說：「文學基本上是反映生活，正因為我從小在農村成長，所學也是農業，並實際操作農事，不曾間斷，我的寫作題材，當然以土地和農村人們的生活為主。」[41]

一九七○年代，台灣社會驟變，由農業轉型為工商社會。一九七二年，他發表「吾鄉印象」組詩，對文明入侵農村，表現了「時代變化中的愁緒」，曾引起很大的迴響。他是鄉間子弟，擁有完整的農村生活背景，換句話說，農業、稻作與他的生命密不可分；他緊握台灣農業的脈搏、同情農人的命運、觀察台灣農業的現況，成為三十多年來的歷史見證者、農村代言人。從他的詩文裡，我們讀到一頁頁台灣農業的血淚史。首先，是農業政策。台灣向來以農立國，但是農業政策一直不清或搖擺不定。他在《店仔頭‧敢的拿去吃》說：

三十多年來，我們的農村固然繁榮不少，機械化農耕技巧也改進很多，帶來不少便利。但是，因為一直欠缺長遠的生產規劃及產銷制度，

---

41 一九八一年，吳晟〈制止他們〉一詩預警提出「島嶼廢墟」；一九八五年，宋澤萊《廢墟台灣》（一本末日的啟示錄）（前衛）正式出版，同樣表示對台灣環保的焦慮。

任農民盲目發展，以致時常發生產銷不均衡的現象，大大浪費了大好的人力和土地。更不該的是，我們自己的多項農產品，既然產量過剩，不但不能善加運用，不能設法打開外銷市場，還拚命扶美國人的卵泡，採購美國的農產品，不惜犧牲本地農民的利益。

他在「吾鄉印象」組詩，已經注意到這個問題，然而，祇能在這片「長不出繁華富貴／長不出奇蹟的土地上／揮灑鹹鹹的汗水／繁衍認命的子孫」，即使「壞收成」也要有「望下季」的期待。一九九四年，吳晟為「用一生的汗水，灌溉她的夢」的母親，寫了〈你不必再操煩〉，控訴農業政策的種種不當措施，並且質疑：「你實在無從想像／田地的價值，並非為了耕作／而是用來炒作／辛勤一世人的老農，竟然是／台灣經濟發展的拖累」，真是不可思議。再看一九九七的〈老農津貼〉所揭示：老農一生信賴的土地，在變更地目後，已被砂石車、水泥車、廢棄物搬運車徹底蹂躪；在「這一小筆田地／即將隆起繁華夢幻」（〈賣田〉），大家祇好「蓋下最後一個印鑑／交出土地權狀」。他的無奈於此可見。

其次談稻作。

吳晟對土地和作物（尤其是稻作）有一份特殊的「愛戀」。一九九四年，他在《聯合報‧聯合副刊》，發表〈稻作記事〉，娓娓道出稻作文化，這篇親身經歷的紀錄，讓我們看到他不僅是教耕讀寫的詩人，更是觀察入微的農業專家，他愛戀稻作、關心農地；在台灣加入WTO之後，糧食仰賴進口、稻作面積萎縮，稻作農業即將全面放棄，走進歷史。他非常感慨：「我真不敢想像，沒有稻田、沒有稻作的台灣農村，將是怎樣的風貌景象。而台灣，你是四周環海的島嶼，果真不再需要自給自足的稻作嗎？」

台灣主要作物是水稻，吳晟家鄉在濁水溪畔，是出產濁水溪米的農鄉。檢視吳晟詩文，他的強烈稻作意識，顯然深受母親的影響，農婦做田六十年，默默流下辛酸的汗水，灌溉泥土中的夢，稻田對她來

說「是最好看的風景」，她一季季期待的是「一粒一粒汗珠結成的稻穗」。

一九七四年，吳晟發表〈水稻〉，描述農人與水稻之間的深厚感情。他將水稻擬人化，與吾鄉的人們交集，造成既寫水稻又寫農人。最後「只有你們明白／每一粒稻穀，是多少的辛酸結成」，為忙碌的合唱畫下完美的休止符。

然而，農業政策的搖擺，工業廢水、農藥的污染，加上政客的土地炒作，農地逐漸消失，稻米也滲進太多的農藥，馴至得了「不妊症」。一九九六年，吳晟發表〈不妊症〉，為瀕臨危機的農村提出警告：

> 即使往昔那樣貧瘠
> 營養不足的年代
> 我們的稻穗，至多不夠飽滿
> 何曾遭遇什麼不妊症
>
> 如今不時炫耀富裕飽嗝
> 我們的千頃稻作
> 未成熟竟已紛紛枯乾
> 這有殼無實的稻穀，如何收成

昔今對比，字裡行間所釋放的訊息，值得警惕。顯然的，這是病變的土壤體質讓稻作集體感染滅絕的病症。然而，「更驚心的是，併入不適用耕地／也許正符合農家心願／趁機將稻穗不妊症／變更為有殼無實的繁華」。對稻作深情、愛戀的詩人來說，此等打擊無異於錐心的刺痛呀。

（四）生命的反思

二〇〇〇年，吳晟總結一九六三～一九九九年的精要詩作，推出《吳晟詩選》，並且「期盼新世紀來臨，我還有能力創造新的格局，開

展新的題材。」[42] 這一年,他從學校退休、台灣政黨第一次輪替,民主深化、言論自由、思想無禁忌,人人遠離白色恐怖,眞正活出自己。眼看長期追尋夢想的兌現,他爲島嶼子民所作的選擇,感動而掉下眼淚;從此台灣的路向更爲清楚、堅定,他內心放下知識分子不少的「負荷」。不過,初老鄉間空閒多,他更細心思考啓動文學教育,或教授新詩或傳授新詩入門或總策畫台中縣、彰化縣文學,之外,他進出城鄉,或照顧孫兒接受太平年代小小的幸福或閒居鄉間平地造林或樟樹下涼亭靜思漫步,他「縱浪大化中,不喜亦不懼」。五年後,終於推出「晚年冥想」組詩十首。這不僅宣示他的再出發,也是對生命反思的紀錄。這組詩包括:一〈告別式〉、二〈生平報告〉、三〈晚年〉、四〈在鄉間老去〉、五〈趁還有些微光〉、六〈落葉〉、七〈學習告別〉、八〈不要責備他〉、九〈火葬場〉、十〈墓園〉。其中多首詩篇聚焦於初老、死亡的思考。由於詩人的安時處順,選擇鄉間,既要學習「最後如何向自己/從容自在地告別」(〈學習告別〉),也要趁還有些微光,再讀上幾頁「這冊厚厚大書」,更要思索人與自然的關係:墓園是樹葬,墓誌銘則是終生心血凝結的詩句三二行。

仔細閱讀這組詩,我們不難發現詩人尊重自然倫理,情深天地闊。他是位「大地公民」,而且身體力行,絕不忍糟蹋任何生靈,耗費大地資源。人生猶如一條鄉間小圳溝,「若有什麼值得提起/該是沿途相伴的美好景致/困頓時、歡欣時/潺潺哼唱的曲調/迴盪著終於/一條小河唱累了/就此歇息」(〈生平報告〉)

對晚年,雖然「仍有大片夢想趕著種植/但日頭已經西斜」,他確知「我雖已老,世界仍年輕」,要學會放捨人世的眷戀,「該退席的時候/就坦然離去」:

面對世界
即使仍有些意見

---

42 吳晟:《一首詩一個故事‧抉擇》。

但在庭院大樹下
閒看花開花謝草木生長
往往忘了爭辯

　　個中滋味，只可意會，難以言傳。他是位「戇直的鄉間子弟」，數十年「鄉間道路來來去去／校園與田園／學子與作物／青壯歲月如斯流逝」，但他選擇鄉間子弟鄉間老，跟他一起長大的小學同學「繼續守著田土／協助照顧孫兒／接受太平年代小小的幸福」（〈在鄉間老去〉）。

　　〈趁還有些微光〉、〈落葉〉、〈學習告別〉三首透露詩人耕讀的樂趣、死生的奧祕與告別的真諦。他趁還有微光閱讀了幾頁這冊厚厚的人生大書，「有些字句曾仔細咀嚼／似乎有所領會／多數匆匆掠過／含意不甚理解」，他很清楚：「當黑暗全面籠罩／不得不掩卷／無須驚訝嘆息／只是悄悄終止閱讀」（〈趁還有些微光〉）。在〈落葉〉，他從落葉、枯枝「找到生命延續的歡欣」：

赫然發現，枯枝
是新芽的預告
每一片落葉，輕易鬆手
都是為了讓位給新生

　　〈學習告別〉透過人生際遇來辨析告別——放下自己的真諦：人，「從第一句啼聲開始／各種形式的告別／原是為了學習／最後如何向自己／從容自在地告別」。

　　〈不要責備〉，是為紀念文學藝術創作者黃國峻、袁哲生、王德貞與陳明才，這幾位年輕人都是他熟識的，他設身處地的詮釋：「活下去的理由千百種呀／卻是那麼薄弱／抵擋不住死亡的招手／啊！請不要責備他／不堪負載／躁鬱的磨難」，並且揭示：

我們必須承認

從來不曾貼近他的孤單

不曾觸摸他靈魂深處

纖細的幽暗

令我們只能旁觀

最後他貼近他們的情境，既包容死者也安慰大家：「要不是真的太累了／一向如此善良的他／何忍將驚愕的問號與哀傷／留給活著的我們來承擔」。這是他初老對一些「往生」的看法。

基本上，〈火葬場〉，上承〈告別式〉，下接〈墓園〉，三首敘述了人生歸宿的必經儀式。通過火化，讓烈焰「彷如慈悲的雙手，擁抱肉身／也擁抱一世的愛憎牽絆」，「讓記憶隨著一縷縷灰煙／在天空飄散／漸行漸遠漸淡……」。這種灑脫的看法，是透澈生命的深刻思考的反應。

〈墓園〉一詩主題多元，是生命的歸宿，也是大地公民的夢想，更是土地倫理的實踐。吳晟一生深情愛戀土地、融入自然，希望最後歸宿是樹葬，以實踐堅持三十年的承諾：「有一天，被迫停下來／也願躺成一大片／寬厚的土地」（〈土〉：1975）。他在〈告別式〉說：「請直接火化／骨灰埋在自家樹園裡／我親手種植的樟樹下／也許化身為葉、化身為花／偶爾有誰想念／來到樹下靜坐、漫步／可以聽見我的問候」。而〈墓園〉則進一步呼應：

種一棵樹，取代一座墳墓

植一片樹林，代替墳場

樹身周邊闢一小方花園

亡者的骨灰依傍樹頭

埋葬或撒入花叢

送別的親友圍繞

合掌追思、默念、話別

這是詩人晚年的夢想，圓融智慧的觀照，始終如一的抉擇。原來，死亡是可以如此對待的——可以配合平地造林；詩人從容面對晚年，思索回歸自然，爲他的生命進程締造新境界。

五、結論

吳晟立足彰化，創作生涯四十年，詩文雙重奏，堅持「寫台灣人、敘台灣事、繪台灣景、抒台灣情」，自我要求藝術表現與台灣現實密切結合。在教、耕、讀之餘，不停的創作，主要動力大概來自生命的熱愛、社會的關懷，以及文學的理想。

由於熱愛鄉土，深具鄉土情懷，也有強烈的批判精神。在生命進程不同階段的感動，往往以憨直的性格、冷靜的思考、良心的議論，或詩寫台灣或文論社會，略盡知識分子的責任。不過，他五十歲以前，大概扮演消極的觀念人，面對大地的創傷、人世的劫難，祇能以詩作來控訴、對抗，求取安慰。一九九二年，他由消極轉爲積極，從幕後走到台上，結合觀念與行動於一身，成爲道地的知識分子，也活出吳晟的眞本色。《無悔·無悔》云：

秉持著正直的情操，爲公義、爲促進更合理的社會而耗費苦心的追求過程中，已足可尋找到嚴肅深刻的生命意義吧！

這正是他所追求的生命眞諦與終極關懷。因爲以詩作記錄歷史，使他的詩篇具有詩史的特質。從白色恐怖年代（1949），到解嚴（1987），到政黨輪替（2000），以至目前，他實際經歷曲折的歲月，也經驗艱辛的台灣；他誠於中，形於外，與時俱進，寫下許多慷慨激昂，充滿無力又無悔的心聲；面臨初老階段，他靜思、漫步庭院樟樹下，寫下圓熟觀照的「晚年冥想」組詩，以反思生命。他的新詩二四五首是人生歷程的見證與詮釋。這歷程涵蓋：飄搖裏（1963～1982）；吾鄉印象（1972～1977）；向孩子說（1977～1983）；再

見吾鄉（1994～1999）；晚年冥想（2005～），五個階段四十年。

　　在他詩作的深層結構裡，我們可以發現強烈的核心價值──倫理觀念，並由此擴充開展的家庭倫理、社會倫理與土地（自然）倫理。他對土地、作物的愛戀，可以透過李奧帕德的「土地倫理」來解讀探索；他像一位「大地公民」，秉著生態良知，堅持實踐土地倫理，從而投入平地造林、綠化台灣，其用心既深遠又肅穆；至於政治與環保、農業與稻作，都可視為環節相扣的關涉之主題；晚年對生命的反思，回歸鄉間、自然的懷抱抉擇，毋寧圓滿了他的人生哲學。

　　在當代台灣文學中，不乏藝術造詣高深的詩人，但以一生擁抱鄉土、信奉土地倫理，寂寞堅持信念、積極實踐理想，並獨樹一幟的詩人，恐怕不多見。在台灣文學界，吳晟是深具特色的台灣詩人。

附錄　吳晟相關評論

陳瀅州 整理

一、評介吳晟

- 痴痴，〈吳晟——兩岸間的無槳筏〉，1970.6，《南風 28 期》（p.93-95）。
- 沙穗，〈關於吳晟〉，1980.10.3，《民眾日報》。
- 沙穗，〈關於吳晟〉，1980.10.10，《陽光小集第四期》（p.89-96）。
- 又西，〈吳晟與李純青〉，1981.2.7，《美麗島 23 期》。
- 白雲生（康原），〈田園詩人‧吳晟〉，1981.4.6，《台灣日報》。
- 白雲生（康原），〈田園詩人‧吳晟〉，1992，《文學的彰化》（p.89-97）。
- 張素文，〈用雙手醒甦大地——記鄉土詩人吳晟〉，1983.6.4，《興大法律系刊》（p.7882）。
- 白雲生（康原），〈扎根在鄉土的詩人〉，1983.6.10，《彰化雜誌 9 期》。
- 白雲生（康原），〈扎根在鄉土的詩人〉，1984.2，《鄉音的魅力》（p.155-158）。
- 劉依萍，〈足履「溪州」放眼天下——「泥土」的作家吳晟〉，1985.12，《文學家 2 期》（p.32-37）。
- 古繼堂，〈泥土放出花千簇——談台灣鄉土詩人吳晟〉，1986.2.27，《文學報》。
- 王晉民，〈吳晟〉，1986.9，《台灣當代文學》（廣西人民出版社）（p.380-381）。
- 謝四海，〈直接認同大地的彰化鄉土詩人——吳晟〉，1987.4.15，《彰化文教 3 期》。
- 謝四海，〈直接認同大地的彰化鄉土詩人——吳晟〉，1991.6，《儒林學報 7 期》（p.17-21）。
- 康原，〈為吾鄉塑像——吳晟‧溪洲〉，1987.11，《作家的故鄉（前衛）》（p.41-49）。
- 林文義，〈種植而不避世的詩人吳晟〉，1988.8.14，《自立早報》。
- 黃美惠，〈四分之一個作家想通了——吳晟的筆重新回田園〉，1988.7.12，《民生報》（14 版）。
- 吳陳純，〈還不如多去田裡——我的兒子人家叫他詩人吳晟〉，1990.5.28，《聯合副刊》（29 版）。
- 俞建華，〈吳晟〉，1990.6，《台灣港澳與海外華文文學辭典》（山西教育出版社）。
- 王晉民，〈吳晟〉，1991.7，《台灣文學家辭典》（廣西教育出版社）。
- 陳萬益，〈文學與生活——從賴和、洪醒夫、吳晟談起〉，1992.4.15，《彰化青年 270 期》（p.16-22）。
- 周永芳，〈吳晟〉，1992.6，《七十年代台灣鄉土文學研究》（文化大學中文所碩士論文）（p.128-140）。
- 林勝利，〈吳晟和我〉，1992.6.20，《彰化人雜誌 16 期》。
- 黃炯明，〈那一夜，我們在吳晟家〉，1992.6.20，《彰化人雜誌 16 期》。
- 康原，〈台灣詩人吳晟〉，1992.6.20，《彰化人雜誌 16 期》。
- 林文義，〈路過濁水溪——記載吳晟〉，1992.7.5，《自立早報》。

- 劉登翰等，〈吳晟、羅青等70年代的青年詩人〉，1993.1，《台灣文學史下卷》（海峽文藝出版社）（p.386-403）。
- 編輯，〈心懷一把鄉土・文學浩瀚無涯〉，1993.5.14，《東吳大學學生報副刊版》。
- 莫渝，〈真誠與泥土──農村詩人吳晟〉，1995.5.27，《國語日報「書與人」774期》。
- 莫渝，〈真誠與泥土──記吳晟〉，1997.4.1，《愛與和平的禮讚（前衛出版社）》。
- 許碧純，〈濁水溪畔一位詩人的喟嘆──吳晟 從「吾鄉印象」到「再見吾鄉」〉，1996.11，《新觀念97期》（p.18-27）。
- 康原，〈吳晟筆下的濁水溪風情〉，1996，《彰化青年304期》（p.4-6）。
- 曹惠民，〈吳晟〉，1997，《多元共生的現代中華文學》（中國華僑出版社）（p.214-218）。
- 林耀堂，〈去找吳晟〉，1998.8.24，《中華日報》（16版）。
- 阿盛，〈土地戀歌──吳晟的人和作品〉，1998.9.4，《自由時報副刊》（41版）。
- 莊純綺，〈探訪台灣深處──吳晟V.S.鄉土文學〉，1998，《員高青年33期》（p.62-67）。
- 施懿琳、楊翠，〈第三～五章〉，1998，《彰化縣文學發展史》（彰化縣立文化中心）p.335-336、371-376、486-487。
- 陳素麗，〈疼惜、吳晟、吾鄉〉，1999.6.1，《青笛子雜誌5期》（p.64-68）。
- 陳文彬，〈闔上一本厚厚的大書〉，1999.9.18，《台灣日報》（35版）。
- 康原，〈東螺溪畔的文學家〉，1999.1，《彰化藝文5期》（p.14-19）。
- 李敏勇，〈愛情，革命和資本家〉，2000.2.10，《自由時報》。
- 邱貴芬，〈文化活水〉，2000.2.22。
- 鐘雅品，〈懷師天邊月──生命中的三位老師 系列三之二〉，2000.5.20，《曦舟（溪洲國中校刊）15期》（P.72-79）。
- 周良沛，〈評吳晟〉，2000，《復現的星圖》（p.357-377）。
- 張鴻愷，〈從「吾鄉印象」析論吳晟的鄉土情懷〉，2002.8，《台灣文藝（新生版）183期》（p.48-65）。
- 落蒂，〈詩人的質樸美學〉，2003.10.21，《台灣時報副刊》。
- 許建崑，〈用不著注釋的吳晟〉，1983.4.18，《「藝文壇外」》。
- 許建崑，〈用不著注釋的吳晟〉，2004，《牛車上的舞台》（台中市立文化局出版）（p.203-206）。
- 鄭翠蕉，〈我的國中老師 溫暖大氣的鄉土文學作家──吳晟〉，2005.1，《鎮中校刊（平鎮）22期》。
- 曾潔明，〈一本厚厚的大書──論吳晟詩文中的母親形象〉，2005.3，《國文天地20卷10期（238期）》（p.91-102）。
- 吳音寧，〈在土地裡長出一顆樹〉，2005.4，《聯合文學》。
- 劉慧珠，〈詩與散文之間──吳晟文學生命的抉擇〉，2005.5，《國文天地20卷12期（240期）》（p.62-66）。
- 謝美萱，〈吳晟：燃燒熱情・書寫土地與生命的詩人〉，2006.6，《人本教育札記204期》（p.9-13）。
- 陳雅莉，〈分享對土地及親情與愛情的體驗──站在蕃薯地圖 吳晟真情創作〉，2006.11，《書香遠傳42期》（p.46-）。

二、吳晟詩作評論

- 張健，〈《飄搖裏》序〉，1966.12，《飄搖裏（中國書局）》（p.4-7）。
- 柳文哲（趙天儀），〈詩壇散步——飄搖裏〉，1967.4，《笠18期》（p.46-47）。
- 柳文哲（趙天儀），〈評《飄搖裏》〉，1967.6.15，《南風16期》（p.29）。
- 虹（連水淼），〈剖析吳晟的《飄搖裏》〉，1968.1，《南風18期》（p.21-24）。
- 任凱濤，〈重讀吳晟〈不知名的海岸〉詩集〉，1973.1，《南風38期》（p.69-74）。
- 余光中，〈從天真到自覺〉，1975.7，《中華日報》。
- 周浩正，〈一張木訥的口（初讀吳晟的詩篇〈吾鄉印象〉與〈植物篇〉〉，1976，《書評書目》。
- 顏炳華，〈吳晟印象〉，1976.1，《幼獅文藝》。
- 楓城出版社，〈吳晟 吾鄉印象〉，1976.1，《楓城書訊》。
- 掌杉，〈「吾鄉印象」與中國現代詩的鄉土精神〉，1976.11，《書評書目43期》（p.122-129）。
- 趙天儀，〈現代農友的心聲——評吳晟詩集《吾鄉印象》〉，1978.3.31，《楓城書訊6期》（p.9-15）。
- 趙天儀，〈現代農友的心聲——評吳晟詩集《吾鄉印象》〉，2002.5，《時間的對決——台灣現代詩評論》（富春出版社）（p.277-292）。
- 林迴，〈吳晟的鄉土詩〉，1978.4.1，《香港時報「文與藝」》。
- 顏炳華，〈《泥土》代序〉，1979.6，《泥土（遠景出版社）》（p.1-28）。
- 康原，〈詩的社會性——吳晟詩〈尋問〉主題初探〉，1980.1.25，《詩人季刊14期吳晟作品評論特刊》（p.44-51）。
- 蕭蕭，〈鄉土與詩的意義——論吳晟〉，1980.1.25，《詩人季刊14期——吳晟作品評論特刊》（p.55-62）。
- 蕭蕭，〈鄉土與詩的意義——論吳晟〉，1980.3，《台灣文藝革新號13期》。
- 蕭蕭，〈鄉土與詩的意義——論吳晟〉，1980.4.3，《台灣新聞報（12版）》。
- 康原，〈從真摯出發——兼論吳晟詩集《泥土》〉，1980.1，《幼獅文藝51卷1期》（p.154-160）。
- 楊子澗，〈奠定鄉土詩明確面貌的吳晟〉，1980.4.15，《中學白話詩選（故鄉出版社）》（p.288-289）。
- 顏炳華，〈從幾首詩試看吳晟詩的精神面貌〉，1980.10.10，《陽光小集第四期》（p.97-101）。
- 簡誠，〈吳晟詩〈泥土〉讀後感〉，1980.10.10，《陽光小集第四期》（p.102-105）。
- 陌上塵，〈唱著泥土的歌——吳晟的《泥土》印象〉，1980.10.10，《陽光小集第四期》（p.106-114）。
- 陌上塵，〈唱著泥土的歌——吳晟的《泥土》印象〉，1980.11.1，《民眾日報12版》。
- 林双不，〈「和中學生談書」之七——〈泥土〉〉，1980.12.7，《中央日報5版》。
- 李敏勇等，〈巫永福的〈泥土〉與吳晟的〈泥土〉〉，1981，《笠104期》（p.66-72）。
- 掌杉（張寶三），〈試論吳晟的〈吾鄉印象〉〉，1981.1，《明道文藝58期》（p.150-158）。

- 掌杉，〈略論吳晟《泥土》詩集中的寫作技巧〉，1981.2.1，《書評書目94期》（p.71-79）。
- 悅眉，〈為泥土寫詩的年輕人——吳晟（下）〉，1981.10.12，《農業週刊329期（7卷41期）》（p.31）。
- 康原，〈平淡的深情——論《愛荷華家書》〉，1982.2，《明道文藝71期》（p.149-151）。
- 許南村（陳映真），〈試論吳晟的詩——序吳晟《泥土》〉，1983.6，《文季1卷2期》（p.16-44）。
- 許南村（陳映真），〈試論吳晟的詩——序吳晟《泥土》〉，1988，《走出國境內的異國》（p.117-160）。
- 康原，〈農婦與泥土——小論吳晟的詩與散文〉，1983.7.1，《文訊1期》（p.98-101）。
- 侯吉諒，〈關懷鄉土與放眼天下——評《一九八三台灣詩選》〉，1984，《創世紀詩刊65期》（p.251-254）。
- 蕭蕭，〈向孩子說些什麼？讀吳晟的《向孩子說》〉，1985.12，《文訊21期》（p.218-226）。
- 張健，〈吾鄉‧孩子‧飄搖——評吳晟的三本詩集〉，1986.2，《聯合文學16期（2卷4期）》（p.143-144）。
- 林芝，〈閒談集（向孩子說）〉。
- 謝藝雄，〈由吳晟的〈負荷〉談到國中生的負荷〉，1987.9.10，《彰化雜誌60期》（p.58-59）。
- 張恆春，〈吳晟的詩〉，1987.12，《現代台灣文學史（遼寧大學出版社）》（p.594-599）。
- 古繼堂，〈吳晟〉，1989.5，《台灣新詩發展史（人民文學出版社）》（p.363-367）。
- 古繼堂，〈吳晟〉，1989.7，《台灣新詩發展史（文史哲出版社）》（p.420-425）。
- 公仲、汪義生，1989，《台灣新文學史初編（江西人民出版社）》（p.242-246）。
- 許南村，〈試論蔣勳的詩〉，1991.7，《詩與報導（遠景出版社）》（p.1-26）。
- 古遠清，〈從題材選取上劃分（按：鄉土詩）〉，1991.9，《詩歌分類學（復文書局）》（p.263-264）。
- 宋田水，〈《吾鄉印象》的鄉土美學——論吳晟（上）〉，1991.1，《台灣文藝新生版7期（127期）》（p.42-106）。
- 宋田水，〈《吾鄉印象》的鄉土美學——論吳晟（中）〉，1991.12，《台灣文藝新生版8期（128期）》（p.78-97）。
- 宋田水，〈《吾鄉印象》的鄉土美學——論吳晟（下）〉，1992.2，《台灣文藝新生版9期（129期）》（p.42-73）。
- 林明德，〈新詩中的台灣圖像——試以吳晟為例〉，1993.8.30-31，《台灣時報副刊‧土地》。
- 楊琇蕙，〈吳晟鄉土詩中的現實意象及其內涵〉，1994.6，《傳習12期》（p.139-146）。
- 鍾道觀，〈來讀吳晟的詩〉，1994.7.7，《香港信報》。
- John Balcom，〈Footprints on the Heart〉，1994，《Free China Review 44:11》（p.58-72）。
- 康原，〈田園與詩人——談「吳晟詩集」中的景物〉，1995.3.19，《台灣時報》（26版）。
- 林明德，〈台灣文學中的歷史經驗——以吳晟的作品為例〉，1995.1，《文學台灣13期》

（p.288-315）。

- 宋田水，《「吾鄉印象」的鄉土美學——論吳晟》，1995，《前衛出版社出版》。
- 周良沛，〈最後的牧歌〉，1996.1，《港風台日》（p.58-69）。
- 李漢偉，〈台灣新詩的「土地」之愛〉，1997.3，《台灣新詩的三種關懷（供學出版）》（p.102-114）。
- 施懿琳，〈稻作文化孕育下的農民詩人——試析吳晟新詩的性格特質與批判精神（上）〉，1997.12，《台灣新文學 9 期》（p.315-331）。
- 施懿琳，〈稻作文化孕育下的農民詩人——試析吳晟新詩的性格特質與批判精神（下）〉，1998.6，《台灣新文學 10 期》（p.322-337）。
- 楊鴻銘，〈吳晟〈泥土〉等詩多解論〉，1999.2，《孔孟月刊 37 卷 6 期（438 期）》（p.46-49）。
- 施懿琳，〈從隱抑到激越——論吳晟詩的政治關懷〉，1999.5.27-29，《台灣日報副刊》。
- 施懿琳，〈從隱抑到激越——論吳晟詩的政治關懷〉，2001.6，《台灣現代詩經緯》（p.271-313）。
- 鄭惠美，〈席德進——永遠的古屋，永遠的福爾摩沙〉，1999.5，《聯合文學》。
- 蔡英鳳，〈吳晟詩「向孩子說」在語言要素上之修辭研究〉，1999.6，《問學集 9 期》（p.98-116）。
- 李敏勇，〈帶你去廣袤的田野〉，1999.10.14，《自由時報副刊》。
- 李敏勇，〈愛情，革命，農民和資本家〉，2000.2.10，《自由時報 39 版》。
- 施懿琳，〈論吳晟詩的政治關懷〉，2000.6，《跨語、漂泊、釘根（春暉出版社）》（p.199-236）。
- 羅葉，〈土地與詩的救贖——評介《吳晟詩選》之「再見吾鄉」〉，2000.9，《文訊 179 期》（p.27-28）。
- 許悔之，〈土地的平均律〉，2000.9.21，《聯合副刊》。
- 宋田水，〈一條河流一個詩人——談吳晟的「再見吾鄉」〉，2000.11.10-11，《台灣副刊「詩人斯土：吳晟專輯」新世代看吳晟》。
- 陳文彬，〈濁水溪畔的憂傷——試論吳晟詩作在台灣社會發展中的時代意義〉，2000.11.12-13，《台灣副刊「《詩人斯土：吳晟專輯》新世代看吳晟」》。
- 馮小非，〈如果詩人不是如此憂慮……〉，2000.11.14，《台灣副刊「詩人斯土：吳晟專輯》新世代看吳晟」》。
- 陳顏，〈詩裡的故事：賣田〉，2000.11.15，《台灣副刊「《詩人斯土：吳晟專輯》新世代看吳晟」》。
- 林生祥，〈吳晟的詩與我的記憶〉，2000.11.16，《台灣副刊「《詩人斯土：吳晟專輯》新世代看吳晟」》。
- 楊渡，〈島嶼之歌——評《吳晟詩選》〉，2000.11.16，《台灣副刊》。
- 鍾喬，〈我過年讀這本書——《吳晟詩選》〉，2001.1.21，《中國時報開卷版》。
- 林廣，〈尋訪一條被遺忘的詩路——評析吳晟的詩〉，2001.2，《明道文藝》。
- 應鳳凰，〈台灣文學花園——吳晟詩集《向孩子說》〉，2001.5.19，《國語日報》。
- 應鳳凰，〈吳晟詩集《吾鄉印象》〉，2001.5，《明道文藝 302 期》（p.19-23）。

- 袁孝康，〈吳晟寫詩　歷史情境是最沉重也最甜蜜的負荷〉，2001.8.16，《博客來網路書店》。
- 李偉豪，〈我讀《吳晟詩選》〉，2001.8，《新民少年・潮流 2（中市）》（p.44）。
- 楊祥霖，〈詩中柔情——《吳晟詩選》〉，2001.8，《新民少年・潮流 2（中市）》（p.45）。
- 蕭蕭，〈台灣現實主義詩作的美學特質——以林亨泰為驗證重點〉，2001.11，《台灣詩學季刊 37 期》。
- 羅智成、楊照、廖咸浩、楊渡等，〈推薦詩集／網站〉，2001.12，《詩戀 Pi（網路與書出版）》（p.50）。
- 張鴻愷，〈從《吾鄉印象》析論吳晟的鄉土情懷〉，2002.8，《台灣文藝（新生版）》。
- 施懿琳，〈文章千古事——關於吳晟的《詩緣》〉，2002.9.22，《自由時報 37 版》。
- 陳秀琴，《吳晟詩研究及教學實務》，2002，《高雄師範大學國文教學所碩士論文》。
- 陳文彬，《從《吾鄉印象》到〈再見無鄉〉——以台灣農村社會發展論吳晟詩寫作》，2003，《世新大學社會發展研究所碩士論文》。
- 廖永來，〈認同與疏離〉，2004.1.26-27，《台灣日報》。
- 汪洋萍，〈「有用的詩，有用的人」讀後〉，2004.3，《良性互動（文史哲出版社）》（p.163-169）。
- 蔡明諺，〈斷了媟祖，還有媽祖——論七〇年代前期台灣現代詩的認同敘事（按：《吾鄉印象》）〉，2004.7，《島語 1 期》（p.14-31）。
- 曾潔明，〈家禽家畜的代言人——析論吳晟的新詩「禽畜篇」（上）〉，2005.5，《中國語文 575 期》（p.51-57）。
- 曾潔明，〈家禽家畜的代言人——析論吳晟的新詩「禽畜篇」（下）〉，2005.6，《中國語文 576 期》（p.54-65）。
- 林明德，〈鄉間子弟鄉間老——論吳晟新詩的主題意識〉，2005.6，《國文學誌 10 期》（p.27-56）。
- 林廣，〈追溯夢與愛的最初——評析詩人吳晟早期的詩〉，2005.9，《明道文藝 354 期》（p.113-121）。
- 林廣，〈吳晟詩中的愛情與親情〉，2005.1，《明道文藝 355 期》（p.124-133）。
- 林明德，〈在傑作中尋幽訪勝〉，2005.12，《台灣日報 19 版》。
- 林廣，〈扎根在故鄉的土地——評析吳晟《吾鄉印象》〉，2005.12，《明道文藝 357 期》（p.118-126）。
- 林廣，《尋訪詩的田野評析吳晟的 40 首詩作》，2005.12，《聯合文學出版》。
- 林廣，〈尋訪詩的田野評析吳晟的 40 首詩作：赤腳走過詩的田野〉，2006.1，《聯合文學 22 卷 3 期（255 期）》（p.149）。
- 曾潔明，《吳晟詩文中的人物研究》，2006.1，《萬卷樓出版》。
- 余欣娟，〈論吳晟詩作中家鄉意象的流轉及其網絡〉，2006.5，《台灣詩學學刊 7 期》（p.85-113）。
- 吳易澄，〈熬鍊苦難與希望的詩冊——讀《吳晟詩選》〉，2006.12，《笠詩刊》（p.105-107）。
- 陳靜宜，《七十年代台語詩現象三家比較探討》，2007，《東海大學中國文學系碩士論文》。

三、吳晟單篇詩作評論

- 哲仲，〈蘿蔔絲詩（按：〈門〉）〉，1969.6，《南風24期》（p.21-24）。
- 李金印，〈品評一首詩（按：〈雨季〉）〉，1971.12.14，《屏東農專雙週刊56號》。
- 周寧（周浩正），〈一張木訥的口——初讀吳晟的詩〈吾鄉印象〉與〈植物篇〉〉，1976.6，《書評書目38期》（p.51-56）。
- 沙穗，〈談吳晟的兩首詩——〈輪〉和〈十年〉的解析〉，1980.1.25，《詩人季刊14期》。
- 沙穗，〈談吳晟的兩首詩——〈輪〉和〈十年〉的解析〉，《台灣新聞報「西子灣副刊」》。
- 楊子澗，〈〈泥土〉解說，〈一般的故事〉解說〉，1980.4.15，《中學白話詩選（故鄉出版社）》（p.290-299）。
- 李弦，〈負荷‧吳晟〉，1980.1，《幼獅文藝322期》（p.157-161）。
- 王灝，〈剖釋吳晟的〈意外〉〉，《現代詩淺析》。
- 李弦，〈從〈土〉〈路〉論吳晟鄉土詩的風格〉，1981，《書評書目》（p.74-78）。
- 林双不，〈有用的詩，有用的詩人——讀吳晟詩作〈愚直書簡〉的一些感觸〉，1984.5.28，《自立晚報10版》。
- 林双不，〈有用的詩，有用的詩人——讀吳晟詩作〈愚直書簡〉的一些感觸〉，《彰化人雜誌16期》（p.12-19）。
- 張大春，〈隱藏的聲音——略論吳晟的〈負荷〉〉，《古今文選附刊第142號（國語日報副刊）》（p.1-4）。
- 張健，〈吳晟的〈負荷〉〉，1986.4.，《台灣新聞報》。
- 壁華，〈泥土〉，1988，《中國新詩名篇鑑賞辭典（四川）》。
- 蕭蕭，〈負荷〉，1989.1，《青少年詩話（爾雅出版社）》（p.107-114）。
- 鄭家吉，〈新詩修辭技巧與分析〈負荷〉〉，1990.6.27，《田尾青年10期》。
- 文曉村，〈負荷〉，1994.11.3，《新詩評析一百首》（p.447-450）。
- 鍾山森，〈通變學習兼談孩子的負荷〉，1994.11.3，《中央日報國語文第189期》。
- 瘂弦，〈吳晟的詩（按：〈誰願意傾聽〉）〉，1998.5，《八十六年詩選》（p.112-113）。
- 莫渝，〈天下父母心（新詩解讀〈收驚〉）〉，1999.2.11，《國語日報》。
- 楊顯榮，〈甜蜜的負擔〉，2001.9.9，《國語日報（5版）》。
- 楊顯榮，〈去廣袤的田野走走〉，2001.9.13，《國語日報（5版）》。
- 林廣，〈給我們水啊——吳晟〈水啊水啊〉評析〉，2003.2.6，《台灣日報25版》。
- 林廣，〈尋訪一條被遺忘的詩路——評析吳晟的詩〉，2003.2，《明道文藝323期》。
- 林廣，〈流逝在歲月裡的愛——〈幫浦〉（一九九六）評析〉，2003.3，《明道文藝324期》。
- 林廣，〈有穀無實的繁華——〈不妊症〉（一九九六）評析〉，2003.4，《明道文藝325期》（p.98-101）。
- 林廣，〈序說吾鄉印象——〈序說〉評析〉，2003.4.21，《台灣日報23版》。
- 林廣，〈蕃薯的夢，無限延長——〈蕃薯地圖〉（一九七八）評析〉，2003.5，《明道文藝326期》（100-103）。

- 林廣，〈揮不去的夢魘——吳晟詩作〈消失〉評析〉，2003.6，《幼獅文藝294期》（p.62-65）。
- 林廣，〈人性的矛盾與荒謬——吳晟〈獸魂碑〉（一九七七）評析〉，2003.8.24，《台灣日報19版》。
- 林廣，〈詩評——風中的綠圍巾：吳晟詩作〈沿海一公里〉評析〉，2003.8，《幼獅文藝596期》（p.80-83）。
- 林麗雲，〈土地的呼喚——〈蕃薯地圖〉賞析〉，2003.8，《國文新天地2期》（72-75）。
- 林廣，〈用汗水灌溉的夢——〈泥土〉（一九七四）評析〉，2003.9，《明道文藝330期》（p.40-43）。
- 林廣，〈生命中最甜蜜的負荷——〈負荷〉評析〉，2003.9，《國文天地19卷4期（220期）》（p.102-105）。
- 林廣，〈被閃電照亮的驚惶——〈雷殛〉（一九七六）評析〉，2003.1，《明道文藝331期》（p.100-103）。
- 林廣，〈橫渡西海岸的憂傷——吳晟詩作〈憂傷之旅〉評析〉，2003.1，《聯合文學19卷12期（228期）》（p.154-157）。
- 林廣，〈驚惶的競技場——〈曬穀場〉（一九七二）評析〉，2003.11，《明道文藝332期》（p.90-92）。
- 林廣，〈鐮刀和打穀機的合唱——〈水稻〉（一九七四）評析〉，2003.12，《明道文藝333期》（p.132-135）。
- 蕭蕭，〈相片裡的斑鳩——從十二月詩作看情感的虛實應用（按：〈我不和你談論〉）〉，2004.1，《台灣日報》。
- 林廣，〈輪轉的宿命——〈輪〉（一九七五）評析〉，2004.1，《明道文藝334期》p.98-101）。
- 林廣，〈激盪暗夜的回聲——吳晟詩作〈我時常看見你〉評析〉，2004.1，《聯合文學20卷3期（231期）》（p.156-159）。
- 林廣，〈凝聚風霜與愛的繭——〈手〉（一九七五）評析〉，2004.1，《明道文藝335期》（p.108-112）。
- 林廣，〈平凡與厚實——〈土〉評析〉，2004.2，《國文天地19卷9期（225期）》（p.103-106）。
- 林廣，〈失去聲音的控訴——〈誰願意傾聽〉（一九九七）評析〉，2004.3，《明道文藝》。
- 張蕙菱，〈土地，永遠的鄉愁（按：〈我們也有自己的鄉愁〉）〉，2004.3，《台灣文學館通訊3期》（p.38）。
- 李長青，〈深刻的輪廓（按：〈我們也有自己的鄉愁〉）〉，2004.3，《台灣文學館通訊3期》（p.39）。
- 林怡翠，〈如島的孤獨（按：〈我們也有自己的鄉愁〉）〉，2004.3，《台灣文學館通訊3期》（p.40）。
- 鄭聿，〈貫穿時間，往返生死（按：〈我們也有自己的鄉愁〉）〉，2004.3，《台灣文學館通訊3期》（p.41）。

- 陳雋弘，〈似近實遠的鄉愁詩（按：〈我們也有自己的鄉愁〉）〉，2004.3，《台灣文學館通訊 3 期》（p.42）。
- 林廣，〈失去聲音的控訴──〈誰願意傾聽〉（一九九七）評析〉，2004.3，《明道文藝336 期》（p.81-85）。
- 林廣，〈細訴輕柔的思慕──〈異國的林子裏〉（一九八一）評析〉，2004.4，《明道文藝337 期》（p.84-88）。
- 林廣，〈找尋離鄉的理由──〈小小的島嶼〉（一九九九）評析〉，2004.5，《明道文藝338 期》（p.74-80）。
- 林廣，〈沉默的力量──〈我不和你談論〉（一九八二）評析〉，2004.8，《明道文藝341期》（p.120-125）。
- 林廣，〈令人納悶的天色──〈陰天〉（一九七二）評析〉，2004.9，《明道文藝342 期》（p.62-65）。
- 林廣，〈土地裂縫裡的文明──吳晟詩〈出遊不該有感嘆〉評析〉，2005.1，《明道文藝》（p.60-65）。
- 林廣，〈灑在歷史傷口的鹽──吳晟詩〈一概否認〉（一九九七）評析〉，2005.2，《明道文藝 347 期》（p.68-73）。
- 林廣，〈信靠大地的愛──吳晟詩〈黑色土壤〉（一九九六）評析〉，2005.3，《明道文藝348 期》（p.46-50）。
- 曾潔明，〈相偎相依的人生旅程（按：〈階〉）〉，2005.4，《國教世紀 215 期》（p.39-44）。
- 林廣，〈漂流在時間之中──吳晟詩〈浮木〉評析〉，2005.4，《明道文藝 349 期》（p.53-57）。
- 林廣，〈守侯美的誕生──吳晟詩〈去看白翎鷥〉評析〉，2005.5，《明道文藝 350 期》（p.97-101）。
- 賴素鈴，〈鄉土的感覺 吳晟的詩 聲音的體會（按：我不和你談論）〉，2005.7.12，《中國時報》（A10）。
- 林廣，〈另一種焦急的聲音──吳晟詩〈狗〉評析〉，2005.8，《明道文藝 353 期》（p.114-118）。
- 陳千武，〈詩文賞析──角度〉，2007.1.14，《中國時報「藝文萬象」》。

四、吳晟散文評論

- 曾健民，〈變異中的農村──序《農婦》〉，1982.8，《農婦（洪範書店）》（p.1-6）。
- 方十七，〈看《農婦》〉，1982.10.27，《台灣日報副刊》。
- 康原，〈康原談書之四──農婦〉，1982.11.15，《愛書人 4 版》。
- 郭明福，〈那個古老的溫情世界──談吳晟的《農婦》〉，1982.11.15，《愛書人》。
- 陳明躊，〈談吳晟的──《農婦》〉，1982.11，《婦女雜誌》。
- 羊牧，〈《農婦》讀後〉，1982.12.4，《中央日報晨鐘版》。

- 康原，〈溫馨的鄉音〉，1983.2，《明道文藝 83 期》（p.94-97）。
- 康原，〈溫馨的鄉音〉，1984.2，《鄉音的魅力》（p.167-172）。
- 周悅，〈淺介吳晟的《農婦》〉，1983.6，《台灣與世界 1 期》（p.64-65）。
- 康原，〈農婦與泥土──小論吳晟的詩與散文〉，1983.7.1，《文訊 1 期》（p.98-101）。
- 編輯組，〈屬於泥土的稻穗──吳晟〉，1984.1.1，《白沙青年 7 期》。
- 林雨澄，《農婦》，1984.1，《改變中學生的書（前衛出版社）》（p.25-32）。
- 洪素麗，〈文學與救贖──讀吳晟的《店仔頭》散文集〉，1985.3.25，《自立晚報》（10 版）。
- 沈謙，〈植根於生活的土壤裡──讀吳晟的〈採花生〉〉，1985.9，《幼獅少年 107 期》（p.103-105）。
- 沈謙，〈厚如大書的小人物〉，1985.10.14，《民生報（書香快餐）》。
- 曾健民，〈讀《店仔頭開講》草稿〉，1985.2，《店仔頭（洪範書店）》（p.1-11）。
- 李豐楙，〈寫實的農村隨筆〉，1986.4.1，《聯合文學 17 期（2 卷 5 期）》（p.212-213）。
- 民生報，〈無悔〉，1992.11.14，《民生報》。
- 時代文學周刊好書評鑑小組，〈無悔〉，1992.11.15，《中時晚報（「星期天好書櫥窗」）》。
- 聯副，〈無悔〉，1992.12.1，《聯合報「81 年 10 月全國文學新書質的排行榜」》。
- 曾健民，〈強權與貪慾支配下的良知──序「無悔」系列〉，1992.1，《無悔（開拓出版)》（p.3-12）。
- 楊照，〈義憤與怨悔──評吳晟的《無悔》〉，1993.3.14，《中時晚報》。
- 楊照，〈義憤與怨悔──評吳晟的《無悔》〉，1995.5，《文學的原像（聯合文學）》（p.187-190）。
- 康原，〈圳寮仔記事──讀吳晟「無悔」系列散文〉，《台時副刊（22 版）》。
- 曾健民，〈吾鄉共同的追憶與深思──序《不如相忘》〉，1994.10.27，《自立晚報（19 版)》。
- 曾健民，〈吾鄉共同的追憶與深思──序《不如相忘》〉，1994.11，《不如相忘（洪範書店)》（p.3-9）。
- 曾健民，〈給我們一個「真實」的世界《不如相忘》──新版序〉，2002.9，《不如相忘（華成出版)》（p.1-5）。
- 林明德，〈台灣文學中的歷史經驗──以吳晟的作品為例〉，1995.1.5，《文學台灣 13 期》（p.288-320）。
- 康原，〈建構台灣農村圖像──論吳晟的散文集《不如相忘》（上)〉，1995.2，《文訊 112 期（革新號 74 期)》（p.7-10）。
- 康原，〈建構台灣農村圖像──論吳晟的散文集《不如相忘》（下)〉，1995.3，《文訊 113 期（革新號 75 期)》（p.10-13）。
- 宋澤萊，〈台灣農村生活記實文學的巔峰──論吳晟散文的重大價值〉，1996.11.10-12，《台灣日報副刊》（23 版）。
- 宋澤萊，〈論吳晟散文的重大價值──日據時期以來台灣農村生活記實文學的巔峰〉，1996.11.15，《台灣新文學 6 期》（p.206-215）。

- 愛亞，〈店仔頭〉，1998.1，《好書之旅·愛亞導遊》（p.104-105）。
- 陳玉玲，〈不驚田水冷霜霜〉，2001.2.17，《國語日報古今文選新第 1007 期》。
- 林政華，〈首部區域文學讀本——評介台中縣中小學《台灣文學讀本》〉，2002.4，《文訊 198 期》（p.24）。
- 陳慈美，〈環境運動之母——瑞秋·卡森〉，2002.5.12，《台灣教會公報 2619 期》。
- 曾健民，〈給我們一個真實的世界——《不如相忘》新版序〉，2002.8.27，《台灣日報》。
- 陳建忠，〈永恆的鄉土文學——讀吳晟散文新作有感〉，2002.12.16，《台灣日報副刊》（23 版）。
- 楊珮欣，〈《筆記濁水溪》環保信念 吳晟吐露《一首詩一個故事》〉，2002.12.27，《自由時報》。
- 施懿琳，〈文章千古事——序《一首詩一個故事》〉，2002.12，《聯合文學》（p.5-14）。
- 羊子喬，〈濁水溪·台灣的動脈——展讀吳晟《筆記濁水溪》有感〉，2002.12，《聯合文學 18 卷 12 期（216 期）》（p.164-166）。
- 白蘭地，〈筆記濁水溪〉，2003.2.24，《中央日報》（17 版）。
- 落蒂，〈詩人說故事（按：《一首詩一個故事》）〉，2003.4.16，《青年副刊》。
- 張景雯，〈詩心不死，謬思恆在〉，2003.6，《高雄師大附中》。
- 落蒂，〈關心我們的鄉土——讀吳晟《筆記濁水溪》〉，2003.7.20，《青年日報》（10 版）。
- 謝昆恭，〈是誰在敲門——吳晟《一首詩一個故事》讀後〉，2003.7.23，《台灣日報副刊》（25 版）。
- Chiu Yu-Tze，〈Writer decries river's pollution〉，2003.2.3，《Taipei Times》。
- 邱珮萱，〈情繫吾鄉的耕讀子弟——吳晟〉，2003，《戰後台灣散文中的原鄉書寫》（高雄師範大學國文學系博士論文）。
- 章綺霞，〈親近文學　親近土地——淺談《筆記濁水溪》的教學引導與設計〉，2004.1，《國文天地 19 卷 8 期》（p.83-84）。
- 林麗雲，〈吳晟散文研究之一（上）愛與真實——吳晟散文衣冠的基調〉，2004.3，《文苑天地 25 期》。
- 楊翠，〈這樣的知識分子——讀吳晟〈我不能置身事外〉有感〉，2004.3.20，《自由時報 47 版》。
- 林麗雲，〈吳晟散文研究之一（下）愛與真實——吳晟散文衣冠的基調〉，2004.4，《文苑天地 26 期》。
- 許倪瑛，〈吳晟及其散文研究〉，2005，《雲林科技大學漢學資料整理研究所碩士論文》。
- 郭玲蘭，〈吳晟散文中的農村書寫〉，2006，《銘傳大學應用中國文學系碩士論文》。
- 賴淑美，〈吳晟《店仔頭》一書的語言藝術運用研究〉，2007，《彰化師範大學國文學系碩士論文》。

- 陳瀅州（1979～），台南市人。現就讀國立成功大學台文所博士班。

國家圖書館出版品預行編目資料

鄉間子弟鄉間老——吳晟新詩評論／林明德編. ——
初版. —— 臺中市：晨星，2008.2〔民97〕
面；　公分. ——（彰化學叢書；　）
參考書目：面

ISBN 978-986-177-181-6（平裝）

863.51　　　　　　　　　　　　　　96022956

彰化學叢書 006

鄉間子弟鄉間老——吳晟新詩評論

編者	林 明 德
審校	林 明 德 ‧ 蕭 蕭
編輯	徐 惠 雅 ‧ 陳 佑 哲
排版	黃 寶 慧
總策畫	林 明 德 ‧ 康 原
總策畫單位	彰 化 學 叢 書 編 輯 委 員 會

發行人　陳 銘 民
發行所　晨星出版有限公司
　　　　台中市 407 工業區 30 路 1 號
　　　　TEL:(04)23595820　FAX:(04)23597123
　　　　E-mail:morning@morningstar.com.tw
　　　　http://www.morningstar.com.tw
　　　　行政院新聞局局版台業字第 2500 號
法律顧問　甘 龍 強 律師
承製　知己圖書股份有限公司　TEL:(04)23581803
初版　西元 2008 年 02 月 15 日

總經銷　知己圖書股份有限公司
　　　　郵政劃撥：15060393
　　　　〈台北公司〉台北市 106 羅斯福路二段 95 號 4F 之 3
　　　　　　　　　　TEL:(02)23672044　FAX:(02)23635741
　　　　〈台中公司〉台中市 407 工業區 30 路 1 號
　　　　　　　　　　TEL:(04)23595819　FAX:(04)23597123

定價 280 元
ISBN 978-986-177-181-6
Published by Morning Star Publishing Inc.
Printed in Taiwan

更方便的購書方式：

(1) 網站：http://www.morningstar.com.tw
(2) 郵政劃撥 帳號：15060393
　　　　　戶名：知己圖書股份有限公司
　　請於通信欄中註明欲購買之書名及數量
(3) 電話訂購：如為大量團購可直接撥客服專線洽詢

◎ 如需詳細書目可上網查詢或來電索取。
◎ 客服專線：04-23595819#230　傳真：04-23597123
◎ 客戶信箱：service@morningstar.com.tw